ハヤカワ文庫JA
〈JA1379〉

ヒッキーヒッキーシェイク

津原泰水

早川書房
8361

ヒッキーヒッキーシェイク

主要登場人物

竺原丈吉《じくはらじょうきち》……………JJ

乗雲寺芹香《じょううんじせりか》…………パセリ

刺塚聖司《いらつかせいじ》……………セージ

ロックスミス……ローズマリー

苫戸《とまと》井《い》洋佑《ようすけ》…………タイム

榊才蔵《さかきさいぞう》……………榊P

亀井《かめい》静子《しずこ》……………お亀

節丸花《せつまるか》梨《りん》……………マルメロ

?………………ジェリーフィッシュ

ひき-こも・り【引き籠もり・引き隠り】
仕事や学校に行かず、かつ家族以外の人との交流をほとんどせずに、六ヶ月以上続けて自宅にひきこもっている状態。時々は買い物などで外出することもあるという場合も「ひきこもり」に含める。（厚生労働省）

ヒキコモリの対義語を考えてみる。「引く」の反対が「押す」であることに異論を差し挟む者はいまい。さて「籠もる」もしくは「隠る」の対語は？　「出る」「現れる」「抜ける」「散らす」……「押し」に繋《つな》げて意味が通りそうなのは「出る」だが、オシダシじゃあ相撲の技だ。

三時間ばかり考え続けた末に、一年のときの嫌いな同級生がしょっちゅう使っていた「でばる」という動詞が頭に浮かんだ。同級生の名前は思い出せない。顔も口調も走っている脚の動きもまざまざと甦《よみがえ》るというのに、名前がどうしても出てこない。洋佑《ようすけ》にはこの種の記憶の欠損が少なくない。クラスのリーダー格だった彼は「お前、でばんな」が口癖だった。

デバンナと他人は抑え込むくせに、代わりに黒板に正答を書けるでも、より面白い洒落《しゃれ》を思い付いているでも、地味な委員に立候補するでもない。デバンナと鋭く発して周囲の視線を集めておいて、「俺は書かないけど」「云《い》わないけど」「やらないけど」と気取りくさって脚を組む。彼に気に入られたい連中が「さすが」などと云って笑う。この茶番によって生じる見せかけの和《なご》やかさを担任は気に入っていたようで、苦言を耳にしたことはない。自己満足のパフォーマンスに付き合わされただけ、そのために全員の時間が無駄に費やされただけ、といった側面には目を瞑《つむ》っている。

人徳があるでも賢いでもないデバンナが、なぜリーダー格たりえたのか？　つくづく学校というのは不可解な世界だ。彼は足が速かった。たぶん、それだけだ。オリンピック出場を期待されるほどの速さなら別格もやむないが、中学生にしては速い、いずれ体育大学に進むのだろう、な程度だった。しかしデバンナは「特別な俺」の演出に長《た》けていた。みずからそう信じていたのだとも思う。

中長距離はともかく短距離だったら、本当は洋佑のほうが速かった。授業で短距離のトライアルをやらされたことがある。体育委員の合図で二人ずつが五十メートルを走らされ、ゴール地点の体育教師が右手と左手のストップウォッチでそれぞれの記録をとる。洋佑は待機の行列で横並びだったデバンナと走ることになった。そしてうっかり本気で走ってしまった。注目を浴びないため、得意なことには七割程度の力しか発揮せぬよう心掛けていたというのに、とんだ失敗をやらかしたものだ。

スタートはデバンナのほうが速かった。と云うよりあれはフライングだ。教師が見て見ぬ振りをするのを彼は察していたのだろう。いちいち抗議する洋佑ではないが、怒りにまかせて彼を追い抜いた。抜かれた瞬間のデバンナの呆然《ぼうぜん》たる表情をよく憶えている。つまり洋佑は正面を向いていなかったわけで、まだ余力を残していたことになる。

言うに事欠いてデバンナは洋佑のフライングを主張し、教師に再計測を要請した。すぐ後ろでスタートを凝視していたはずの目撃者たちは、全員が沈黙を守った。洋佑はもう一度走らされた。フライングしたのが洋佑ならば洋佑だけ計ればよかろうに、なぜかデバンナもスタート位置に戻った。教師はなにも云わない。

今度は五十メートル先からでも確実に分かるくらい、デバンナは派手にフライングした。それでも教師も体育委員も警告の笛を鳴らさないことに驚きながら、洋佑はゴール寸前で彼に追い付き、抜いた。

靴紐が弛《ゆる》んでいたのでもう一回、とデバンナが教師に頼んだ。驚いたことに教師はまた頷《うなず》いて、

「苫戸井《とまとい》ももう一回」と洋佑に命じた。

洋佑の、靴紐が弛んでいない、フライングでもない記録は、既にとられている。ペースメイカーが必要だというのなら、あとの生徒を一緒に走らせればいい。デバンナがクラスで一番という結論ありきのトライアルである旨を洋佑は悟った。デバンナが特別な存在で

はなくなれば、一年一組の「和やか」さに影が射す。

もう本気では走らなかった。軽く流した。

「二人とも今のタイムでいいな？」と教師から念押しされ、一度め二度めより二秒近く遅いタイムが洋佑の記録となった。デバンナは得々とし、「お前のせいで三度も走る羽目になった」とも云い放ったが、洋佑は洋佑で「これはこれで悪くない結果」だと感じていた。体育祭のリレーに駆り出されなくて済む。

「でばる」を洋佑は彼の造語か方言だと思っていたのだが、パソコン辞書を引いてみるとちゃんと載っていた。「出張る」だった。

で-ば・る【出張る】《「ではる」とも》
1 外のほうへ突き出る。出っぱる。「道に―・った岩」
2 仕事などをするために、ある所に出向く。出張する。「本社から―・って指揮をとる」

これは「出っ張る」じゃないかと思い、そちらも引いた。「『でばる』の音変化」とあった。やはり同じ言葉だ。それにしても「籠もる」と「出張る」なら、ちゃんと対称になっているし語呂もいい。なにより「押す」ときれいに繋がる。そういった次第でヒキコモリの対義語はオシデバリにて満場一致、本日の苫戸井洋佑議会は無事に終了した。

「なんになりたいんだったっけ」カウンセラーの竺原《じくはら》が手帖《てちょう》代わりのタブレット端末を操作する。この男、クライアントのことをろくに憶えていない。いつも強そうな度の入ったサングラスを掛けており表情が分かりにくいので、つい言葉を深読みしてしまうが、本当は場当たり的に喋《しゃべ》っているだけじゃないかと感じることが多々ある。

「ああ、作曲家か。どんな感じの？」

洋佑はう……んと考え、かぶりを振って、「無難な答だと思ってそう云ってみただけで、具体的にはべつに」

「どういう曲を作りたいとか、ないの？　ピアノ協奏曲とかさ」

「ポピュラー音楽じゃないと食べてけないでしょう？」

「たぶんね。パトロンを付けようったって、今の日本には貴族もブルジョアもいないからな」

「パトロンってなんですか」

「辞書引けよ」

「引きます」洋佑は椅子《いす》を回して机上のノートパソコンを操作した。竺原も、彼のためにと母親が買ってきた、同じような回転椅子に坐《すわ》っている。そちらには肘《ひじ》掛けが付いていて、それがエレキベースを弾くのに邪魔なので洋佑が坐ることはない。普段は座面を低くしてベースのスタンドにしている。

パトロン【(フランス) patron】
1 主人。経営者。雇い主。
2 芸術家・芸能人・団体などを経済的に支援し、後ろ盾となる人。
3 異性への経済的な援助を行い、生活の面倒をみる人。

「フランス語なんだ」

「いまどき専属の作曲家を擁《よう》している楽団も劇団もないだろうから、大衆にちょっとずつ供出してもらうかたちでパトロンになってもらうしかないわけさ。要するに有名になれってこと」

「僕にできるかな」

「無理だろ」

尊厳を傷付けられたような気がして、普段より強い調子で、「ソフトウェア音源の組合せだったら、けっこう面白いものを作れてると思うんですけど」

「そんな中学生はごまんといるよ」とせせら笑われた。「その全員が有名になりたくてなりたくて、はあはあ舌を出してる。自分がドッグレースの一匹だって感じた途端、君、馬鹿馬鹿しくなっちゃうだろ？　お父さん、いないんだよね」

「だいぶまえに死にました」

「病気？」

「自殺ですね、たぶん」

「あらら。どうやって？」

「カウンセリングと関係あるんですか」

「ないよ。興味本位」

「じゃあ答えません」

「いいよ。お母さん、仕事はなにやってんだっけ」

「今は保険の外交を」

笠原は六畳に満たない洋間を見回し、「ここんちの経済状態に鑑《かんが》みて、どうせ十年以内に君は働かなきゃいけなくなる。あらゆる仕事は苦役だ、花形作曲家だって総理大臣だって掃除夫だってカウンセラーだって。だからその日が訪れるまで温和《おとな》しくヒキコモリを満喫していることだ、お母さんにはうまいこと云っとくからさ」

「学校や職場に連れ戻すのが、カウンセラーの仕事だと思ってました」

「そう信じている連中は多いね、カウンセラーにも。俺もそう見せかけてる。だけどヒキコモリが減っちゃったらこっちの仕事も減っちまう。暴力に走らず将来に絶望しているでもない、そこそこな感じで一定数がヒキコモってくれてるのが、いちばん有り難いんだよ。こういう言い方をされると反発したくなるだろうが、君は優等生だよ、ヒッキーの」

洋佑の前で笠原はヒキコモリをヒッキーと呼ぶ。莫迦《ばか》にされているような気がする一方、きっとこの人も昔はヒキコモリだったんじゃないかとも想像している。

洋佑がつい笠原を部屋に招き入れてしまったのは、彼が自分に対して「普通」の態度をとる来訪者だったからだ。腫《は》れ物に触るようでもなければ更生の素晴しさを語るでもない。ヒキコモリやそれを取り巻く世界を普通に嘲笑《ちょうしょう》し、自分にとっての不都合は普通に誤魔化し、「魚心あれば水心」といった言葉も普通に使う。

母が最初に助けを求めたセラピストは、洋佑を回避性パーソナリティ障害と診断し、親からの虐待や排除の可能性を指摘した。この所見に彼女は激怒して、詳しく聞こうとしている洋佑を面談室から引っぱり出した。むろん悪さをすれば叱られてきたが、虐待されたり排除されたりといった意識はまったくない。話を聞きたかったのは、それが自分ではない別の、学校に来なくなってしまった生徒に当てはまるような気がしたからだ。

心療内科医は、それが当たり前であるかのように処方箋《しょほうせん》を書いた。弱い薬だと聞いていたが思考がぼやけ、それ以外のなんの効果も感じられないので、母には「呑んでいる」と嘘をついてコンビニのごみ箱に捨ててしまった。

中学二年になってからの担任は、トライアルでストップウォッチを握っていたあの体育教師だ。家に来た。それまで洋佑が籠城に及んだことはなかった。腹が減れば冷蔵庫、尿意便意をもよおせばトイレに向かわねばならない。母を閉め出しておいて都合のいいときだけ室外をうろつくというのは美意識が許さなくて、いざというとき彼女が入ってこられる余地を残すべく部屋には鍵を付けていなかった。

しかしあのときはさすがに楯《たて》籠もった。必死にドアノブを引きながらズボンのベルトを外した。相手が引くのを休むやそれをノブに巻きつけ、余った部分を椅子に結びそれを倒してつっかえにした。そして窓から顔を出し、隣のビルとの隙間に盛大に嘔吐した。

翌日、ホームセンターまで足を延ばしてドアチェーンを買い、父の工具箱の中身を駆使してドアに取り付けた。母との距離感が確実に倍加した。熱血先生がまったく余計なことをしてくれた。

「最近もよく吐いてんの？」

「たまに、まあ変な夢をみたあととか」

「だったら普通だ。俺も吐くよ」

「夢で？」

「いや、酒を飲みすぎたとき」

「事情が違うような気がします」

「大差ないよ。人間、酒にも酔えば悪夢にも酔う。どんな夢？」

洋佑は頸《くび》の後ろを掻《か》いた。このところ湿疹が増えている。「吐く夢です、教室で」笠原は無遠慮に笑った。「吐く夢をみて吐くのか。じつはそれも夢で目覚めてまた吐いて、それもまた夢で目覚めたらまた吐いて──」

同じく息子のヒキコモリに悩んでいる顧客から「少なくとも彼は部屋に入れる」との評判を聞き、おそらく藁《わら》にも縋《すが》るような思いで母が呼んだのが、この笠原だ。白髪の混じった頭や皮膚感からいって四十代、もし父親が生きていたならこのくらいの年齢か。「ヒキコモリ支援センター代表　フィラデルフィア・アカデミー看護学部卒　天然心理流師範」とその名刺にはある。

母は気付いているだろうか。洋佑がウェブで検索したところ、フィラデルフィア・アカデミーという学校は現存しない。それはペンシルヴェニア大学の創立時、十八世紀の名称だ。天然理心流という武術の流派はあるが天然心理流なんて存在するのか？　そもそもヒキコモリを支援する？　母が願っているのはその阻止ではないのか。

どれもこれもジョークなのか？　それとも素朴すぎる詐欺なのか？　見極めてやるという思いもあって毎度、彼を部屋に入れてしまっている。つまり風評に偽りはなかったことになる。

妙に正直な一面があることも分かってきた。このまま一日も登校せずとも中学は卒業できると初めて教えてくれたのは、彼だ。曰《いわ》く「法律で決まってるわけじゃないんだけどさ、どうせ再来年の三月には卒業証書が送られてくると思うよ、いつまでも居残られたって中学も困るからさ。義務教育の義務ってのは通わなきゃいけない義務じゃないんだよ。受けさせてあげますよっていう親の義務なんだ。君のお母さんはそういう心積もりなんだからなんの問題もない」

二週に一度くらい、母が休みの日にやって来て洋佑とすこしばかり雑談し、「これだけで帰ったんじゃ職務怠慢と思われるな」となぜか鞄《かばん》から手品の道具を出し、披露するというより練習してから帰っていく。

今日は金属の輪を繋いだり分離させたりしながら、「飯はお母さんと一緒に食ってるの」

「いえ、仕事が忙しいから、もともとあまり一緒には。つくり置きが冷蔵庫に入ってて、それをチンして独《ひと》りで食べるっていうのが昔からの——」

「外食はしないの」

「つくる暇がないときはお金が置いてあるから、それで適当に。でもコンビニのお弁当が多いです」

「ああいうの旨《うま》い？」

「お母さん、料理が下手《へた》だから、似たようなもんです」

「晩飯にはちょっと早いけど、今日は俺と一緒にどっかで食わないか」

「それもカウンセリングの一環？」

「いや、俺の腹が減ってるだけ。君と一緒だったらお母さんに請求できるかと思って」

笠原のみみっちさに吐息しつつ、提案に乗った場合と蹴った場合とを、頭のなかでシミュレーションした。母の仕事が休みの日の食事は、そのタイミングに苦慮している。彼女がキッチンで立ち働いているのを尻目に、勝手に冷蔵庫を開き料理を温めて自室に運び込むのは、気が引ける。かといって見られながら食べるのも怖い。きっと彼女なりに言葉と態度を厳選する。しかしそのどれがトリガーになって嘔吐してしまうか予測がつかない。

「駅からここまで歩いてくる途中に、シーガル亭っていうビストロがあるじゃないか。あそこ、美味《おい》しいかな」

「神社の手前ですか」

「そうそう」

「入ったことないです。ああいう店って高いんじゃないかな。さっき笠原さんが云ってたとおり、うちあんまり金持ちじゃないんで……」

「自分はべったり衣食住のすべてに亘《わた》ってお母さんに依存してるくせに、俺には遠慮しろってか。ふうん」

啞然《あぜん》としすぎて腹も立たない。「お母さんと交渉してください」

「ん」と笠原は腰を上げた。「あと音楽さ、作ってるって云ったよね。自分で上出来と思うのを一曲、いま俺のアドレスに送っといてもらえないかな」

「カウンセリングの一環ですか」

「そうだよ」

　笠原は帽子を被《かぶ》って部屋を出ていった。母との話し声が聞えてきた。

　無理やりカテゴライズするならばニューエイジ系となろうか。DAW《デジタル・オーディオ・ワークステーション》ソフトの操作に慣れるためにでっち上げたインストゥルメンタルの断片を、ハードディスクに溜め込んでいる。どうせ聴かれやしないと思い「けっこう面白い」と自賛したものの、本当は自信のかけらもない。他人の耳に心地好さげな部分は既存曲の猿真似《さるまね》、創意を発揮せんとした部分ほどメロディもハーモニーもぎくしゃくしているという自覚がある。ファイル名を読んでは個々の曲想を思い返しているうち、動悸がしてきた。

　ドアが動いて笠原が顔を覗かせた。「許可が下りた。出掛けよう。ファイル送ってくれた？」

「今……あの、着替えますんで、玄関で待っててください」

　ポロシャツを衣装ケースから出した洗濯済みの物に替えながら、せめてベースラインが凝っているファイルにしようと決める。ベースだけは打込みではなく洋佑の演奏である。数日着たきりでいたポロシャツは、いざ脱いでみるとひどく汗臭かった。下着とジーンズも替えた。選んだ曲をバウンスして2ミックスにし、圧縮形式に変換して笠原へのメールに添付した。

笠原は玄関でタブレットを覗きこんでいた。「お、届いてる届いてる」

手前に母が立っている。

「いってらっしゃい」と笠原に頭をさげた。洋佑とは視線を合わせなかった。洋佑がトリガーを怖れている以上に、彼女もトリガーを引くのが怖いのだ。

シーガル亭までの道々、笠原は鞄から引き出したイヤフォンで洋佑の曲を聴いていた。初めは怪訝《けげん》そうな顔付きでいた。

「この……曲？」と外したイヤフォンを渡してきた。

洋佑はその片方だけを耳に挿し、「これですけど、なにか」

「いや」と彼は無理矢理な感じに微笑して、「予想してたより良い音なんで驚いたよ」

「だってプロが用意した音源ですから」

彼は自信なげに、「ベースも入ってるよね。ベースも既存の音？」

「いいえ、それだけは自分で弾くようにしてます」

「そうか。君はなんとも楽しそうに弾くんだな」と弾いている顔など見えやしないくせに云う。

夜に向けての営業を始めたばかりのビストロに、ほかの客の姿はなかった。

「さすがに酒代は自分で払うから」と洋佑に断って、笠原は白ワインのボトルを注文した。

オードヴルの盛合せに、ふたり別々のスープ、メインには共に鱸《すずき》のグリルを頼んだ。肉料理より安かったし白身魚のグリルというのがなんだか大人びているような気がして、洋佑が笠原の注文を真似たのである。

「ちょっと飲んでみるか」

とワインを勧められたが、断って水を飲みながら食べた。なんで僕は、こんな奇妙な奴と向い合せで高いご飯を食べているのだろう？

運ばれてきた鱸のグリルは、不思議な香りをまとっていた。

「なんの匂いかな」

「これ？　ローズマリーだよ」と笠原がナイフで、魚の皮にくっついている焦げた植物を示す。「タイムの香りもするな。違う？」

「訊いてまいります」若い女店員はくるりとテーブルから離れ、やがて戻ってきて、「タイムとローズマリーとセージだそうです」

笠原はやたらと嬉しそうに、「パセリも付いてたら完璧だ」

そのときの洋佑には、彼の言葉の意味が分からなかった。料理が上等なのかどうかもよく分からなかった。いちばん美味しいと感じたのは温められたパンだった。

店を出た笠原は、

「じゃあ次回」と軽く手を振り駅へと向かっていった。

ようよう黄昏《たそがれ》が迫ってきた初夏の夕刻を、洋佑は彼の小さな世界へと戻るべく歩みはじめた。集合住宅の三階の角の、２ＤＫの玄関側の一室。ところが、どこかに落とした心が風に吹き転がされているかのごとく、歩めば歩むほど自分がそこから遠ざかっていくような気がしてならなかった。


亜麻布のシャツを作るよう彼女に伝えて。

パセリ、セージ、ローズマリーと、タイム。

継ぎ目も針での小細工もなしに。

そう出来てこそ僕の真の恋人。

2

メーラーのアイコンが「新規受信あり」に変化している。お気に入りのコンソートを流していたため着信音が聞えず、画面に目をやるまで気付かなかった。開いた。

〈さっきから玄関の前で待ってるんだけど、そろそろ開けてくれない？〉

カウンセラーが来る晩だというのは分かっていたし、ドアチャイムが鳴ったような気もしていたが、どうせ母親が応対しているだろうと思い、音楽を流し続けていた。

またメールが来た。〈出直そうか？〉

慌てて返信した。〈ちょっと待っててください〉

部屋を出て階段を下り、玄関の錠を開け、急いで階段の暗がりに身を隠す。カウンセラーを歓迎しているわけではない。自分が彼を閉め出したという、あらぬ誤解が厭《いや》なのだ。閉め出したのは母だ。これまでも彼がやって来ると「急用を思い出して」外に出掛けてしまうのが常だったが、とうとう予《あらかじ》め出掛けておくことにしたようだ。

竺原が玄関に入ってきた。芹香《せりか》のほうを見上げ、「こんちは。俺は嫌われてんのかな」

「母に」と手短に答える。

「やっぱりな。なんでだろう」たったいま嫌われていると聞かされたくせに、平然と靴を脱いでいる。

「たぶん、父が呼んだ人だから」

「お父さんとお母さん、仲が悪いの？」

「はい」――私のせいで、と心のなかで続ける。

「芹香ちゃんはどっち派？」

「中立です」

「顔はお父さん派じゃないか？」

怒り混じりの溜め息にも飽きてきた。自分の容姿についてこうもずけずけと言及する人間は、久し振りに見る。中学以来だ。「そうですね。そして弟は母派です」

「ハハハって何?」

「母の派閥です」

「ははは」と声をあげて笑う。からかわれたようだ。「上がっていい?」

「もう上がってる」

「じゃなくて二階に」

「階段の一段めからこっちは駄目です」

「訊いてみただけだよ」と彼は階段の下に進み、母が巻き尺を使わんばかりの慎重さをもって配置しているソファに、鞄ごとどさりと身を預けた。たぶん今、ちょっとずれた。脱いだ帽子をテーブルに置いて、「それにしてもさ、決して一階に下りずに生活するのって不自由すぎない?」

「ときどき下りてます。さっきも下りました」

「そして熱い砂浜から逃げるように、即座に上空へと舞い戻る」

「自分の部屋に冷蔵庫がありますし、二階にもトイレがありますから、こっち側のほうが便利なんです」

笠原は鞄からタブレット端末を出してメモを取りはじめた。なぜかちらちらと母ご自慢のアンティーク・チェストに顔を向けながら、「風呂も二階に?」

「それはありません」

「どうしてるの」

「ときどき階下《した》に下りて入ってます」

「洗濯も?」

「階下で自分でやってます。だいたい夜中に」

「それ、たしか聞いたね」

「いつも同じことを訊かれます。メモってるんじゃないんですか」

「メモの意味を思い出せないんだよ。まだ使い慣れてないもんで、タイピングが追い着かなくて単語の羅列になっちゃう」

「普通の手帖にすればいいのに」

「これはこれで便利なんだ。メールや、場合によっては写真や動画も、そのクライアントの情報として一括管理できるから。それにしても、トイレがあって冷蔵庫があって、風呂はときどき、洗濯もときどき……学生時代の俺と同じじゃん。家の外に地上直結の階段でも造ってもらえば、ヒッキーというよりただの下宿人だね」

じっさい下宿人のようだという意識はあったので、強くは否めなかった。「どうせ外には滅多に出ませんから」

「食料はどうしてんの」

「階下の冷蔵庫から、ときどき」

「盗んでまた天上へ、と。冷たいまんま食べてんの？」

「電子レンジも電気ポットも部屋にありますから」

驚かれるかと思ったが笠原は動じない。同じようなヒキコモリは少なくないのかもしれない。「そういう家電って自分で買うの？」

「通販で、本や画材と一緒に」

「資金は……あ、メモってた。お父さんのクレジットカードか。無制限に使っていいの？」

「上限は云われてませんけど、遠慮はしています」

「ウェブで商品を注文して、その荷物が届くじゃないか。配達人と顔を合わせて受け取るのは平気なんだ」

「父か母か弟が受け取って、階段に置いといてくれます」

「至れり尽くせりだ」と笠原は唇を歪《ゆが》め、壁のほうを向いたまま、「そのまま塔の上で暮らしてればいいんじゃないかな、いつか王子様が這《は》い登ってくるまで」

戦略だろうか？　怒らせれば発奮して下りていくとでも思っているのだろうか。芹香がなにか云い返そうとしていると、

「お願いだから、なるべく長いあいだそのままでね」と先手を打たれた。「そうやって二

階に籠もっていてくれるかぎり、俺の仕事も途絶えないから」

さっきから笠原が見ているのは、父が額装して壁に飾っている自分のアクリル画だと気付いた。なんとなく二階に去りづらくなってしまった。

「あれは象？　それとも犬？」

正面から応じる気になれず、「むかし描いた絵です」

「鼻が長いから象か。でも周りの植物に比べてずいぶん小さくない？」

「夢でみたんです」

「写真、撮っていい？」

「どうしてですか。心理分析のため？」

「たんに気に入ったから」

云い包《くる》められているような気もしたが、悪い心地はしない。

「どうぞ」と答えた。

笠原は壁に近付いてタブレットで撮影を始めた。「ウェブサイトも見たよ。器用なもんだ。ちょっとした植物図鑑か昆虫図鑑だね」

「いんちきですよ。写真を見ながら描いてるんだから」

「プロだって写真くらい参考にするだろうに。人間は描かないの」

「描きません」

「ポリシー？」

「あまり興味がないので」

「気が合うね。俺もだ」

玄関で音がした。入ってきたのは父だ。母の雲隠れを予感して、早めに職場を後にしたようだ。

「笠原先生、お疲れさまでございます」と二重に訛《なま》った独特の口調で挨拶《あいさつ》する。

本来言語学をまなぶために来日したのだが、研究心が高じて噺家《はなしか》に弟子入りした。そこで叩き込まれた江戸弁が今も抜けず、大根をデーコン、手拭いをテンゴイ、潮干狩をヒオシガリと云ったりする。真打にはなれなかったものの、碧眼《へきがん》の美形が演じる落語は当時話題を呼んだらしい。現在は英会話学校を経営している。

「娘が、なにか失礼をやらかしませんでしたでしょうか」

「まったく。素直なお嬢さんで助かってますよ、まだ仲良くなりきれていませんけど」

「根はマッツグなんですが、どうにも強情モンでして」

芹香は二階に上がりドアの音をたてて部屋に入ったふりをし、その前でふたりの会話に耳を澄ませていた。父が「まさしく紺屋《こうや》の白袴《しろばかま》、お恥ずかしいかぎりで」などと云っている。芹香が英語を話せないことについてだろう。

外国語を話せない変なガイジン――が、この十年間、彼女が甘んじてきた立場である。

日本社会から浮くことがないようにと日本語を優先した父の教育方針が、完全に裏目に出た。こうも白人そのものの容姿に育つとは予想がつかなかったのだ、両親にも、彼女自身にも。

ろくに話せない、ろくに読み書きができない劣等感から、今も英文を眼前にすると動悸がし冷汗で額が濡《ぬ》れる。ましてや街中で外国人観光客から英語で話しかけられる恐怖といったらない。

みずからの容姿に違和感をおぼえるようになったのは、小学三年生のとき。級友たちと一つの鏡を覗きこんでいて、自分の顔だけが他の子らと決定的に違っていることに気付いた――大きさも色も奥行も。小さな土台に無理やり大きなパーツを詰め込んであるようで、なにか空恐ろしかった。外国人嫌悪、外国語嫌悪が始まった。

「留学中に鬱《うつ》になっちゃう子は多いそうですよ。そのうえ見た目と中身とのギャップが激しいとねえ……難しいんじゃ？」という笠原の無遠慮な弁。

教師からも両親からも留学を提案されては、芹香がそのつど蹴ってきた。見た目がガイジンだから海外に放り出すという発想が不愉快きわまりない。かといって日本にも居場所が無い。高校には一日しか行っていない。そのまま卒業の年を迎えてしまった。

「本人はなんとかビジッツの世界に進みたいようでして」

「学歴にこだわらないんだったら、きょう日その種の通信講座は充実してますけどね。ただ仕事にしたいってことになると、学歴はあったほうがいいし社会性も必要です、あくまで一般論としては」

「するってえと先生のご意見としちゃ」

「幸せになるこつは、高望みをしないことです」

父の吐息が聞えたような気がした。実際には芹香自身の吐息である。

「来た！」という笠原の叫びを耳にして、思わず階段に戻り階下を観察する。

「何が来ましたか」

「この家には無線ＬＡＮが？」

「いろんな電波が飛び交っております」

笠原はなにやら懸命にタブレットの画面をつついている。そのうち、

「ちょっと急用が」と父に頭をさげて鞄や帽子を掻き集めはじめた。「こちらの都合なんで、本日の料金はロハってこって」

いつしか江戸弁が感染《うつ》っている。

3

画面上に鍵穴のアイコンが登場していた。笠原がそのことに気付くが早いか、見知らぬ

ブラウザ状のアプリケーションが立ち上がった。

上端に〈呼んだ?〉の文字。榊《さかき》から聞いていたとおりだ。

急いでその下にカーソルを合わせ、文字を叩き込む。〈Locksmith?〉

即座に〈日本語が出来るなら鍵屋でいいよ〉と返信があった。自動的にリロードされるプログラムらしい。

〈私のことは誰から?〉

〈榊P〉

〈ああ、あの調子のいい奴ね。仕事?〉

〈頼む。人間を創る〉

〈あんた子供?〉

〈タッチパネル不慣れ〉

〈キイボード無いの?〉

〈買う。三十分待って〉

〈普通は待たないんだけど、すぐさま買うって思い切りが気に入った。じゃあ三十分後に〉

アプリケーションは勝手に終了し、アイコンも消えていた。どうやって遠隔操作しているのか想像もつかない。

「ちょっと急用が。こちらの都合なんで、本日の料金はロハってこって」と芹香の父に頭をさげ、荷物をまとめて玄関から飛び出す。

代々木上原だ。いちばん近い家電量販店は新宿だろう。駅まで戻るのももどかしく、空車表示のタクシーを見つけて摑まえる。新宿と指定しかけたが週末の渋滞を予期して撤回し、まだしもましであろう渋谷へと向かわせた。来た、来た、と車のなかで呟き続けていた。

ロックスミスの名は、先般同窓会で再会した高校時代の同級生から聞いた。このところ音声合成ソフト、いわゆるヴォーカロイドの権利ビジネスを手掛けている男で、インターネット上では榊Pと名乗っている。Pはプロデューサーの略。ポリゴン少女が歌いながら踊っている様などを、あれやこれやスマートフォンで見せられ、自慢された。幾つか突出した映像があった。場面の転換ぶりや動きの切れが尋常ではない。後日、酒に誘って聞き出した。やはり仕事師がいた。

通称ロックスミス。性別も年齢も不詳。

「ハッカー中のハッカー。うちの会社の者はもとより、ウェブで調べたかぎり実際に会ったという奴は誰一人としていない。きっとヒキコモリ中のヒキコモリだな。技術は凄《すさ》まじいが、がめつい。関わらないのが身のためだ」

「でも榊は関わったんだろう？」

「開発の人間が頼ったんだ。SNSにロックスミスの名前を記しておくと、向こうから見つけて連絡してくる。都市伝説に過ぎないと思ってたら本当だった」

「信じられないね。本当にそんな――」

タクシーが停まった。金を払って店に飛び込み、パソコン備品のフロアまでエスカレータを駆け上がる。ポロシャツ姿の店員に、

「これに繋がるキイボード」とタブレットを見せる。

「はあ……こちらへ」と売場まで導かれ、くだくだしい説明を聞かされかけたが、

「とにかく、いますぐ使えるやつ」と強い調子で云うと、目立つ位置に飾られていた高級品を差し出してきた。

クレジットカードで購入し、その場で箱から取り出してタブレットへと接続した。箱は店に返した。「ここ、電波大丈夫？」

「無線LANのことですか。もちろん配してありますが、そちらは店舗専用なので、お客さま個人でのご利用はちょっと」

「試せないじゃないか。急いでるんだよ」

少々お待ちを、と店員は遠ざかっていき、やがて小箱を抱えて駆け戻ってきて、「お客さまの機種ですと、例えばこちらのルータを一緒にお持ちいただければ、どこからでもウェブにご接続いただけますが」

「買う。すぐに使えるんだな？」

「あ……いえ、まず料金コースをお選びになって、あちらのカウンターでプロバイダへの申請書をお書きいただいてですね、するとご自宅にプロバイダから契約書が送られてきますので、ご署名ご捺印のうえ――」

「阿呆か！　急いでるって意味、分かってるか？　緊急事態なんだ」

「もちろん、ネットからでもご契約いただけますが」

「繋がらないのにどうやって契約する!?」

笠原の語勢に気圧《けお》され、店員の顔はすっかり青ざめている。少々お待ちを、とさっきとは別の方向に遠ざかっていった。笠原はたびたび腕時計を覗きつつ、じりじりとその帰りを待った。とうに三十分は超過している。ロックスミスが時間にルーズだといいのだが……。

店員が戻ってきた。メモ用紙を差し出し、「店長に掛け合ってきました。あくまでご契約のためでしたら、仮パスワードをお使いいただけるそうです」

「貸せ。いや、設定してくれ」とタブレットを渡した。

しばしののち手許《てもと》に戻ってきたその画面には、すでにロックスミスのブラウザが立ち上がっていた。

〈買えた？〉とある。

その場にしゃがんでタブレットをキイボードに載せ、慌てて打ち込む。〈遅くなってすまない。買った。これから無線LANのスポットを探す〉

〈モバイル環境くらい準備してから呼んでくれる？　とりあえずそこで繋がってるんだから、その場からでいいじゃない〉

〈ルータは買う。いま利用しているのは、なんだかの申請用の仮パスワードなんだ〉

〈ああ、本当だね。その店のサーバを経由するのは私も厭だな。足跡の消去が面倒だ〉そこまで覗き見えるらしい。〈渋谷だったら、道玄坂のケンタッキー・フライドチキン〉

〈すぐに向かう〉

荷物を掻き集めて店のエスカレータを駆け下りる。坂道を駆け上がる。店を見つけ、飛び込んだ。珈琲《コーヒー》を注文する間ももどかしい。

〈着いた？　人間を創るってどういうこと？　またヴォーカロイドやヴァーチャルアイドル？〉

注文カウンターにキイボードを置きタブレットを載せる。迷惑顔の店員を尻目に、〈不気味の谷を越えたい〉

〈本気？〉

〈いちおう本気〉

〈ビジネスとしての勝算は？〉ロックスミスの返信は恐ろしく素早い。

すこし迷ったが、〈ある〉と書き送った。

〈個人？　企業？〉

〈今は個人〉

〈名前を〉

〈笠原丈吉〉

〈カサハラ？〉

〈ジクハラ。天竺《てんじく》のジク〉

〈イニシャルがＪＪなんて珍しいね。デザイナーは雇える？　私はキャラクターデザインには無縁なんだけど〉

〈目処《めど》はある〉

珈琲が出てきた。金を払い盆を抱えて二階に上がる。座席を確保してまたタブレットを覗くと、既にロックスミスからの〈もっと具体的に〉〈返事がないならログアウトするけど〉といった返信が届いていた。

慌てて、〈ヒキコモリのカウンセラーをやってる。使えそうな人材が何人か〉

御仁《ごじん》にしては、やや間が空いた。〈餓鬼？〉

〈餓鬼もいる。彼らには時間も意地もある〉それから思い切って書き足した。〈貴方と同じく〉

〈大人は？〉

〈なかなか優秀なのが一人〉

〈そいつもヒキコモリ？〉

〈正直なところ、そう〉

〈気に入った。金なり名声なり社会貢献なりの達成目標を書き添えた企画書を。いま専用のメーラーを送る〉

〈とにかく金になればいい〉

〈そう明言する奴に限って裏があるから鵜呑《うの》みにはしないが、もしビジネスとして成立したなら、見込まれる収益の三割を当座口座に振り込むこと。私のプログラムには必ず時限爆弾が仕込んである。振込みが遅れたら解除キイは教えない。収益は調査できる。私を騙《だま》すとろくなことは起きないよ〉

〈ひとつ二割で〉

〈破談〉

〈二割五分〉

〈破談〉

〈待って〉

〈もう五秒も待った〉

〈俺を除いてあと三人を見込んでいる。彼らと四等分してほしい〉
〈ほうら、目的は金じゃなかった〉
〈俺にはカウンセラーとしての収入が保証される。そのさきのプランもある〉
〈いちおう納得しておこう。不気味の谷を越えたいっていう相談自体には魅力がある〉
〈各人のコードネームも用意してある〉
〈私は鍵屋でいいよ、クレジットさえしなければ〉
〈ローズマリー。どうだろう？〉
〈女みたいな名前だ〉
〈あとの三人は、パセリとセージとタイム〉
〈調べた。スカボロー・フェアだね。いま聴きはじめた〉
すこし待った。新たな文字が打ち出された。
〈ほんとのところ、何をやりたいの？〉
〈面白いこと〉
〈ローズマリーでいいよ〉
畑地を探しておいてと彼に頼んで。
パセリ、セージ、ローズマリーと、タイム。

塩水と砂浜の間にね。

それが出来てこそ私の真の恋人。

4

包装フィルムが引き裂かれ、内で息を潜めていた冷凍マカロニグラタンが、紙皿ごと電子レンジのターンテーブル上に送り出される。ドアが閉じられ「あたためスタート」のスウィッチが押され、マグネトロンの発動を示すオレンジ色の照明が芹香の眼鏡を輝かせる。

彼女が机の前に戻ると同時にパソコンが小鳥の囀《さえず》りを発して、メールの受信を告げた。笠原からだった。

「パセリ？」と一読して独り言つ。「で、不気味の谷ってどこ」

笠原からのメールはいつも散漫で、情報の欠落が多い。やむなく検索を始めた。

5

「温めますか」という初老の店員の質問に、洋佑は黙ってかぶりを振る。家に帰って中身を仕分けし、温めるべきものだけ温めるつもりだ。

彼が消去法で選んだデミグラスソースハンバーグ弁当は、冷気を孕《はら》んだまま白いポリエチレン袋の底に置かれた。

「お箸《はし》をお付けしますか」

少年はまたかぶりを振った。かつてこういうとき頷き続けていたせいで、机の抽斗《ひきだし》にいつなんに使うとも知れない割箸コーナーが出来上がってしまった。財布の小銭を数えているさなか、ジーンズの前ポケットの中で携帯電話が震えはじめた。取り出してディスプレイを確認する。

「これで」と釣銭を減らすのを諦めて千円札だけをレジ台に置き、電話機を頰にあてがった。小声で、「はい」

「笠原です」

「はい」

「いま通話、大丈夫？」

「はい」

気を利かせた店員が、黙ったままでレシートに載せた釣銭を差し出す。受け取って前ポケットにまとめて突っ込み、財布は尻ポケットに戻し、レジ袋を摑んで店を出た。

「声が小さいけど、電車の中？」

「コンビニにいました。もう外に出ました」

「ヒッキーが電車には乗らないか」

「乗ることもありますよ」

「メールしといたんだけど、なかなか返信がないからさ、君、いつも返信が早いのに。だから念のために電話してみた」

「今日は神社にいたから」

「お祈り？」

「いえ……考えごとを」

「どんな？」

「将来のこととか」

「変な欲さえ出さなきゃ、なんとかなるよ。ところで洋佑くんさ、午前零時っていつも起きてるかな」

「はい。寝てるときもありますけど、大概は」

「なにやってるの」

「ウェブを見てたり、ちょこちょこと音楽とか――」

「ちょうどよかった。今晩午前零時、パソコンが君に名前を尋ねてくる」

「どういうことですか」

「言葉どおりだよ。メールにも書いておいたが、そしたらこうタイプしてほしい。T、H、

Y、M、E」
「……タイム？」

「よく出来ました」

「まえ一緒にご飯を食べたあと、家で調べたんです」

「そういう実《まめ》さが君の美点だな。パセリとセージはもういるし、女っぽい名前もどうかと思って、タイムは君に振り分けた。頭文字も同じだし」

「僕の頭文字はYですけど」

「苫戸井はTだろ」

「そうでした。入力は半角で？　大文字？　小文字？」

「半角。大文字か小文字かはどっちでも」

「何が起きるんですか」

「君と一緒に踊ろうかと」

6

「温めますか」

と尋ねてきた女性店員の顔を、聖司《せいじ》は思わず見つめ返した。あ、あげはかと思ったのだ。

「お弁当のほう、温めますか」と再び問われた。

冷静に考えてみれば若すぎる。あげはなら、もう自分と同じく三十だ。関西訛りも、こちらにはない。名札には平仮名で「はくうん」とあった。どういう字を書くのか見当がつかない。「……温めて」

すぐさま食べたいわけではないから家で温めるつもりだったが、いましばらく彼女を眺めていたくてそう指示した。店員がいったん聖司に背を向け、業務用の電子レンジにランプが点《とも》る。

振り返った彼女はよく訓練された笑顔で、「少々お待ちください。さきにお会計、よろしいですか」

金を払い、ほかの買物が入ったレジ袋だけ受け取って次の客に場所を譲り、彼女の優雅なバーコード読みを見守った。相当な数のアルバイトを短時間の区切りでリレーさせるのが、コンビニエンス店の基本的な雇用システムらしい。多いときは日に三回も訪れるこのコンビニだが、毎度必ず見たことのない顔に迎えられる。

「刺塚《いらつか》じゃないか。刺塚だよな？」

大声で呼び掛けられ、ぎょっとして振り向く。背広姿の長身の男が、呆《あき》れ返ったような表情でこちらを見下ろしていた。こいつ、バスケット部の……名前が出てこない。正確には、出てきすぎてそのどれともつかない。クラブには佐藤も鈴木も高橋も田中も渡辺もいた。日本に数多い苗字のベスト5だ。しかも佐藤は三人で、あとも二人ずつで、呼捨て、くん付け、ちゃん付けなどで区別されていた。

「お……おう、久し振り」

「お前の家、この辺だっけ」

頷くほかなかった。寝巻を兼ねたネルシャツにスウェットパンツ、そして踵《かかと》を潰したスニーカーという出立《いでた》ちだ。

「唐揚げ弁当、お待ちのお客さま」別の店員が小さなレジ袋を聖司に差し出す。

「お前、本当に唐揚げが好きだなあ」と男が笑う。

嫌いではないが、唐揚げ好き呼ばわりされるほど人前で食べまくっていた覚えもない。もっとも母がつくってくれる弁当には、それなりの頻度で鶏の唐揚げが入っていた。よほど旨そうに食べていたのだろうか。

レジ袋を両手に提げ、じゃあ、と呟いた聖司を、佐藤か鈴木か高橋か田中か渡辺かは通せんぼして、「お前、いまなにやってんだ?」

異様なネクタイを締めていた。ビールで満たされ白い泡を縁から滴《したた》らせたジョッキが印刷されているのだ。思わずそれを凝視していると、

「これか? 俺のトレードマークだ」と彼は誇らしげに上着の釦《ぼたん》を外した。「この営業をやってんだよ。こんどこのエリアの担当になった」

幸いにして名刺を出してくれた。唐揚げ弁当を提げたほうの手で受け取る。大手ビール会社のロゴが入っていた。苗字は伊藤だった。第六位か。

「お前、名刺は？」

「……ないよ」

「自営か」

「いや」

「ひょっとしてヒキコモリか？」

頭のなかでバグが翅音《はおと》をたてはじめた。

黙ってドアに向かおうとする聖司の腕を、伊藤は掴んで顔を間近に寄せ、「ここだけの話、コンビニの弁当はやめとけ。表示義務のない添加物の塊《かたまり》だ」

「ビールやジュースは？」

無言で笑い返してきた。

7

「温める？」と女店員が問う。

「どうする」笠原は榊を見た。

榊はおしぼりで顔を拭《ぬぐ》いながら、「俺はいつも常温で飲んでるけど、冷房が効いてるからべつに燗《かん》でも。丈吉に任せるよ」

「うーん」と笠原はしばらく考えて、「じゃあ中間をとってぬる燗で。分かる？　ぬ、る、燗」

「分かります。はい」

「あと粗目《ざらめ》」と榊。

「甘くして飲むのか。まだ太る気か」

「脳の栄養補給だ。血糖値は正常だって。昔は紹興酒に砂糖を入れて飲むのは日本人だけだって云われてたんだけどさ、出張で行った蘇州じゃみんな入れてたぜ。ねえ」と店員に同意を求める。

「私、出身、上海《シャンハイ》。上海では、あまり」

「そうなの。とにかくぬる燗、それから粗目、あとおつまみの盛合せ的な――」

「皮蛋《ピータン》？」

「皮蛋、いいね。海蜇《くらげ》も」

「はい」

「あとは考えとくから」

「はい」店員は一礼してテーブルを離れていった。

「榊、これから職場に戻るんだろ。せめてビールにしといたほうがよかったんじゃないか？」

「エールを三パイントも飲んだあとで入るかよ。そういうお前は？」

「俺は夜まで特にないから」

「じゃあ付き合え。で、その刺塚ってのをどうしたいんだ？　うちで雇えとでも？」

笠原は頭を左右に揺らし、「院生時代にソフトウェア工学のシンポジウムで講演してるくらいだから、潜在能力は相当なもんだが、人格的に企業は無理だ。クリエイティヴィティも怪しい。敷かれたレールの上だったら高速で突っ走れるタイプ」

「使い方次第って人材か」

「だからほかのタイプも揃えた」

「ロックスミスが乗ってきたってのには、ちょっと驚いたよ」

「たぶん、まったく信用されてないけどな」

「のっけから丈吉を信用しろってのは無理な話だ。俺なんて子供のころ何度、親から『あの友達はやめときなさい』と命じられたことか」

「なにが悪かったんだろう」

「『あの子は目が怖い』」

「だから隠してる」

笠原は右手だけで一本のショートピースをパッケージから取り出し、思い直したようにそれを後ろに放る素振りを見せた。榊がその飛んでいった方向を目で追っているうちに、左手の指先に別の一本を生じさせ、おもむろに唇にくわえた。

榊は失笑して、「唐突にそういう真似をするから人に疑われる。本当は投げずに右手の中に隠していて、その煙草は最初から左手の中。そうだろ？」

「ないよ」と開いた笠原の右手の内には、百円ライターが生じていた。「わ」

「お見事」榊は小さく拍手して、「お前なら不気味の谷を越えられるかもな」

笠原は煙草に火を点《つ》けた。紹興酒の徳利と粗目が来た。互いの猪口《ちょこ》に注《そそ》ぎ合う。

「ただの旗印だよ、ヒッキーどもを繋ぎ留めておくための。面白い言葉だと思っただけで、ろくに知識もない。連中が勝手に調べるさ、閑《ひま》なんだから」

「直感で選んだのか」

「ま、そうだ。榊んとこのサイトから、リンク、リンクで適当に跳んでたら、そういう言葉が出てきた」

「丈吉らしいよ。きわめて単純な理論というか仮説だが、その呪縛は特にCG映像に対して堅固だ。キャラクターの造形がリアルになればなるほど、見る者の脳が本物の人間との差異をくっきりと認識してしまい、白けた思いや嫌悪感が生じる。だからヴァーチャルアイドルの類《たぐい》は、わざとその手前に踏み止まることが多い。漫画や平面アニメに近い造形で、私はCGですよ、というサインを発し続けるわけだ」

「しかし人間、写真や写真と区別のつかないイラストレーションは、べつに不気味には感じないじゃないか」

「静止画像には生じにくい現象なんだ。もともとロボット工学上の概念だが、未だ人間と見紛うばかりのロボットが開発されていない以上、今のところCG特有の現象と云えるだろうな」

「不気味の谷に落下した映像ってのは、そんなに多いのか」

「そのせいで興行的に惨敗したと云われている映画は少なくない。が、たんに作品として不出来だったからだという説も根強い。CG万能を妄信した脚本、制作側の意の儘《まま》に動いて文句を云わないキャストに依存した演出、ところが意外に撮り直しはきかない……でも、そうだな、たとえば」と榊は、笠原がタブレットと格闘しているときの十倍もの速度でスマートフォンを操作して、「この娘《こ》、どう思う?」

　突き出された電話機のディスプレイには、ベッドの上に腹這いとなりカメラに視線を合わせた少女の姿があった。全裸である。歳《とし》の頃は十代の後半だろう。

「たいした美女だな。最近のアイドルか」

「もし丈吉、その娘から云い寄られたらどうする」

「なんの話だよ。そりゃあ悪い気はしないさ」

「でもこれ、人形なんだよ」

「冗談だろ？」

「拡大してみろ。頭と頸の間に繋ぎ目がある」

二本の指で触れて画像を広げ、まじまじと観察した。たしかに顎と頸とがくっきりと分離しており、皮膚の繋がりが感じられない。

「……なんなんだ、これ」

「キャプテュアって工房のラヴドールさ。シリコン製のダッチワイフ」

「抱けるのか」

「前のめるなよ」

「お前、持ってるのか」

「以前取材させてもらっただけだよ。恐ろしく高いし、どうやって女房の目から隠すんだ？　ほぼ等身大だぞ。ともかく丈吉、これが人形だと気付いた瞬間、ぎょっとしただろ？　それも一種の不気味の谷なんだ。ミラーニューロンの混乱だという説がある」

「なんだそれ」

「調べろ、なんのためのタブレットだ。しかし静止している対象にだったら、人間の脳はすぐさま適応する。さて思考実験だ。この娘が目の前で動き続けていると想定しよう。人間そのものの自然な動きや声だったら、たぶん恋愛感情すら生じる。他方、少しでも動きや声がぎくしゃくしていたなら――」

笠原は煙草を灰皿に押し付け、紹興酒のお代わりを注ぎながら、「怖いな」

「それが『不気味の谷現象』だ。人にとって愛おしいヒューマノイドが完成する寸前には、必ず深い淵がある。ロボット工学の森政弘は、一九七〇年の時点でそれを予見していた」

「無謀だったかな」笠原は盃《さかずき》を見つめた。「俺は生身の人間にさえ、不気味の谷を感じてきたような気がするよ」

「お前はそうかもしれない」榊もお代わりを注ぎ、粗目も足した。「選抜したヒッキーたちに対しても？」

笠原はあっさりと頷いて、「あいつら、不気味だよ」

「そこにヒントがある」

「どういう意味だ」

榊は肩を竦《すく》めて、「気にするな。部下やクライアントに対する口癖だよ。女房にも使える。『そこにヒントが隠されていますね』『そこに君が幸せになるヒントがあるんじゃないかな』エトセトラ」

「頭が良さそうに聞えるな」

「じっさい俺、頭はいいんだよ、丈吉のような紙一重じゃないだけで。というわけで煙草くれ」

「やめたんだろ？」

「買うのをな」

テーブルの端を小さなごきぶりが歩んでいる。笠原が使っていない小皿を置いて進路を妨害すると、ごきぶりは避けることなくその表層まで這い上がってきた。

8

ぼんやりと門を抜け、うっかり、そのまま母屋《おもや》に足を向けかけた。いつしか頭の中身が中学か高校時代まで巻き戻っていたようだ。

悪くない十代だった。女性に縁がなかったことを除けば、輝かしかったと称してもいい。受験校としても名の通った一貫制の男子校で、中高を通じてバスケットボール部のレギュラーメンバーの地位を保ち続けた。体格に恵まれたほうではなかったがボール・コントロールが良く、選手権でホイッスル寸前、奇蹟のフックシュートを決めたこともある。フリースローのときの、いいいらっつか！　いいいらっつか！　という応援の合唱が今も耳の底に残っている。コンビニで会った伊藤は最後まで補欠で、十分以上試合のコートに立った経験はないはずだ。

新築特有の景色とのちぐはぐさを未だ纏《まと》った離れへと方向転換し、ドアノブに片手の荷物を引っ掛けて、鍵を開ける。間仕切りのないコの字形の二階部分が吹抜けの居間を囲んだ、巨大な犬小屋か鳥小屋のような家だが、三人や四人の家族がゆうに生活できる広さがある——広さだけはある。

聖司が関西で大学院生をやっているあいだに庭から池が消え、これが建っていた。いずれ所帯を持ったらここに暮らすといい、と誇らしげにしている両親に対し、どこで就職するか知れないのにと唖然となったものだが、キッチンカウンターや二階の手摺《てすり》の向こう側にあげはの俤《おもかげ》を思い重ねると、満更でもなかった。

細い頸やつんとした鼻や、長い睫毛《まつげ》に囲まれたアーモンド形の両眼に相応《ふさわ》しい、素晴しい名前だと聖司は思うのに、あげははそれをしきりに恥ずかしがっていた。

「鳴かず飛ばずの芸能人みたいやないの。親のことは悪う云いたないけどセンス疑うわ。うち、普通のなに子ちゃんがえかってん」

苗字は庭野だった。刺塚あげはでも恥ずかしいのだろうか。とくだん約束したわけでもないのに、就職したら彼女と結婚するものという絶対の確信があった。今となってみれば、ほかに言葉を交わせる若い女性がいなかったがゆえ、それ以外の可能性には思い及ばなかっただけだ。理学部に女性は、見掛ければ幻かと感じるほど数少ない。

玄関にも居間にも灯《あか》りが点ったままだ。見映えを優先した吹抜け構造と二階にずらりと並んだ大窓は、見事なまでの設計ミスで、いざ暮らしはじめてみると照りつける日光が凄まじかった。温室そのものであり冷房はまったく効かない。やむなく分厚いカーテンを巡らせて閉じっぱなしにしているが、採光を二階部分に頼った設計だから屋内は一日じゅう暗い。

冬は冬で暖房が効かない。エアコンを付けようがストーヴを焚《た》こうが暖気はみな天井へと逃げていき、その対流で足許が恐ろしく寒い。仕方がないので部屋に似合わぬ炬燵《こたつ》にしがみつき、背中をハロゲンヒーターで照らして丸くなっているのが冬場の常だ。

母屋に引っ越しなおせば快適なのは分かっている。しかし今の自分の姿をなるべく親に見せたくない。現状を脱するためには就職するしかあるまいけれど、毎日出勤して働くだとかそういう身分を得るために奔走するといったことに対して、いつしかまったくリアリティを感じられなくなってしまった。履歴書の空白期間について問われる自分を想像しただけでも、頭のなかのバグが翅音をたてはじめる。

院生時代、オートバイで転んで頭を強打した。ヘルメットのお蔭で外傷はなかったが、すこし頭が悪くなった。はっきりとその自覚がある。事故のとき生じて、初めは朧《おぼろ》な輝きのようだった脳の不良箇所《バグ》が、やがて蛹《さなぎ》となり、羽化して、今や艶《つや》やかな鞘翅《さやばね》を持つ甲虫へと完全変態を果たしている。こいつに対する聖司の想いは複雑だ。儘ならないが、かといって害虫でもないのである。共生している、と感じている。

彼をヒキコモリたらしめているのもバグなら、彼の孤独を慰め穏やかさを保たせているのも、同じバグだった。つまらない職場で顧客と上司にぺこぺこしていた時代や、それでもなお退職にまで追い込まれてしまった頃を思えば、別人のように、今の聖司は温和しい。殴ったり蹴りつけたりでこさえてきた壁やドアの凹《へこ》みは、塩化ヴィニルの板を自分で林檎《りんご》の形に切り抜いて、それで隠した。なぜ林檎？　聖司にもよく分からない。きっとバグが餌《えさ》として欲したのだ。色とりどりの林檎がそこかしこに二十余りも踊っているさまを、竺原は「いいねえ」と面白がってくれた。

キッチンカウンターに食料を並べ、冷蔵庫に移すべき物は移しながら、ノートパソコンのメーラーを確認する。タブレットやスマートフォンの類は、今は使っていない。まずもって遠出はしないからツールには軽量さより性能を求めてしまうし、アーキテクチュアが違うからパソコンとの同期も厄介だ。どれもこれも解約してしまった。その代わり専用のデスク上は無論のこと、キッチンにも炬燵の上にもトイレにも階段にも寝床にも型の違うパソコンを置き、その殆《ほとん》どを同期させている。三台ばかり同期させていないのは、敢えてのウィルス対策だ。

〈今夜だけど大丈夫?〉という竺原からのメールが届いていた。忘れていた。

〈どうぞ。何時頃になりそうですか?〉と手短に返信する。

ヒキコモリを簡単に脱せるとも近々に脱したいとも思っていないが、このカウンセラーに聖司はみずから連絡をとった。やる気なさげなヒキコモリ支援センターのサイトに掲載されていた、彼の顔写真を見た瞬間、頭のなかのバグが動いたのだ。この男も頭にバグを飼っていると直感した。バグ同士が呼び合っている。連絡せずにはいられなかった。

〈頭のなかに小さな虫が棲《す》み着いていて、そいつが触角を動かしたり翅音をたてたり居場所を変えたりして、宿主の自分になにかを伝えようとしているような感覚、覚えられたことはないですか？〉

日頃の実感を必死に文書化したメールだったが、よくぞ取り合ってくれたものだと今は思う。

返事が来た。〈けっこう大きな虫だったら居るような気がしてますね、子供の頃からずっと。カウンセリングをお求めですか？〉

レジ袋から取り出した唐揚げ弁当をしばし睨《にら》みつけていたが、いま食べてもそのあいだじゅう伊藤のネクタイの柄が思い浮かんでしまうような気がし、包装フィルムを剝《は》がす気力が湧かなかった。グラスに氷を入れ、ラム酒の罎《びん》、保存食として買っておいたラーメン菓子の袋と一緒に、パソコンデスクのサイドチェストに運ぶ。酒で唇を湿らせながら動画サイトにアクセスし、不気味の谷の犠牲者とされているフルCG映画を改めて眺めはじめた。参考までに確認しておいてほしいという指示が笠原からあったものの、目的はいまだ不明瞭である。メールにはほかにラヴドール工房のサイトもリンクされていた。

〈ちょっと人間創りに参加してほしい〉と記されていた。人格形成を指しての彼の造語なのか、実際に人形のような物を制作したいのか、はたまたフィクションの執筆でも手伝ってもらいたいのか、今のところ見当がつかない。ことメールに於《お》いては人を煙《けむ》に巻くかのような書きぶりが彼の特徴であり、次の訪問で事細かに問うしかあるまいと、返信でその件には触れなかった。

映像は、世界的に大ヒットした近未来ロールプレイング・ゲームの、映画化作品である。大学での専門が専門だっただけに技術的な頑張りにばかり目が行く。当時最新鋭の技術がこれでもかと投入されている。汗ひとつかかない美男美女たちによる目まぐるしくも流麗なアクション、フルCGならではのアクロバティックなアングル変化、映画館ではさぞ騒々しかったであろうハイファイ音響、ついでに云えば洒落た科白《せりふ》まわしにマスコットキャラクターのおとぼけ——。

不気味というより退屈の谷だと感じた。そして実際、三分の一も観ないうちに瞼《まぶた》が落ちてきた。ヒキコモリになってからめっきり体力が落ちた。

「温めますか」とコンビニの店員が問いかけてくる。

「いいよ、違うって分かってるから」と聖司は掌《てのひら》を向ける。君はあげはじゃない。分かっていたよ、だって言葉に訛りがない。「温めなくていいよ」

「ごめん、もう電子レンジに入れてしもた」

はたと相手の顔を見返す。やっぱりあげは……!?

「刺塚くんはシティボーイやから、コンビニのお弁当は温めへんのやね」

いやいや、東京でも普通は温めてもらう。俺が店員に掌を向けて断ることが多いのは店から家までが近いからで、そのキッチンに赤い電子レンジがあるからで、だいいち夏場に温めてもらったら冷蔵庫に入れられないからあとで食べようと思って放っておくと、蓋を開けたときには変な臭《にお》いがしたりする。うち、設計ミスで暑いんだよ。あげは、ごめんな。うち、凄《すご》く暑いんだよ。壁の凹みは林檎で隠してるんだ。

「刺塚くん、東京で就職するつもりなん？」

いつしかあげはは焼酎サワーのジョッキを握り締め、反対の手で聖司の胸の辺りを指差していた。その科白に、夢のなかの聖司は身を強張《こわば》らせた。あげはが自分と結婚したがっているという確信を得たのは、まさにこの瞬間だったと思い出したのだ。

声にも仕草にもあどけなさを残した大学生の聖司が、付焼刃の関西訛りで答える。「んー……まあ、いつかは故郷に戻りたいと思うてるけど」

「ええなあ、東京が故郷やなんて」

「ええことなんて、べつになんにもあらへんよ」

「うち、東京行ったことないんやわ。憧れるわあ、トトロの舞台やディズニーランドや」

それ埼玉と千葉だけど、とあのときは云えなかった。俺が教えておけばよかった。あのあと人前で同じことを云って恥をかきはしなかっただろうか。もしかいていたなら、ごめんよ、あげは、俺の責任だ。

都落ち、と最初は大学生活を感じていた。周囲の方言が鬱陶《うっとう》しかった。なにを問われているのかさっぱり分からないことも多々あった。最も戸惑ったのは、地元出身の学生たちが相手を「自分」と称することだ。

「自分、高校でなにしてたん」

悔恨まじりの独白にしか聞えず、最初はぽかんと相手を見返すことしかできなかった。あげはには、喋るときしばしば相手を指差す癖があった。行儀がいいとは云いかねるが、お蔭で初めて意味が通じた。

「刺塚くん自分、高校でなにしてたん」

聖司は自分の顔を指差した。「自分?」

「うん、クラブとか」

「……バスケットボール」

「かっこええやん。ほなダンクシュートできる?」

「でき……るけど……自分は?」と彼女を指差してみた。

「ダンクシュート?」

「じゃなくてクラブ」

「うち、オタクやってん。マンケン」

「漫画？」

「せや。笑える？」

「笑わ……笑えへんけど」

「刺塚くん、ちゃんと喋ってくれんねんな。うちら田舎もんは莫迦にされてんのやろな思うて、あんまし声、かけづらかってん。こんどダンクシュート見せて」

「どこで」

「どこやろ」ふふふとあげはは眼を細めた。「どこやろな」

「お前、頭んなかバグってねえか？」と彼女との間に、職場の上司の平べったい顔が割り込んできた。こいつの名前は忘れられない。忘れようがない。よりによって仲間というのだった。「なんだよ、さっきの電話。すみませんを連発するのがクレーム処理だと思ってんのか、ぼけが」

二十五歳の聖司が卑屈な笑みをうかべる。「ちょっとバグってるのかもしれません。最近、疲れ気味で」

「はい、復唱」

「社訓ですか」

「ほかのなんだよ。教育勅語でも復唱すんのか」

「それは……できません」

「大学院出てんだろ？」

「まあ院で、そういうのは勉強しませんから」

「そういうの？　俺は習ったけどな。お前から見たらFランだけどな」

「本当っすか」

「Fランかって？　舐《な》めてんのか」

「じゃなくて、教育勅語のほうです」

「疑うわけだ。国立出たのがそんなに自慢かよ」

「いえ、自慢してませんし」

「学歴差別、楽しいか？」

「差別してませんし」

「とにかく復唱してみろ、社訓を」

ぶううううん。

一、顧客と接する一時《ひととき》を喜びとし、
一、爽やかな返事と笑顔を忘れず、
一、困難に立ち向かう情熱を保ち、
一、職場仲間と信じ合い助け合い、

一、社名と製品を誇りとすること。

椅子から滑り落ち、うわわわと叫びながら目覚め、気が付けば正座の姿勢で竺原丈吉を見上げていた。

「おはよう。ずいぶん魘《うな》されてたね」

「……どこから入ってきたんですか」

「玄関。メールしても電話しても返事がないし、来てみたら開いてたから。じっと待ってるのもつらいんで、酒と氷、勝手にすこし貰ったよ」

竺原の手には羆《ひぐま》のマグカップが握られていた。絵柄がそうなのではなくカップ自体が熊の形状をしており、口に咥《くわ》えた鮭が持ち手になっている。持ちにくいし口当たりが悪いし洗いにくいので、そのうち捨ててしまおうと思っていた。

椅子に這い上がりながら、「そのカップ、飲みにくくないですか」

「全然。こんな珍しいのどこで買ったの」

「こないだ親が北海道旅行で買ってきたんです。なんなら持ってってっちゃってください。差し上げます」

「本当？」と嬉しそうだ。「それにしても君のご両親はいつも旅行してるんだな」

「父は道路公団、母は教育長までやったから、年金が余って仕方がないんですよ」

「羨《うらや》ましい話だ。俺は年金貰えんのかな」

「国民年金には加入してるでしょう？」

「若いころろくに払わなかったんだよね。どうせ制度が崩壊するからと思って。そう勝手に予見して払わなかったんだから、貰える人に嫉妬《しっと》する権利はないな。死ぬくらいまでのあいだは自力でなんとかするよ。長い年月じゃない」

「まだ長いでしょう？」

「考え方次第かな」

「竺原さんって、もともとなにやってたんですか。最初っからカウンセラーってことはないですよね？」

「学校を出てすぐさまカウンセラーって人は、まずいないだろうね。そんな若僧になにに相談するんだって話だし」

「どんな仕事やってたんですか」

「殺し屋」

「また」

「ほんと。何人かは殺したよ。後悔して、もう辞めた。ラム、もうちょっと貰っていい？」

「あ、どうぞ」と罎を摑んで差し出す。

「君さ、ちょっと臭うぞ。長いこと風呂に入ってないだろう」

「すみません。せめて着替えてきます」

「ついでにシャワーも浴びてきたら」

「そうします」

笠原の馴れ馴れしい態度も人を喰ったような口調も、聖司は不思議と気になったことがない。こういう上司だったら退職せずに済んだのではないかとさえ思えてくる。やはりこの人物の脳には自分と同じような、いやもしかしたら本人の言葉どおり俺のよりずっと大きな、バグが棲み着いているのだ。

洗面所に行き、いつから着たきりだったかの記憶も定かでない衣服を洗濯乾燥機に放り込んで、浴室に入る。シャンプーが切れていたのでやむなく石鹼で伸び放題の髪を洗うと、これが思いのほか気持ち良かった。ついでに無精髭《ぶしょうひげ》もなんとかするべきかと思ったが、女のように見えてしまうと気恥ずかしいので剃らずにおいた。

髪を後ろで一括《ひとくく》りにし、洗ってはあるものの見た目はさっきまでと変わり映えのしない服装で、居間へと戻る。笠原は炬燵の天板にキイボードに立てたタブレットとルーターを置き、その前で頰杖《ほおづえ》を突いていた。以前は夏でも布団を挟んだきりでいたが、今年は笠原の目を意識して春の終わりに片付けた。

「今、いったい何時頃なんでしょう」

「あと十分で午前零時だよ」

「あ、そんなもう」デスクの前に坐ってパソコンの表示を確認した。「ほんとだ。今から帰れるんですか」

「なんなら泊めてくれ」

「ちょっと厭ですけど、いいですけど」

「もうじき始まるぜ」

「なにがですか」

「第一ラウンド。人間創りを手伝ってほしいってメールしたよね」

「あの意味がぜんぜん分かんないんすよ。なにかワークショップのようなことでも始めたいって話ですか」

「ワークショップか。その表現はいいね、なんだか善い事をしてるような気がしてくる。うん、インターネット上に人間を創出するワークショップだ」

「誰のための」

「君さ。あと三人のヒッキーを見繕っといたから、うまく力を合わせてくれ」

「ヒキコモリ同士で、力を？」竺原の弁とはいえ、さすがに耳を疑った。

「べつに全員がヒキコモったままでいいから。自己紹介なんかもしなくていいし。どうせ君らの現実は半分以上がインターネット空間のなかだ。そこでだけの話だよ」

「ちょっと……唐突すぎて、参加できるかどうか、したいかどうか、とにかく具体的に話を聞いてみないことには」

「どうせ君は参加するさ」

「リンクされてたサイトのラヴドールみたいな感じの……CGを創るとか、そういう話ですか」

「なんでもいいんだよ。とにかく君は参加する。なにしろメンバーにロックスミスがいる」

「まじで!?」思わず大声をあげた。

「あ、やっぱり声が裏返るくらい有名なんだ」

「有名どころか」

「友人から聞いたところによれば、なんでもペンタゴンのシステムに侵入したこともあるとか」

「正確には、アメリカのハッカー組織が侵入を公表したとき、スペシャル・サンクスとしてサイトに名前がクレジットされてたんすよ。ロックスミス・イン・ジャパン。でも目眩《めくら》ましかもしれない」

伝説はそれ以前からあった。リヌックス・カーネルのバグを次々に指摘してリーナス・トーバルズを唖然とさせた、幾つもの銀行やクレジットカード会社のセキュリティホールに署名してきた、人種差別を標榜《ひょうぼう》するハッカー集団のサイトを一夜にして別物に変えてしまった……。

「そういう人を、我々はもはやハッカーとは云わない。ウィザードって呼ぶんです。最近は鳴りを潜めてる感じでしたけど」

「名前が表に出るような活動からは遠ざかってるっぽいね。ペンタゴンの話が本当だったんじゃないの」

「どうやって連絡を？」

「ＳＮＳで呼んでれば見つけてくれるって云うからさ、そうしてみたら本当に返事してきた」

「莫迦な」

「莫迦と云われてもね」

「偽者じゃないんすか」

「かもね。それでも実力があるならいいじゃないか。どうせ俺たちだって全員が偽者なんだから。あと一分でご対面だ。氷、もっと貰っていいかな」

羆のカップを受け取ってキッチンに走った。アイスペール代わりになりそうな食器を探しているうちに、

「来た」と笠原が叫んだ。

冷蔵庫の氷を手摑みでカップに突っ込み、デスクに駆け戻る。

「なんだこれ、勝手に……パスワードを求めてきた」

「半角で、S、A、G、E。大文字でも小文字でもいい」

「サゲ？」

「セージだって。君の名前だ。ロックスミスはローズマリーと名乗り続ける予定だから、あんたロックスミス？　とか訊かないでね。いま俺と一緒にいることも黙っといたほうがいい」

ブラウザ状のアプリケーションが立ち上がり、既にRosemaryがログインしていることが示された。続いてJJなる者のログインも示された。笠原のイニシャルだ。ややあって、Thymeというのもログインしてきた。

「いま来たの、誰ですか」

聖司の質問に笠原が応じる間もなく、

〈R：警告。この会議用ブラウザは君たちの端末に痕跡を残さない。重要な話題についてはスクリーンショットを推奨。ただし私を出し抜くためのショットだと見做《みな》したら、即座にそちらに入り込んで消去する。ついでにほかの悪戯《いたずら》もおこなう〉

〈J：J：了解〉

〈R：イニシャルは勝手に冠される仕様だから、打たなくても結構〉

〈S：了解〉
〈R：もう一人は？〉
〈J：風呂にでも入ってるんじゃ？〉
ほぼ同時にParsleyという名前がログインしてきた。パーズレイって……あ、パセリか。
〈P：すみません。お風呂に入ってて、時間を読み違えました〉
〈J：ほんとにそうだった〉
〈R：Jの人、なんて呼べばいいんだろう〉
〈J：俺は全員に素性が知れてるんだから、笠原でもジョーでもなんでもいいよ〉
〈R：じゃあJJ、まずは気の抜けた企画書を、しかもぎりぎりのタイミングでありがとう。どの項目も「合議によって」。具体的なプランはまったく示されていない。どこからどうやって収益を得るかの見込みさえない。私は降りることに決めたよ〉
〈J：まあそう仰《おつしや》らず。なにもかも俺が仕切ったんじゃ、面白くもなんともないし〉
〈R：不気味の谷を克服した架空人物の創造、おおいに結構。で、それは男？　女？　なにをやる？　歌うのか、踊るのか、演説するのか、ただ突っ立っているのか、それをどういうアーキテクチュアのなかで活かすのか〉
〈J：ただ突っ立ってるだけの人ってのも面白いね〉
〈R：私は技術屋であってお芸術家でもその弟子でもない。ついでに言えばあんたの患者

でもない。ウェブに佇《たたず》んでるだけの彫刻制作の手伝いなんて御免だ〉
〈J：創りたいのは彫刻じゃなくて人間だし、ここに呼んだ彼らは患者じゃない。俺のクライアントだ〉
〈R：もう一人、まともに使えるのがいると聞いた。それはセージ？〉
〈J：いやいや、ほかの二人も重要なんだよ。でも専門知識があるのはセージだ〉
〈R：企画書でリンクしてたところのラヴドールを、セージがあの写真を元に何万ポリゴンかにしてモーキャプと掛け合わせれば、だいたい完成。そういうレヴェルの話なんだ。なんなら現物を購入して計測すれば〉
〈J：困ったね。べつにそういうことをやりたいわけじゃないし〉
ローズマリーの余りの勢いに気圧され、ただスクロールしていく画面を眺めるだけでいた聖司が、このときはなにか書かねばと感じた。しかし彼が引っ掛かりを言語化するまえに、
〈P：それは駄目だと思います〉とパセリが発した。
〈R：なぜ〉
〈P：盗作だからです〉
〈R：営利の目処がないんだから法的には盗作でもなんでもない。画学生が模写をするようなもんだ〉

〈P：でもウェブでの公表が前提なんだから、それを自分たちの仕事だと私たちが感じてしまうこと自体、盗作だと思います〉
〈R：そこまで言うなら自分でデザインすれば。それからJJ、あんたの欲しているものがだんだん見えてきた〉
〈J：そう？〉
〈R：権力を得るための傀儡《かいらい》だ。それに私たちを利用しようとしている〉
〈J：まったく見えてないと思うよ。俺がなにも考えてないことが見えてない〉
〈R：漠然たる欲求があるだけで、ろくすっぽ頭を使ってないことだけは認めるんだね？〉
〈J：なんとなく、それは認めざるをえないな〉
〈P：分かりました。私が描きます〉
飛び込んできたパセリの宣言に、聖司は瞠目《どうもく》した。
〈P：JJから不気味の谷を越えたいと聞かされ、面白いかもと思ってここへのパスワードを打ち込んだ私には、たぶん責任があります。不気味の谷を越えられそうな架空の人物を、私がデザインします。男性がいいですか？　女性がいいですか？　若い人？　子供？　お年寄り？〉
〈S：若い女〉

と咄嗟《とっさ》に打ち込んでしまった。パセリは女性だろう。ローズマリーに対する彼女の啖呵《たんか》を、あげはの声として脳内で再生していたのである。おっかなびっくり、炬燵の前の笠原を見る。

「いいね」と彼は笑っていた。「期待どおりの展開」

しかし直截《ちょくさい》なコメントを呆れられたのかほかの者は反応せず、やがてパセリがURLを貼り付けてきて、誰もがその先を見ているものだから更に間が空き、聖司は不安になってまた笠原を振り返って、「男のほうがよかったですかね」

「巧いんだよ、この子」

聖司も自分の画面を覗いて、アイコンをクリックしては画像を開いた。「確かに巧いっすね。植物と虫ばっかりだけど」

「手描きなんだよね」

会議用ブラウザでは、ローズマリーとパセリのやり取りが再開されていた。

〈R：人間は描かないの〉

〈P：ほとんど描いたことがありません。でも頑張ってみます〉

〈R：ひとまずそれを待つとするか〉

〈P：若い女性でいいですか〉

〈R：私は異存ない〉

〈P：時間がかかるかもしれませんけど〉
〈J：俺も若い女で異存なし。名前、決めとこか〉
「あげは」というその瞬間の聖司の呟きを、笠原が即座に翻訳した。
〈J：あくまで開発名としてだけど、アゲハってのはどうかね〉
それと被さるように、タイムが初めて言葉を発した。
〈T：僕はなにをすればいいんでしょうか？〉

9

「兄がギタリストなんです」だいぶ酔っているらしい彼女は、恥ずかしそうに手を組み合わせて、二つの拇《おやゆび》を僕の視線から隠した。長く伸ばされている爪はいま隠れてしまったその二つだけで、ほかは、年頃の女性にしては素気ないほど短く、これといった装飾も見られない。呑み込めない顔付きでいる僕に、彼女はこう補った。「兄の爪なんです」

相手を煙に巻くような口ぶりに対し、僕はつい批判めいた調子で、「その君の爪が、お兄さんの爪？」

「ごめんなさい。つまり」彼女はきゅっと眉根を寄せて、どうやら真剣に言葉を探しているようだった。

虹彩の色が薄くて、どこを見ているのか判然としない。瘦《や》せぎすな身体と、白い月のような顔の持ち主だ。ブラウスの襟《えり》ぐりから覗いた鎖骨が生々しくて、なんとなく目のやり場に困る。「イハイトは――それが兄の名で、私はセリカです――イハイトはクラシックのギタリストで、爪がとても大切な仕事なんです」

そこまでは理解できたので、僕は大きく頷いて見せた。それにしても兄妹揃って珍しい名前だ。

「あるとき開演前のイハイトの楽屋で、私の髪がバッグのストラップの留具に絡んだんです。その頃は今よりもずっと髪が長かったから。イハイトはそれを解こうとしてくれていて、爪の一部を欠いてしまった。あとで考えると髪の裾《すそ》を切ってしまえばよかったのに、私がつい騒いでしまって。そういう場合、ギタリストはどう対処するかご存じですか」

僕はかぶりを振った。店に流れる音楽が、ゆったりしたレゲエからせせこましいR&Bに変わった。わざと調子を外したようなアナログシンセの音色に、彼女は顔をしかめ、テーブルに身を乗り出した。

「瞬間接着剤で補修するんです。薄いプラスチックを添えて、鑢《やすり》で丁寧に削って……でも、その晩のコンサートは散々でした。お客さんたちは拍手していたけど、私にははっきり、散々な演奏だと分かりました。きっと会場にいた評論家やほかのミュージシャンたちにも。だからそれ以来責任を感じて、私もこうして爪を伸ばしているんです。イハイトの爪が折れたら、私のこの爪を切って貼れるように。弦に触れたとき、身内の爪がいちばん本人の音色に近いから」

強い既視感をおぼえた。どうしたことだろう？　僕はその物語を知っている。「実際にその爪を、お兄さんに貸したことも？」

するとセリカは誇らしげな口調で、「貸すんでもあげるんでもなくて、これはもうイハイトの爪なんです」

芹香は雨を予知する。

関東一円が低気圧に覆われると、後ろ頭に疼痛《とうつう》が生じて思考がぼやけ、机の前にいてもカンバスに向かってみても、まったく手が動かない。どう動かせばいいのか分からない。やむなくベッドに戻れば、さっき起きたばかりだというのに不思議なほどまだ眠れる。ただし疲弊しているのは脳の一部に過ぎないらしく、あとの部分は芹香が起きているものとして活動しているらしく、細部が妙にリアルな夢が連続する。

たとえばこんな調子だ。芹香が寝入っているのを察した笠原が、勝手に部屋へと入ってくる。むろん芹香は腹を立てているが、眠っているので抗議できない。彼は机に置かれていた彼女の画集を開いて、その最後の絵をさかんに褒《ほ》めそやす。

載っているのは彼女が中学のとき、授業で嫌々描いた自画像である。美術でだけは誰にも見下されたくなかったから、腹を括って全身が眼球になったような心地で、鏡のなかの大嫌いな顔を、無残なほどリアルに写し取ってやろうと試みた。

写真に迫ったとまで自負していたが、講評のためホワイトボードに張られたとき、美術室がくすくす笑いに満ちた。「少女漫画」という囁《ささや》きがあちこちから聞えた。

その日のうちに庭で燃やしてしまったはずのあの自画像が、どういう手違いで晴れの画集に所収されてしまったものか。そういえば出版に至るまでの交渉ごとが面倒で、つい「載せれば」と吐き捨てたような気もする。

夢のなかの芹香の夢のなかの、三人めの芹香は起きていて、

「それ、手違いなんです。ほかの絵を見てください」と笠原に懸命に言い訳する。

〈JJ、それ手違いだって〉とセージもパソコンの向こうから口添えしてくれたが、笠原はどうしてもほかの頁《ページ》を開いてくれない。口許にはいつもの薄ら笑いがうかんでいる。

〈それパセリ？　あんた、そんな顔してるんだ〉とローズマリーが哄笑《こうしよう》する。

タイムはなにも云ってくれない。

そうこうするうち雨になり、バルコニーの雨樋《あまどい》のどこかが、んなぴったん、んなぴったん、という独特なメロディを発しはじめる。この音に気付いた父が業者を呼んで修繕させようとしたが、本降りになれば聞えないから、と芹香が押し止めた。

それは頭痛なき世界へのファンファーレだ。気圧の低下が頭蓋内の血管の膨張を招いて

末梢神経を圧迫するのが、低気圧頭痛のメカニズムだという。しかし芹香の場合、外にすこしでも雨粒が落ちはじめるとそれが消散する。大気中の湿気が液体化したとて気圧が増すわけではないと思うのだが、本当にぴたりと治ってしまう。ウェブで調べたところ、同じ体質の人は少なくないようだ。

掛け蒲団を押しやって身を起こし、部屋を明るくする。外の天気とは裏腹に、視界も思考も晴れ晴れとしている。いっそ毎日が雨だったらいいのに。

この雨音の感じだと、少なくとも明日の午前中いっぱい、降ったり已《や》んだりが続くだろう。こういう予感も相当な確率で当たる——自分の中身は野生の獣なのではと思うほど。

雨は芹香の外出日和だ。よし、動くか。

背伸びをし、腰を捻《ひね》ったあと、パソコンのキイを叩いてそちらの目も覚まさせる。メーラーに砂ちゃんからの便りが入っていた。

〈雨だぞ起きろ！　夜だけど〉と本文はこれだけ。

〈雨だね。起きた。夜だけど〉と、それに見合った文字数で返信した。

中学時代の数少ない友達の一人で、芹香の低気圧頭痛を知っている。

気が合っていたというより、クラスの余り者同士、否応《いやおう》なく一対になっていたというのが実状だ。芹香は外見が、砂ちゃんは名前が芹香どころではなく、また中身も相当に変わっていた。

苗字に砂が入っているから砂ちゃんではない。砂代や砂織でもない。ただ「砂」なのだ。それが彼女の下の名前だった。

当初、たいそう名前でからかわれてきたのだろうと胸を痛めていた芹香だったが、そういう次元の問題ではないことがやがて判明した。自己紹介代わりの作文に、家にウーパールーパーを十数匹も飼っていること、死ぬと供養のため唐揚げにして家族で食すこと、そしてその食感に至るまで仔細《しさい》に記して、この時点ではや、自分から彼女に近付こうとするクラスメイトはいなくなってしまった。

本人は慣れているからか鈍感なのか、淋《さび》しげな素振りひとつ見せないし、用事があれば臆することなく誰にでも話しかける。相手が逃げ腰なのを気にしている様子もない。

ウーパールーパーの都合で平然と学校を休む。昨日はどうしたと教師に問われて、「一匹、鰓《えら》の色が変だから、様子を見ていました」などと答える。「今日も早めに帰ります。死んだら先生に持ってきましょうか。唐揚げでいいですか」

教師は無言でかぶりを振る。

この奇妙というか奇怪な少女に、芹香も内心は逃げ腰だった。しかし向こうはこちらを気に入っているようで、聞いている者がいない場ではよく「綺麗ねえ」と容姿を誉めてくれた。残念ながらウーパールーパー食いにそう誉められても、自分が食肉扱いされているようで不気味なばかりだ。その舐め上げるような視線から、うっすらと彼女の同性愛傾向を察してもいた。この勘が当たっていたのかどうかは、未だ判然としない。

　思い切って、名前の由来を尋ねたことがある。

「砂みたいな子に育つように」という訳の分からない答が返ってきた。「岩じゃなくてよかった。そしたら四谷怪談だもんね」

　同じ高校に受かった。芹香は入学式の、自己陶酔していること定かな校長のスピーチの最中に血の気が引き、早々に音を上げた。しかし砂ちゃんには馬耳東風だったらしく、卒業できる程度に通いきって大学にも受かった。有名私立の英文科だ。

　思い出したようなタイミングでのメールのやり取りは続いてきたが、あの入学式以来、いっさい顔は合わせていない。砂ちゃんは物の見事にいっぺんも、学校へおいでとは書き寄こさなかった。そういうことはどうでもいいらしい。

　一度、唐突に水族館に誘われた。ウーパールーパー目当てだと察しがついたので断った。以来、会おうという誘いもない。

　いつからか小説を書くようになっていて、ときどき送り付けてくる。投稿したりウェブサイトで公表したりする気はないようだ。目下のところ、芹香さえ読んでくれれば満足らしいのだ。なにせ出てくる女の子はことごとく〝セリカ〟と名付けられている。

　文章はなかなか巧い。しかし内容はおおむね陰鬱で、芹香にはあまり面白くない。無理にお世辞を書き送っても見抜かれてしまうような気がして、〈小説をありがとう〉としか返信したことがない。ただそのうちの「イハイトの爪」と題された短い一篇を、このところしきりに思い返している。

不思議な人、砂ちゃんは、いつか私を見舞う人間創りの試練を予見していたのではないか。

――語り手の〝僕〟はSF作家。というより実質的には失業者。

砂ちゃんが彼に自己投影しているのは間違いない。読んでみて、なんだかんだで砂ちゃんは作家になりたいのだと思った。やっぱり彼女の中身は男性なんじゃないか、とも。

二十代のうちは少年向けのレーベルにシリーズを持ち、筆だけでなんとか生活できる立場だった青年だ。しかしレーベルが潰れてしまってからは新しい版元に恵まれず、僅《わず》かな貯金を切り崩しながら孤独に生きている。それでも自分は一端の作家だという誇りを捨てきれない。

ある日には昔の非業の作家たちと自分を比べて、まだまだ僕は大丈夫、きっと逆転できると思っている。別の日には、まだ自分が活躍していると信じている読者からの、出版社経由の手紙に却《かえ》って打ちのめされ、どうしたらイメージを壊さないまま死ねるかと思い悩んでいる。

仕事の糸口を求めて、評論家主催のクラブ・イヴェントに出掛けたりもする。そこで〝セリカ〟と相席になる。彼女はゲスト出演した有名作家のファンらしい。

〝僕〟が胸ポケットに万年筆を差していることから、

「作家さんですか」と訊いてくる。

〝僕〟は名乗る。

「あ、知っています。友達がファンで」

と云われたのが嬉しく、つい名刺を差し出す。そのとき彼女の奇妙な爪を見る。

トイレから戻ってみると、セリカはもう姿を消していた。テーブルにあったポウチも、椅子の背に掛かっていたカーディガンも消えていた。

自分でも不思議になるほどの落胆をおぼえながら、店員に手を振って新しいビールを頼む。

どうして僕は彼女の物語を知っていたのだろう。

イハイトとセリカ——二つの名前を頭のなかで転がし続けていた。セリカは「芹香」辺りだろう。しかしイハイトというのは妙だ。まともな漢字が当てられない。

「これはもうイハイトの爪なんです」というセリカの科白が耳から離れなかった。まるで僕が自分に惹《ひ》かれるのを待ってから、「私はもうイハイトの物です」と拒絶されたような気がしていた。

ギタリストのイハイト。妹の爪でギターを弾く。

ケースから取り出すこともなく机の上に放置していたクリップオン・フィルターを、ようやっと眼鏡に装着した。想像していたよりも色が薄かった。

形状は当然のこと申し分ない。ぴったり合わせてもらうために、取扱いがあるという銀座の店に自分の眼鏡を送ったのだから。仕上がったフィルターと共に返送されてくるまでの一週間は、仕方なく、似合わなくなったと思い抽斗にしまい込んでいた古い眼鏡で凌《しの》いでいた。

誰に見せようというわけでもないのに、眼鏡といい部屋着といい、いったん似合わないと感じてしまうと身に付けているのが不快でならず、鬱々としてしまう。いっそ修道女のようなヒキコモリの制服を、厚労省あたりが制定してくれないものか。だったら、これが分相応だと諦めがつくのに。

フィルターを装着した眼鏡を掛けて、撥《は》ね上げたり下ろしたりを繰り返してみる。太陽が雲に隠れた程度の明暗差しかなかった。笠原はよほど暗い世界に生きているのだと思っていたけれど、この程度か。

鏡を覗くと、やはり眼の形がはっきりと透けている。そのうえ顔の立体感が強調されて、いっそう白人めいて見えるような気もする。それでも視線を悟られにくいだけましだと自分に云って聞かせて、簞笥《たんす》の前の部屋着の山をベッドへと移動させる。久々にその扉を開いて、吊るされた洋服の下に積み上げてある帽子をまるごと引っ張り出した。

帽子、帽子、帽子の下からまた帽子……素材や色は様々だが、一様にブリムが広くクラウンが高い。すなわち目深に被れる、顔をなるべく隠してくれるデザインばかりだ。

どれも通販で買った。この手の品が目に留まると、いちおう一晩くらいは逡巡《しゅんじゅん》するものの、けっきょく購入ボタンをクリックしてしまう——「いざというとき」のための武装として。

多くは部屋で試着したのみで、未だにタグがぶら下がっている。季節に合うのを二つ選んで、残りは箪笥に戻した。どちらを被るかは洋服次第だ。

洋服は難題だった。年を追うごとに難易度が増している。今の芹香はもはや、砂ちゃんが憶えている芹香ではない。

デザインや色柄が派手だとむろん目立つが、地味すぎても、顔の造作や手足の長さが際立ってしまう。箪笥の中に、昨年、やはり通販で、これは自分のために仕立てられたのではないかとまで感じて衝動買いした、紺地に渋い唐草柄のワンピースを認め、吐息する。袋から取り出した瞬間は、申し分ない買物だと思った。ところが、いざ袖を通して鏡に映してみると、バストはぱんぱんだし丈は短い。頸や腕も予想以上に露出していて、なんだかホラー映画に出てくる「リゾート地の我儘娘」のようだった。おいたをして次の場面で殺される役だ。

求めていたのは正反対のイメージだ。「しっとりと落ち着いて見える」ことを願っていた。もし自分が大和撫子《やまとなでしこ》然とした、ちまちました造作と小さな胸とふっくらした手足の持ち主だったら、目立たないけれど周囲が何とはなしに心地好い、そよ風のような存在に化けられたろうに——ウェブサイトでこれを着ていたモデルと同様。

衣装選びは深夜にまで及んで、いいかげん嫌気が差しはじめた。もしローズマリーに対して威勢のいい科白を吐いていなければ、逃げ口上を考えはじめている頃だ。

彼だか彼女だか知らないが、コンピュータにまつわる手腕は相当なものに違いない。少なくともチャット用のアプリケーションは通常ではありえない手段で送り付けてきた。本当にこちらのパソコンに悪戯できるほどのハッカーかどうかは眉唾だが、やり取りを終えた直後には念のため、覗かれたくないファイルは外付けのハードディスクに移し、本体との接続を絶った。

あんな不気味な人物との交流を続けるくらいなら、いっそ父に頼んで笠原をくびにしてもらい、プロバイダ契約も変更してしまいたいのだが、アゲハのデザインへの意地を捨てきれない。その作業だけは貫徹して、あとのことはそれから考えると決めている。

机の端に積み重なった試行錯誤の痕跡を手に取り、いちおう一枚ずつ見返してみた。それからまるごと屑籠《くずかご》に押し込んだ。「少女漫画！」

スカボローの市に出掛けるの？

パセリ、セージ、ローズマリーと、タイム。

そこに暮らしている人によろしく伝えて。

かつて私の恋人だった人に。


昨夜の予感どおりしとしとと雨が降り続けていたが、頭痛から解放された喜びはとうに薄れ、だらだらと夕方近くまで部屋で過ごしてしまった。竺原からのメールに気付いていなければ、そのまま夜を迎えていた。

セージが叩き台となるグラフィックを作成したから、確認してやってほしいとあった。彼のアゲハ・イメージとはまったく異なるらしいから、その辺は勘案してほしいとも。

ローズマリーには嫌悪感あるのみだが、セージの率直さには好感をいだいている。ずいぶんプロジェクトに積極的なようだ。その先に、なにか見えているのだろうか。

タイムのことはよく分からない。印象を敢えて言葉にするならば「うすのろ」。一度、短時間のチャットを交わしただけだというのにこうも印象に差が生じるというのが、面白いと云えば、まあ面白い。

URLをクリックすると、ブラウザ上に、キャプチュアのラヴドールを元にしたのがはっきりと分かる、女性の斜め顔が現れた。けっこう細かくポリゴン化されており、カーソルを動かすと正面や真横や後ろからも見られた。

「これはひどい」

サイトに上がっているのが斜め顔ばかりだからだろう、最初に現れた角度ではまずまずの印象だったが、真正面顔や真横顔のデッサンの狂いがなんとも気持ち悪かった。真後ろからに至っては、ただのもじゃもじゃした塊にしか見えない。人の頭部は決してこうではない。こんな物がゆらゆら動いていたら子供は泣きじゃくってしまう。

かといって芹香にも、根本的な解決が思い付かないのである。よりアニメ的にデフォルメすれば、気持ち悪さは薄れるに違いない。しかしそれは不気味の谷から遠ざかる作業であって、越えるのとは真逆だ。

意を決して、昨夜選んだカットソーやサブリナパンツや下着を掻き集めた。合間に思い立って机の前に戻り、

〈セージさんとしては、アゲハにどういった雰囲気を求めていらっしゃるんでしょうか〉

と笠原にメールする。

部屋を出て階下に下りて、遂にシャワーを浴びた。若い女としてどうかとは思うが、数日ぶりだった。

髪にドライヤーをかけていると、深夜でもないのに響いてきたその音に驚いた母親が、洗面所を覗き込んできて、

「出掛けるの」と訊いた。

黙ったまま、しかし確固たる意思を示すべく、力強く頷いた。

部屋に戻ると竺原から返信が来ていた。〈美人。あとは君に任せるって〉

イメージはあるけれど説明できないから、超能力で察してほしいと？

ともかく観察しかない。砂ちゃんだったらきっと頼めば、顔だろうが裸だろうがじっくりと観察させてくれるだろうけれど、とても残念なことに砂ちゃんはぶすなのだ。厭な感じのぶすではない。彼女が望んでくれるならいつでも肉体を取り替えたいほどだが、男性が目を見張るタイプの容姿ではないから、セージがいだいているアゲハ像には程遠いことだろう。

帽子を目深に被り、レインブーツを履き、父の黒い蝙蝠《こうもり》傘をさして、久し振りに屋外へと出る。雨降りだというのに、そのうえ眼鏡にフィルターが掛かっているというのに、なんとも眩《まぶ》しい。

負けそう。

負けるもんかと水溜まりを踏む。

――切符という物を久し振りに買った。改札を抜けてから、下りが無難かしらとすこし迷ったが、やっぱり上りのプラットフォームを選んだ。

新宿に向かう電車のなかで、早々に気付いた事実がある。

瞬き！

それまでの人生で一度も意識したことがなかったが、ドアの前に立って坐っている人々の顔を観察していると、誰も彼もが凄まじい頻度で瞬きをしているのである。一定のペースで瞼を動かし続ける人も、しばらく目を見開いたままでいて、その後、ぱちぱちぱちと連続して瞬く人もいるが、平均すると同じくらいの回数だろう。二、三秒に一度。そして文字通り、瞬時だ。芹香ではなくセージかローズマリーの作業に関わる発見だが、これは教えておかなくては。フルCG映画のような、ゆったりとした眠そうな瞬きをする人など、ただの一人もいない。

人々の眼球の動きも、芹香が漠としてイメージしてきたそれとはまったく違っていた。アニメーションのようにゆっくり視線を動かすということが、どうも生身の人間には難しいらしい。フィルムの齣《こま》が飛んだように、き、き、と黒眼の向きが変わる。かつてカメレオンの齣飛びしたような映像に驚いたことがあるが、そんな場合ではなかった。人間からしてそうなのだ。

発見の興奮を胸に、今度は車両を移動しながら、アゲハのイメージを背負えそうな、可愛い女の子はいないものかと探してみた。これが難しい。七十五点から八十点の子はいくらでもいるのだが、九十点以上が見当らない。

電車が新宿に着いた。構内の人混みに立ち竦んでしまい、案内板の文字が頭のなかで意味をなさず、外に出るまでに二十分くらいかかった。そのあいだに二度、見知らぬ男性から声をかけられた。反射的に早足で逃げた。最初に見つけた改札から外に出た。

静かな場所で休息したかったが、どこに向かえばいいのか見当がつかない。判断力が死んでいる。目に付いた自動販売機でコーラを買い、往来に背を向けてそれを飲んだ。そもそも自分がコーラを飲みたかったのかどうかもよく分からない。

今日はもう充分な発見があったのだから無駄ではなかったと自分に云い聞かせて、また駅へと戻る。

タクシーは怖い。悪い運転手などそうそういるものではないと頭では分かっているのだが、知らない人と密室にふたりきりというシチュエーションそのもの、想像するだに冷汗が出る。

新宿発の下り電車は恐ろしく混んでいた。そして痴漢に遭った。

10

〈J：君は音に詳しいから、喋らせてもらおうか〉というのが竺原の返答だった。
〈T：JJさんをですか〉
〈J：俺は君に頼まなくても喋れる。アゲハをだよ〉

しばらくなにも打ち込めなかった。

〈J：もしもし〉
〈T：はい〉
〈J：アゲハを〉
〈T：どういうふうに？〉
〈J：なんか適当に〉
〈T：あの、たぶん〉
〈J：なにか？〉

僕だけ子供なんですけど、と打とうとして、やめた。

ほかの三人は音響方面に興味がないのかブラウザに異論が現れることはなく、洋佑もそのまま考えこんでしまったものだから、ヴィジュアル・デザインはパセリ、立体化はセージ、動かすのはローズマリー、そして喋らせるのはタイムこと洋佑というのが、基本的な分担となった。作業をきれいに分割できるとは思えないから、ときには役割が入れ替わったりもするだろうし、統括は凄腕のハッカーに違いないローズマリーが担当するのだろう。

リンクをクリックしてパセリの「ギャラリー」に達したときは舌を巻いた。最初に拡大して眺めたのは、いちばんコントラストが鮮やかだった蟷螂《かまきり》の絵だ。濃いピンクの薔薇《ばら》の上からこちらを見返している。

油絵？　ポスターカラー？　周辺には荒々しい筆のタッチが残っている。それでいて宝玉のような目玉や花弁のめくれは、ディスプレイから浮いているかと錯覚するばかりにリアルだ。

　写真をこう加工できるものだろうか？　いや仮にできるとしても、こうも「絵になる」写真は既に有名だろうし、自分で撮れるなら昆虫写真家になれるだろう。絵の下端に署名らしきものがあった。ＣＥＬＩＣＡと読めた。セリカ？　それが本名？

　これでもプロになれないほど、美術界の競争は激しいのだろうか。こんなに「描ける」んだったら、たとえ竺原のカウンセリングが必要なヒキコモリであろうとも、ただ仕上がった絵を出版社に送り付けていれば暮らせるのではないか？　しかしサイトに出版物の情報は見当らなかった。

　竺原の弁からも、またローズマリーとのやり取りからも、セージというのはソフトウェア開発の専門家と想像された。アゲハをアプリケーションとして配布するのか、それともクラウドに置いて必要な情報だけ転送するのか、だとしたらどの程度のポリゴン分割なら回線にストレスを与えないのか……といったスピーディなやり取りを、洋佑は呆然と眺めるばかりだった。

　どうあれ音声信号はタイムラグが気にならないほど軽量化できるというのが二人の共通見解で、具体的になにをどう喋らせるのかについての指示は、彼らからも得られなかった。

チャットが終了したあとで気付いた、つまり洋佑が寄り添うべき「アゲハの物語」は、まだどこにも存在しないのだ、彼が自分で創らないかぎり。

空腹を感じているものの、冷蔵庫にはこれといった出来合の物が見つからなかった。勝手に食材を使って母の予定を狂わせるのは躊躇《ためら》われる。ダイニングテーブルにはいつも五百円玉が置かれ、食事にだったら自由に遣って構わないことになっている。ポケットに入れ、ヴィニル傘を差して外に出た。

チーズ・リュスティックを気に入っている、天然酵母のパン屋がある。このあいだ母のぶんも買って帰ったら、とても喜んで食べてくれた。そこまで足を運んだが、定休日だった。

今日が何曜か自体を忘れていた。ＣＬＯＳＥＤの札が下がったドアの硝子《ガラス》越しに、照明を落とした店内で立ち働いている若い男女が見えた。お客は入ってこないというのに、ちゃんと白衣を着て白い帽子を被っている。次なる六日間のための準備作業だ。机上の灯りに照らし上げられた二つの顔が、宗教画の聖人のように神々しかった。どんな会話を交わしているのだろう。

制服姿の中学生たちが路《みち》をやって来るのに気付き、慌てて店の前を離れる。逃げる必要などないのだが、風体《ふうてい》が醸し出すなんらかから、「学校に行っていない子」と見抜かれるのが怖い。

交わされている、クラブ活動の話題が耳に入った。

「俺さ、何人ぶん？　ユーフォも絃バスもいなくてさ」という男子の大声。

「来年は頑張って勧誘して、十人くらい増やしたいね」という甲高い女子の声。「じゃないと今年みたいにコンクールで――」

傘が障壁になって最後まで聞き取れなかったが、吹奏楽部なのは間違いない。ユーフォはユーフォニアム、絃バスはコントラバス、共に中低音楽器だ。ということは彼はテューバで、顧問から低音パートの薄さをなんとかしろとでも云われたのだろう。

近くの私立中学の制服だった。ということはあの中学には、洋佑が触れたことのないクラシック楽器がたくさん余っているのだ。

まだ日は暮れきっていないというのに、立ち飲み立ち食いの焼きとん屋では外にもテーブルが出され、雨がかかる場所にまで人が溢れ出ていた。いい香りのする煙が雨粒の間を縫ってきた。頭にタオルを巻いた店員がこちら向きに、串刺しにされた肉を焼いている。赤々と輝く炭が眩しく、正視できない。

「僕は？　なんにする？」立ち止まっている洋佑をお使いとでも思ったのか、ふと顔をあげて問い掛けてきた。

外壁に張られた、トタンにペンキ書きのメニューに目をやる。この店の前は幾度となく通ってきたが、ちゃんと読むのは初めてだ。大人しか入れない店だから自分には無関係だと思っていた。

ぜんぶ九十円。五百円あれば五本も買える。ぎゅっと胃袋が音をたてた。

「あ……あの、持って帰る容器がないんですけど」

「これじゃ駄目？」総菜用のプラ容器を見せられた。

「それでいいです」スーパーでは無料なのだから、料金は取られまい。「ハツと……レバーと、ガツとタンとカシラ」

上から順に読んだだけで、レバー以外は分かっていない。

「たれ？　塩？」

「たれで」

「全部？」

「はい」

「ハツ、レバー、ガツ、タン、カシラ、オールたれ。表のお客さん、お持ち帰り、少々お待ち」伝票に付けさせるためか、そう大声で叫ぶ。

ぱっとしない風体の男性たちが肩や背中を濡らしながら、赤い顔をして談笑している。偶然、こちらも音楽の話題だ。

「ブラームスは正直、得意じゃないな。破綻《はたん》がなさすぎて」

「そりゃあシューマンなんかと比較したら——でもシューマンはブラームスのことを絶賛

してたんだぜ」

「貴方を尊敬してますって若僧が訪ねてきたら、ピアノを聴いてみてちょっと違うなと思っても、嬉しいもんだろ」

「念のためだけどベートーベンは？」

「ま、ミニマルミュージックのルーツだな」

「云うね」

みなホッピーと書かれたジョッキを手にしている。彼らが頬張っている焼きとんの大きさに、洋佑は驚いた。一切れがピンポン球ほどもある。それが三つ四つ連なっている。二本も食べたらおなか一杯になってしまうんじゃないだろうか。雨に濡れながらでも食べたいわけだ。

洋佑の祖母くらいの店員が、膨れたヴィニル袋を手に外に出てきて、「ハツ、レバー、ガツ、タン、カシラ、たれのお客さん……は僕？」

頷いて、五百円玉を渡す。

「四百五十円になります」エプロンのポケットから出した五十円玉と一緒に袋を渡してくれた。「うちのポイントカードは？　持ってる？」

黙ってかぶりを振った。

「作る？」

またかぶりを振った。そういうのは、厭なのだ、憶えられてしまうのが。

焼きとんの袋にはずしりとした重量感があった。触れると素敵に温かい。まだ熱いくらいだ。すぐにでも食べたかったが、傘を差していては難しい。物を食べているところをあまり人に見られたくもなかった。早足で神社を目指す。社《やしろ》の裏手なら庇《ひさし》はあるし人目はない。

アゲハを喋らせる――ただ「喋らせる」だけなら、簡単だ。シチュエーションに応じた録音をたくさん用意しておく手もあるし、テキストのかたちで用意しておいて、音声読み上げソフトと組み合わせるという手もある。ソフトウェアは買えば高価だが、ローズマリーやセージに相談すれば、なんとかしてくれそうな気がする。

むろん読み上げ方式のほうが応用や修正が利く。最近の読み上げ音声はけっこう本物と区別がつかない。それを報道したテレビ番組に驚いて、販売元のサイトを巡ったことがある。ウェブ上のデモンストレーションが面白くて夢中になった。架空のアナウンサーたちがアイコンとして並んでいる。選んで、適当なテキストを打ち込むと、それぞれの個性を強調した口調で見事に朗読してくれる。

電話の自動応答や施設でのアナウンスには、だいぶ以前から導入されている技術であることにも気付いた。澱《よど》みが「なさすぎる」ナレーションは、今や人間ではないと考えたほうがいい。イントネーションや息継ぎをカスタマイズすることもできるようだ。

ただしこれをアゲハに応用した場合、たぶん大きな問題が生じる。科白の選択肢が増えれば増えるほど、映像との連係が難しくなろう。要するに洋画の吹替えよろしく「口が合わなく」なる。それをいちいち調整する手間を考えたら、科白を限定しての録音方式のほうが手っ取り早いし、当然のこと人間らしい。

科白を限定するべきか？　するとユーザーが、まったく同じ科白を立て続けに聞いてしまう確率が高くなる。パセリの画力とエキスパートふたりの力が合わさったら、そうとうリアルな映像が出来上がるだろうし、そういう映像が同じ科白を繰り返したら、それこそ「不気味」ではないのか？

神社の裏手には先客がいた。知らんぷりで通り過ぎればいいものを、洋佑はその人をつい凝視してしまった。ものすごく小さな人だったのだ。

頭はほとんど禿《は》げ上がっているから老人なのだろうが、顔は妙にてかてかと艶やかだ。洋佑が食事のために陣取るつもりでいた木の階段の半ばにちょこんと坐って、酒を飲んでいた。コンビニでよく見掛ける硝子コップ入りの日本酒だ。素肌に直接、拾ってきたようなぶかぶかのヴェストを着ている。ホームレスかとも思ったが、それにしては荷物が見当らない。

実際に愉快なのかどうしてもそう見える貌《かお》立ちなのか、細まった眼といい大きく上がった口角といい、洋佑の母がむかし食器棚の端に飾っていたビリケンの人形そっくりだ。学生時代の大阪旅行で、友達とお揃いで買ったのだと聞いた。

洋佑は頭をさげて立ち去ろうとした。

「ねえ」と呼び止められた。

「はい」と思わず向き直った。

「なにか困ってるの」外国人のような、独特なイントネーションだった。

はい、読み上げ方式か録音方式かで——などと赤の他人に話したところで解決が示されるはずもない。それに洋佑は決して「困って」はいなかった。笠原からふっかけられた無理難題を、「楽しんで」いるという自覚がある。大変だが、楽しい。

「食べる場所に困ってるの」と老人は汚れた小さな手で焼きとんの袋を指した。上を向いた鼻がひくひくと動いている。「いいよ。隣に坐っていいよ」

中身を分けてくれという話？

「これあげるよ」老人は立ち上がった。階段の半ばにいるのに顔の高さは洋佑と変わらない。幼稚園児くらいの背丈だ。サイズが合わないのを無理やり引き絞って穿《は》いているものだからスカートみたいに見える半ズボンの、ポケットをまさぐって何かを取り出した。

「ヨウスケくん、これあげるよ」

洋佑は驚愕《きょうがく》して後退《あとじさ》った。「……なんで僕の名前を」

「まえ教えてくれたよ」

「いつですか」

「だいぶ前。十年くらい前」

幼児の頃？　「住んでたの、吉祥寺ですけど」

「うん、僕も吉祥寺に居たから。ね、これあげるよ」

老人が手を開くと、そこには緑色にも赤銅色にも輝く細長い甲虫が踞《うずくま》っていた。玉虫だ。本物は初めて見た。

「生きてるの」

「ううん、もう死んでる。でも綺麗だよね」

「どこで獲ったんですか」

「ここで」

「いるの!?」

「ときどき見つけるよ。ヨウスケくん、お肉、ここで食べていいよ」

傘を閉じて玉虫を受け取り、まじまじと観察したあとで大切にポケットに収めた。パセリに見せたら、どんなにか喜ぶことだろう。絵に描くことだろう。想像すると胸が躍った。笠原に託したら、彼女に渡してくれるだろうか。

老人の隣に坐って袋から焼きとんのプラ容器を出し、輪ゴムを外した。

「良かったら、一緒に……どうぞ」

「ありがとう。じゃあすこし貰うね。ガツとハツを貰うね」

老人は焼きとんに詳しかった。洋佑は自分で買っておきながら、レバー以外はどれがどれともつかない。

「それがガツ?」

「そう、胃袋」

「ハツは?」

「心臓だよ」

肉をつまんで串から外し、口に放り込んで指も旨そうに舐める。洋佑も同じ食べ方をした。

「美味しいね、豚のお肉」

洋佑は頷いた。直接口に運んだり箸でつまむより、行儀の悪いその食べ方のほうが味わいが増すような気がした。

「お父さんとお母さん、元気?」口調に通り一遍ではない親密感があった。洋佑の両親を知っているのだ。きっと親子三人でいたときに出会って、自分はこの人に名前を教えたのだ。

「お父さんは……もう死んじゃったんです」

「お母さんは?」

「元気です。働いています」

「よかったね。僕はお父さんもお母さんも、最初からいないよ」

「最初から？」

「うん、売られた子供だったから。洋佑くんはよかったね、お母さんがいて」

「――はい」

ふたりで五本の焼きとんを平らげて、串だけが残った容器に輪ゴムを掛けた。いつしか草木を叩く雨音はやみ、そして境内《けいだい》は、お互いの表情が分からないほど暗くなっていた。

「もう帰ります」

「お母さんによろしくね」

「はい」

階段を下りてから、老人の名前を訊いておこうと思い立って振り返ったが、黒い小さな影が残像のように踞っているばかりで、こちらを見ているかどうかも判然とせず、なんとなく問えなかった。さようなら、と小声で云って境内を去った。

母は既に仕事から戻っていて、玄関の鍵は開き、屋内には灯りが点っていた。靴を脱ぎながら、

「ただいま」

と呟くと、ダイニングで椅子の動く音がして、

「お帰りなさい」

と応じてきた。テーブルにインスタントラーメンの入った丼があった。これから食べようとしていたようだ。間に合わせの夕食を目撃された母は、ばつの悪そうな顔をした。洋佑は洋佑で、空の容器が入ったヴィニル袋が照れ臭かった。

「お金が消えてたから、なにか食べたい物を買ってくるんだと思って」

「──うん」

まっすぐ帰ってきて、母と分け合って食べればよかったと、すこし後悔した。

＝

にくい　恋しい　にくい　恋しい
めぐりめぐって　今は恋しい

発車間際になってこれでもかと人が車内に押し寄せてきて、芹香はたちまち反対側のドアに押し付けられ、まるきり身動きがとれなくなった。人と人との間にがっちりと挟まってしまった父の傘が、このままでは曲がってしまうのではないかと心配で、懸命に抜いて手許に寄せようとしているうち、発車と相成った。

顔は硝子窓に押し付けられんばかりだが、片手を傘の柄に取られているので、身体の向きを変えることもできない。片足はやや浮いている。急行だから降車駅たる次の駅まで七、八分の我慢だが、転びかけているのを人の身で支えられているようなこの姿勢を、そのあいだずっと強いられるのだと思うと気が遠のきそうだった。これが通学通勤というものならば、砂ちゃんと容姿を取り替えられたとしても私はヒキコモリを選ぶ。

三分半のポップスを二度歌うほどの間だと自分に云い聞かせ、頭のなかでその程度の曲を検索してみたものの、なぜか八代亜紀の〈雨の慕情〉の再生が始まってしまった。父の愛唱歌で、しかも父の傘を握っているからだ、たぶん。

「今は恋しい」の辺りで、サブリナパンツの腰……というよりもお尻の割れ目に、異様な感触をおぼえた。何かがぐいぐいと食い込んでくる。

ほかの人の傘？　鞄の端？

蠢《うごめ》いた。指だ。

痴漢——。

顔面から血の気が引いた。

痴漢の顔は硝子に映っているのだろうか。怖くて見られない。視線が合いでもしたら、遥かにひどいことをされそうな気がする。額が汗ばんできた。端の座席とその周りで、大学生らしい男女混成の一団が能天気な会話を交わしている。

「マタンゴ教授の視線がさあ、もうエロくてエロくて寒疣《さむいぼ》」

「あの人こっちを見てるってさ、自分がそっちを見てるんだぜ」

「んな次元じゃないよ。こないだ廊下でとつぜん話しかけてきてさ、『就職のための僕の個別面談、受ける気ないかね』って」

「まじ？　そんなん聞いたことない」

「ね、男がさき行ってさ、ちゃんとした話があるのかどうか確認してくんない？」

「男が訊いても知らねって云うだけだろ。それよりあいつさ、なんで講義中に携帯チェックしてんの？」

「チェックだけじゃないよ。かちかち打ってるって」

「2ちゃんねるに自画自賛でもアップしてんだろ」

「アリバイ工作かね。講義中だったから自分じゃないって」

こっちはマタンゴ教授どころじゃない。指の蠢きはやまない。冷汗がこめかみを濡らす。

誰か助けて、と云いたいのだが、声帯に麻酔注射を打たれたかのように声が出ない。ウェブで痴漢被害の体験談を読んだことがある。まさしくそのとおり、本当に声が出ない。

そのまま何分、堪《こら》えていただろう？　思考が停止し八代亜紀の歌はサビ前の詞を繰り返し、いいかげん気が遠のきかけてきたところで、

「おい、おっさん！」という威勢のいい女性の声を聞いた。

視線を動かすと、端の座席の大学生が憤怒の表情をうかべて腰を浮かせていた。

「銀縁眼鏡のおっさん、なに痴漢してんだよ！　ふざけんなよ！　いま顔を背《そむ》けたあんただよ！　鬼塚、その灰色の背広捕まえて。私見た。絶対に見た。このサングラスの子を触ってた。左手の位置が変だろ？　いま慌てて上げた。見たよね？」

まさにそのタイミングでお尻から異物感が去り、

「見た」と上方で低い声がした。

直後に背中をどつかれて、傘を手放してしまい、ドアに額をぶつけた。もっと早く傘を放していれば身を躱《かわ》せていたかもしれないと、今更のように気付く。あちこちで悲鳴や怒声があがる。格闘めいたものが生じて押《お》し競饅頭《くらまんじゅう》になっているようだったが、怖くて振り返れなかった。

電車が停まった。ドアが開く音がして、ふっと身が圧迫から解放された。

「鬼塚逃がすな！」最初に怒声をあげてくれた女性が叫ぶ。

痴漢は去ったのだと悟って、やっと周囲を見回すことができた。いったん外に出ていた人たちがまた車内に戻ってきた。

「こっちおいで。坐ったほうが安全だから」女性が手を伸べてきた。芹香の面立ちに気付いて、「あ、ドゥ、ユー、スピーク……」

「日本人です」そうきっぱりと云えた。彼女に対しては云えた。「ありがとう」

「はっきりと声をあげたほうがいいよ、ああいうときは」

鋭い刃物ですうっと切ったような目鼻をした、唇の薄い、芹香と同年代の女性だった。薄手のパーカにジーンズという、いかにも学生らしい質素な装いだ。

芹香は座席に坐った。電車のドアが閉まる。

「鬼塚、戻ってこれなかった」と女性は仲間たちに笑い、芹香に向かって、「貴方は？どこまで？」

「……代々木上原なんです」

「ああ、過ぎちゃった。じゃあ下北沢から私と一緒に戻ろうか。どうせ鬼塚がいるから、一緒に家まで送ってあげるよ」それから周囲に向かって、「緊急事態なんで、ちょっと携帯使いまーす。すみませーん」

芹香の心は未だ混乱のさなかにあったが、その一方で彼女の一挙一動に見蕩《みと》れていた。

「ああ」と携帯電話を耳にしたまま、彼女は嘆息《たんそく》した。「捕り逃がしたって」

ああ、という同様の嘆息があちこちから洩《も》れた。

12

ヒンヒンヒンヒンヒョンヒョンヒョンヒョンヒョンヒョンヒョンヒョン……。

　タブレットが勝手に『サイコ』の劇中曲を奏ではじめ、竺原は絵も音も言葉もない無意味そのものの仮睡から、厄介事だらけの現実へと無理やり引き戻された。「殺すな」目を瞬《しばたた》かせながら、ベッドと小さな机以外には大きなスーツケースが転がっているだけの小部屋を見回し、自分がどこに居るのかを思い出す。

「横浜だったか」と呟きながら、タブレットの画面を確認する。

　案の定、鍵穴のアイコンが生じていた。ロックスミスだ。クリックして連絡用ブラウザを立ち上げる。

〈どういうつもりだ？〉という質問と共に、ロックスミスは既に待ち構えていた。

　竺原はタブレットにキイボードを繋いで、〈つもり？〉

〈私のシステムに侵入したね？〉

〈誰が〉

〈あんただよ。あんたの正体が分かった。私に挑戦したいハッカーだ〉

〈冗談。ハッカーはそっちで俺はカウンセラー〉

〈勝負するなら正々堂々と行こう。不気味の谷なんて餌は蒔《ま》かずに〉

〈なんのことだか。ちょっと煙草〉そう打ったとおりに竺原はショートピースに火を点け、唇の端に咥えたまま、〈俺にハッキングのスキルなんか無い。そっちから覗けば分かる。

覗けるんだろう？〉
〈そのタブレットはダミーだ〉
〈じゃあパソコンも精査してくれ。サイトから入れるだろ？〉
〈入れるが〉
〈ウィザードの誇りにかけて、どこでもなんでも精査してくれ。なんならクレジットカード・ナンバーでも教えようか？　いったい何があった？〉
するとロックスミスとしては異例の長い沈黙ののち、〈私のシステムのセキュリティホールに署名があった〉
〈セージから聞いたことがある。誰かに防御網《ぼうぎょもう》の穴を指摘されたわけだ〉
また時間を置いて、〈指摘された〉
〈どういう署名？〉
〈Jellyfish〉

13

下北沢で降りた学生たちは、男女それぞれ三人ずつ。学年はばらばらのようで、芹香に積極的に話しかけ慰めてくる者も、遠慮がちにそのさまを傍観している者もいる。なんらかのサークルが、これから夜の下北沢を満喫する予定らしい。

痴漢行為を発見し声をあげてくれた、パーカの女性だけは改札に向かわず、肩に掛けていた大きなトートバッグを仲間に預けて、芹香を上りのプラットフォームに通じる階段へと促した。

一度改札を抜けて精算せねばならないのではないかと思ったが、代々木上原で降りられなかったのは不可抗力なのだし、見咎《みとが》められたら事情を話せばいいだろう。

「怪しい集団じゃないよ」女性が人懐っこく笑いかけてくる。

電車の中では大きく頼もしく見えていたが、こうして立って並んでみると芹香よりだいぶ背が低い。眉に重なった艶やかな前髪が、丹精された茄子《なす》の蔕《へた》のような絶妙な曲面を成しているのを、うっとりとして眺めた。

「みんな大学のゼミの仲間。痴漢を追ってった鬼塚も。だから安心して」

黙って頷いてばかりなのも申し訳ないような気がして、訊いた。「なんのゼミですか」

「いちおう西洋美術史なんだけど──」

列車が来た。夜の上りの、がらがらに空いた車内が目映《まばゆ》い。

「この車両、照明がＬＥＤだ」

女性が云うように、乗り込んでみると物の色彩感が通常とは違った。明度と青味の成分が強い。眼鏡のフィルターを撥ね上げて車内のそこここを確認していたら、

「びじーん」と驚かれた。

慌ててフィルターを下ろす。こんな照明の下では、自分の顔はどれほど青ざめて見える
ことだろう。

「皆さん、美大なんですか」と話を逸《そ》らした。

「ううん、文学部の史学科。ただうちはちょっと変わってて、通称ブリューゲル・ゼミ。

ブリューゲルっていうのは――」

「知ってます。『バベルの塔』の」

「そうそう。でも私たちが対象にしてるのは後期の農民画で、そこから一六世紀フランド
ルの農村の生活を読み解くっていう、限りなく就職に不利な偏屈ゼミ。だから逆に仲がい
いんだよ」

「素敵な研究ですね」

「貴方は……も、大学生？」

かぶりを振った。

「あ、働いてるんだ。ひょっとしてモデルさん？」

またかぶりを振った。

暮しぶりは問われたくないと察してくれたようで、話題はまたブリューゲルに戻った。

「私がいちばん好きなのは『雪中の狩人』って絵。疲れはてて村に帰ってきた狩人たちと

か、その連れている犬たちとか、用水に張った氷の上で遊んでる村人たちのシルエットとか、それを上から見下ろしている鳥たちとか、きっと貧しい村なんだろうけど、もうここに住みたい！　住まわせてくださいっていう感じ。ああいう空気すら描けちゃうなんて、ほんと画才ってなんなんだろう」

電車が代々木上原に着いた。鬼塚と呼ばれていた大男は改札の外で、バックパックを背負ったままハンバーガーを立ち食いしていた。そのときは頭のなかでそういう漢字を当てていたが、あとで鬼束かもしれないと思い付いた。まあ、どちらかだろう。

「これから餃子食べるんだよ。入るの？」

「走ったら腹が減った」のっそりとした低い声で答える。髪もTシャツもぐっしょり濡れている。痴漢を駅の外まで追いかけてくれたらしい。「いくらでも入るよ」

「この人、家まで送っていくから」

「了解」

「徒歩？　どっち？」女性が芹香を振り返る。

芹香は家の方向を指差し、「歩いて十分くらいですけど、でも――」

「ちゃんと送ってあげるから。独りで歩くの、厭でしょ？　それにしても、あの痴漢もこの辺だったら――」

「違うと思う」と鬼塚。「だって迷いながら逃げてた」

「じゃあ捕まえろよ」

「自動車にぶつかったんだ」

「鬼塚が？　よく生きてるね。怪我《けが》は？」

「打ち身くらい。向こうのバンパーは凹んでた」

雨は降り続けている。鬼塚は傘を持っていなかった。

「どこにやったかな」

「きっと電車のなかだよ。駅に伝えとけば」

「いいよ、どうせ五百円だ」と雨のなかに歩み出ていく。

「こ……これ、使ってください」と芹香は彼を追い、自分が持っている傘を差し出した。

その芹香に女性が追い付いてきて、自分の傘を差し掛ける。「借りときなよ。鬼の霍乱《かくらん》は厄介だから」

「霍乱は日射病だ」

「屁理屈を云わない」

鬼塚は芹香の父の傘を差し、芹香と女性は相合傘で歩んだ。小学生のとき親切な子が傘に入れてくれたことなど思い出されて、初めは心地好かった。しかし自宅が近付いてくると動悸が始まった。

家に上がってもらって丁重にお礼をするのが筋なのだろうが、親の言葉からヒキコモリだと悟られてしまうかもしれない。父が帰っていておかしくない時刻だし、すると誰の娘かも知られてしまう。父は若いころよくテレビに出ていた。今は自分の学校のちらしやポスターに載っている。

背の高い建物が減って路が暗くなり、庭々を囲む木々の影が増してきた。

「この辺？　まさか一軒家？」と女性が唖然としたような声をあげる。

「ええ、まあ」

「代々木上原から徒歩十分の一軒家か――」

鬼塚の呟きの途中で、不意にパニックに陥った。次の角を曲がったら、うちの灯りが彼らの視界に入ってしまう。

芹香は女性の傘の下から飛び出し、「もうそこですから。ありがとうございました！」

「傘」ふたりの大学生が声を合わせる。

「使ってください。差し上げます」

返事も聞かずに全力で駆け出し、隠れるように曲がり角を折れた。家の門を開けようとしたところで、女性の名前もメールアドレスも訊いていないのを思い出した。礼状すら送れない。

また曲がり角まで駆け戻ったものの、ふたりの姿は既に見当らなかった。怒らせてしまったかもしれない。でも、大学生、ブリューゲル・ゼミ、鬼塚……ヒントは幾つかある。

ウェブ検索による探索を選んで、また家へと足を向けた。

父は帰宅して居間でテレビを見ていた。母の気配はしない。父が帰ってくると、あれこれと叱られるのを避けるため、自室に逃げ込んでしまう。弟はまだ部活だろう。

「おいおい、出掛けてたのかよ」帽子を濡らした娘の姿に、父は目をまるくした。嬉しそうでもある。「どこへ行ってた」

電車に乗って痴漢に遭ったと報告したら、もう一生、二階から下りなくてもいいと云ってくれるだろうか。黙ったままで階段を上がったが、部屋の前で思い直して、父の姿が見える高さまで下り、「お父さん」

「なんだ。ん？　なんだ」

「『もし私が彼女だったら』を英語で」

「If I were her, こりゃおったまげたね。芹香が外に出掛けたうえに、英語の勉強まで始めやがった」

「イハイワ・ハー？　ハーが彼女？」

「彼なら、If I were him, 構文だからまる憶えすることった」

イハイワ――本名を知る日が来るまで、心のなかでそう呼ぼうと思った。

「ところで、ジェリーフィッシュって知ってる？」

「海蜇……じゃないんですか」

「もちろん海蜇――摑み所がないとか毒があるって意味で使ってるんだろう。そう名乗ってるハッカーに、心当たりがないかと思ってさ」

聖司は小首を傾《かし》げた。「聞いたことないですね」

「ふうん、知られてないのか」

「また仲間を増やすんですか」

深夜の訪問者は鼻で笑って、「四人のお守《も》りで限界だよ。そういうのが、ロックスミスご自慢のシステムに入り込んできたらしい」

「まさか」

「セキュリティホールに署名があったってさ」

セキュリティホールとは、ネットワーク上の防犯システムの、見逃されてきた穴を意味する。署名はその指摘であり、「ここが危ないぞ」とシステム開発者に知らしめる、いわば善意のハッキングだ。むろんウィザードとしての実力の誇示でもある。

「ロックスミス以上の――」啞然としてしまい、言葉が続かなかった。残り少なくなっていたビールを空にしてから、「有名ウィザードの変名かも」

「かもな。それにしても、このところ派手なことはやらかしていないロックスミスに、そんなのがなぜ絡んできたんだと思う？」

「俺には分かりませんよ」

「刺塚くんの見解を聞きたい。想像でいいから」

「急に云われても」聖司は握り潰した缶を手に、冷蔵庫へと向かった。「笠原さんもお代わり、要ります？　それから、ええと」

「マルメロ」笠原の連れの女は、やっとそう名乗った。それまで会釈はするもののほとんど無言で、物珍しそうに聖司の「温室」を見回しているのみだった。「私もお代わりを」

「俺はもう、重たいのがいいな。こないだのラムはまだある？」と笠原。

「あれはちょっと申し訳ない感じの酒だったから、シングルモルトを通販で買っときました。お好きなの、スペイサイドでしたよね」

「あるの？　素晴しい」

「氷は？」

「シングルモルトなら要らない」

「洒落たグラスなんかないですけど」

「能でいいよ」過日の笠原は熊のマグカップを置き忘れていった。やっぱりこんな物要らないと思ったのかもしれない。

　冷蔵庫いっぱいの缶ビールは、笠原と隣の女の手土産《てみやげ》だ。そのうちの二本を片手で摑み、反対の手で羆のマグカップ、脇にはスコッチの罎を抱えて、布団なしの炬燵へと戻った。

「さっきの話ですけど、この方の前で――」

「大丈夫。俺の秘書だから」

「嘘ですよ」とマルメロが眉をひそめる。細面の美女だが目付きが妙に虚《うつ》ろで、どこを見ているのかよく分からない。初めから酔っていたのかもしれない。

「そんなようなもんだから」

「違いますって」

「笠原さんの奥さん？」

「惜しいな」と笠原。

「惜しくない」とマルメロ。「この人、私の患者なんです」

「逆だよ。俺が医者でこの人が患者」

「また嘘ばっかり」

「刺塚くんは俺よりも、マルメロと名乗るような女を信用するかい？」

するとマルメロは律儀なまでに憤然とした調子で、「ここではみんなハンドルで名告《なの》るんだと云ってたくせに、なんだか私だけだし」

「忘れてた。じゃあ俺はＪＪ、彼はセージ」

聖司はパソコンデスクに席を移して、「マルメロ」を検索した。「ひょっとして、本名が花梨《かりん》さんなんですか」

「せっかくハンドルで行こうっていうんで話がまとまったのに」と笠原がマルメロの返事を遮った。「なに、さっきその辺で拾ってきた女だよ。本名は俺も知らない」

「この人、本当に嘘つきだからイラツキさん、気を付けられたほうがいいですよ」

刺塚ですと訂正しようとして、思い直し、「セージで。JJは冗談が過ぎるところはあるけど、俺は信頼してますよ。俺をこのままでいいと云ってくれた初めての人だし」

「そうやって人を甘やかして利用するんですよ」

「利用……利用ね」聖司はビールのプルトップを起こした。すこし飲んでから、「されてもべつに構いませんよ。むしろ誰からも利用されなかったから、俺はこうなっちゃったわけで。で、ジェリーフィッシュについてですけど、率直に云って俺もその筋では無名でもないし、ロックスミスじゃなかったローズマリーはもちろん伝説的な存在だし、どうやってだか俺とローズマリーが組んでいるという情報を得たウィザードがいて――あんがいローズマリーが自分で洩らしてるって気もするんですが――合流したがってるか、それとも挑戦状かの、どっちかじゃないでしょうか」

「なるほど。しかしローズマリーのシステムさえ覗かれているなら、君のシステムも……ということになるな。いいの?」

一考して、こう答えた。「ローズマリーを出し抜くようなウィザードに、どう抗《あらが》えと？　大自然の猛威みたいなもんです」

「なるほど、なるほど」笠原は妙に楽しそうだ。「はてさて、ジェリーフィッシュは敵か味方か」

聖司はパソコンの時刻表示を確認した。「もうじきですね。JJもそろそろスタンバっといたほうが」

「ちょっとトイレ、借りるよ」

「大丈夫？」

マルメロの態度が急に甲斐甲斐《かいがい》しさを帯び、このふたりは本当に医師か看護師と、患者の間柄なのではないか、と聖司は感じた。

「独りでズボンの前を開けられるかって？　マルメロが手伝ってくれるの」

「厭です」

「セージ、例によって俺がここに居ることは」

「ええ、伝えません」

画面に鍵穴のアイコンが現れた。クリックし、SAGEでログイン――。

ローズマリーが待ち構えていた。数秒後、パセリもログインしてきた。

〈R：セージ、ジェリーフィッシュってウィザードに心当たりは？〉

〈S：カウンセリングのときJJからも訊かれたんですが、皆目。どこで見掛けたんですか〉

セキュリティホールに署名されたという事実は知らないふりをした。自尊心の塊であろうロックスミスを下手に刺激したくない。

〈R：知らないならいい。分かっていると思うが、私にちゃちな出任せは通用しない〉

〈S：分かってます〉

〈R：JJが来ないな〉

〈S：いまトイレに〉

ロックスミスのご機嫌取りに気が向いていて、うっかりそう打ち込んでしまった。

〈S：でも行ってるんじゃないですか。タイムもまだだ〉と、途中でリターンキイを押してしまったふりをする。

タイムがログインしてきた。

〈T：ごめんなさい、遅くなりました〉

〈R：音声サンプルは出来た？〉

〈T：ごめんなさい、まだそういう段階では〉

〈R：パイロット版の科白だけでも、幾つか決まっていると助かるんだが〉

〈T：ごめんなさい、それもまだ〉

〈R：「T：ごめんなさい、」までデフォルトで入るようにしようか？〉

〈S：まあ、まだアゲハの造形も定まっていないし〉

〈P：アイデアスケッチの段階ですけど〉

パセリがURLを上げてきた。クリック――。

笠原がトイレから戻ってきた。聖司が開いている画面に気付いて、「それがアゲハ？」

「いまパセリが」聖司はディスプレイを彼に向けた。鉛筆で丹念に描きこまれた女性の横顔である。「どう思います？」

「巧いね」

「これがアゲハでいいんですか」

「俺が決めることじゃないよ。君のイメージからすると？」

「ぜんぜん違うし、これはそもそも美人なんでしょうか。パセリの自画像？」

「いや、まったく別人だね。彼女にとっての美女なんだろう。いま追い着くよ」笠原は炬燵に戻り、鞄からタブレットを取り出した。

〈R：誰？　これ〉

〈P：私なりに考えたアゲハのイメージなんですが〉

〈R：参考のラヴドールとはまったく方向性が違うが〉

〈P：あれに似せることは考えませんでした〉

ＪＪがログイン。〈Ｊ：悪い。トイレに行ってた〉

〈Ｒ：さっきセージが透視したよ〉

「なんか書いちゃったのか」と笠原が訊いてきた。

「すみません、うっかりトイレじゃないかと」

「下手に言い訳せずに流そう」

「了解」

〈Ｊ：スケッチ見たよ。ポリゴン担当セージの意見は？〉

〈Ｓ：正直なところ、予想していたのとはだいぶ違います〉

〈Ｊ：このまま進めたい？〉

〈Ｓ：いいえ、路線の変更を望みます〉本当は、こんな地味な女をアゲハとは呼びたくない、とまで書きたかった。

〈Ｊ：タイムはどう思う？〉

〈Ｔ：とても上手だと思います〉

〈Ｊ：例えば、こういう女性が話しかけてくるソフトウェアがあるとするじゃないか。君は買うかい？〉

〈Ｒ：私は買わない〉

〈Ｊ：ローズマリーは買わなくても盗めるから〉

〈R：失礼な〉
〈J：タイムを誘導するからだ。俺は彼の意見を聞きたい〉
しばし間をおいて、〈T：買いません〉
〈J：三対一で否決。パセちゃん、もうちょっと頑張ろうか〉
パセリはログアウトしてしまった。
〈J：あーあ、臍《へそ》を曲げちゃった〉
〈T：ごめんなさい、僕が賛成してれば〉
〈J：本人の票は軽いから同じことだよ〉
〈R：これで座礁かな。プロジェクトの終了に異存はないよ〉
〈J：そう慌てずに〉
〈S：やっぱりラヴドールでいいんじゃないですか。あれなら誰が見ても可愛いんだし〉
〈J：まあまあ、俺だけは直接連絡がとれるから、このまま降りる気なのかどうか、まずはパセリに訊いてみるよ〉
〈R：ともかく今夜は解散だね。ブラウザは十秒後、自動的に終了する〉
〈T：ごめんなさい〉とタイムが滑り込んだ。
〈R：本当にデフォルトで入れとこうか？〉
〈T：相談したかったことが〉

〈J：どうぞ〉

しかしタイムは、なかなか続きを書き込んでこない。

場を繋ぐつもりか笠原が、〈J：ちょっと今、パセリに連絡してみる。ローズマリーからも連絡できるんだろうが〉

〈R：私はそこまで親切じゃない〉

笠原が携帯電話を取り出すのを見て、聖司は尋ねた。「電話に出る人なんですか」

「滅多に出ないね。メールにはまめに返事してくる。でも一応」

「セージさん、私もスコッチをいただいていいですか」とマルメロが退屈げに問う。

「もちろん。いまグラスを。氷は？」

「お願いします」

立ち上がりながらディスプレイに視線を向けると、タイムがようやっと続きを書いていた。

〈T：アゲハの物語の、終わりだけは思い付いてて〉

ひとまずキッチンに立ち、なるべく清潔そうに見えるグラスを選《よ》りながら、見ず知らずのマルメロを抵抗なく家に上げてしまった不思議について考えた。ここ数年、親でさえ玄関より先に立ち入らせたことがない。例外は笠原だけだった。

笠原と同じ、現実を生きているようではない空気感を、彼女もまた湛《たた》えている。彼の周囲はみなこういう人々なのだろうか。仮にそういったカンパニーがあるのだとして、そこでなら自分も社会人として生きられるだろうか。

「パセリ、出ましたか」グラスをマルメロの前に置きながら、竺原に問う。

「出ないね。メールを打つよ」

聖司は再びディスプレイに向き合い、やがて、「ちょっと竺原さん——じゃなかったJ、ブラウザを見て。タイムの案」

「ん？」竺原はメール打ちを中断した。「——ほう」

「良くないっすか、これ」

「いいね」竺原はマグカップにスコッチを足した。「これだけでいいくらいだ」

「あ、パセリが戻ってきた」

「ほんとだ」

〈P：タイムさんの案、素敵だと思います。私も頭を冷やして、第二案に手を加えながら、皆さんにお伝えすべきことを整理していました。私のスケッチが使い物にならないにせよ、人体についての私の発見は、アゲハの動きに役立ててください〉

まず眼球の動きについて云々《うんぬん》、次に瞬きについて云々、とパセリの講義が続いた。さしものローズマリーも口を挟まなかった。

〈P：第二案というか、本当は最初に練習として描いたものです。これが否決されたら、もう私に出来ることは残っていませんから、代わりの人材を探してください。短いあいだでしたが、たくさんの奇天烈《きてれつ》な体験をありがとうございます〉

URLが上がった。

クリックして、聖司は息を呑んだ。今度は正面顔だ。挑みかかるような目付きと、固く結ばれた唇。

なぜか笠原が笑い声をあげる。

思わず振り返って、「なんで。これ、けっこう凄くないすか？　あのラヴドールよりぜんぜんいい」

「痛快だから笑っただけだよ。うん、素晴しい。そう打とう」

〈J：数えなくてもいいが、賛成に一票〉

〈S：この線で進めましょう〉

〈R：悪くないね〉

〈T：僕もいいと思います〉

〈R：で、この女は何語で喋るの？〉

直後、呼び鈴の連打に、セージ、JJ、そしてマルメロの空蝉《うつせみ》はその身を強張らせた。

玄関に出て錠を開けると、ドアは勝手に引かれ、久々に見る母親の顔が現れた。一瞬、赤の他人かと思った。それほど顔付きが歪んでいた。「聖司、お父さんが倒れた。息をしてない」

飛び出してきたマルメロが、聖司を押し退《の》けるようにしてパンプスを突っ掛け、「どこですか。案内して。救急車は？　もう一一九番はしましたか」

「一応……はい」先行するマルメロを追いながら、母が答える。

母屋の引き戸は開きっぱなしだった。父の姿は廊下の、トイレの前にあった。排泄《はいせつ》しようとしていたか、し終わって出てきた際、なんらかの理由で倒れたらしい。聖司は土足のままで駆け寄り、そして立ち竦んだ。唇の端から舌が覗いていた。

マルメロは躊躇《ちゅうちょ》なく跪《ひざまず》いて父の肥満した身体に触れ、おろおろと周囲を動きまわっている母に、「見つけたときから仰向《あおむ》け？」

「いえ私が、お父さんどうしたのと思って、ひっくり返して――」

そのあいだにも彼女は父の手首を持ち、このところすっかり毛が薄くなった彼の頭部を撫《な》でまわしながら、「頭は打ってない。呼吸なし、脈拍なし、体動……なし。セージさん、近所にAEDは？」

「え？」

マルメロが叱りつけるように繰り返す。「A、E、D」

AED……どこかでその表示を見た。少なくとも駅で見た記憶はある。救急救命のためのなんらかだという認識もある。でも駅以外でも――。

思い出した。「コンビニに」

「急いで借りてきてください。それまで人工呼吸と心臓マッサージで保《も》たせるから」

「できるんですか」

「いいから早く」

外へと駆け出た。満天の星に出迎えられた。

畜生、こんな夜に限って、なんて綺麗な空なんだ。

「おおい、免許持ってないのか」竺原が追い着いてきた。

「——自動車で？」

「当たり前だろ。そこに立派な車があるのに、わざわざ走って抱えてくんのかよ」

「でも……親父の車だし、酒が入ってるし」

「俺が代わりに逮捕されてやるよ。キイは？」

「たぶん、下駄箱の上」

「待ってろ」竺原は屋内に向かって、「お母さん、車のキイ！」

こういう事態の訪れを前々から予見していたのだろうか？　そう感じるほどに竺原の行動は迅速だった。玄関に戻っていったかと思うと恐らく自力でキイを見つけ、取って返してアウディに走り寄り、その運転席へと辷《すべ》り込んだ。エンジンをかけた。双つのヘッドライトが、責め立てるようにこちらを照らす。

聖司はデジャ・ヴを覚えていた。この場面を、俺は知っている。

夢で見た？　それとも願った？

本来、庭に一軒家を建てて子に与えるほどの親馬鹿。聖司は幼い頃から、他人の前で自分が過分に称賛されているのを耳にしては、赤面し続けていた。ところがと云うべきか、当然のごとくと云うべきか、彼の生活ぶりが現在のようになるや、父は気性も顔付きも荒々しくなった。息子を――いや自分の人生を、世に誇れない忿懣《ふんまん》が鬱積している。

道路公団の監査役まで務めたエリートの一人息子が、再就職も結婚もできない長髪に無精髭のヒキコモリ。父の輝かしい人生の花道に横たわった、粗大ごみ。母がたびたび父を旅行に連れ出すのは、自分との接触をすこしでも避けさせるためだということに聖司は気付いている。こちらの心情を気遣ってではなく、父の健康のためだ。不整脈がある。

ぶうううんと頭のなかのバグが翅音をたてる。思考が白みはじめた。

「なにやってんの。早く乗れって」笠原が窓を開けて叫んでいる。「どのコンビニか教えろ」

「――無理です」と、ついかぶりを振った。

「なに云ってんだよ」

サイレンが聞えはじめた。近付いてくる。

吐息するように、ヘッドライトが消えた。笠原が車から降りてきた。険しい表情ではあったが、穏やかな声音で、「交通を混乱させないほうがいい。ＡＥＤも持ってきてるだろう」

やっと我に返った。情けなさに涙が出てきた。「親父は、死ぬんでしょうか」

「人は全員死ぬよ。それが今夜かどうかは、誰も知らない」

「俺は……なんの役にも」

「三十路《みそじ》のヒキコモリが、見ず知らずのマルメロを住処《すみか》に入れた。お蔭で最善の対処ができた」

「あの人、医者なんですか」

「医師免許は持ってる」笠原は上着のポケットからトランプの紙箱を取り出した。いつも手品の小道具を身に付けていて、聖司の前でもたびたび披露する。シャッフルしたあと見事な扇形に広げ、「一枚選んで」

聖司は躊躇した。選んだカードによって、父の命運が決するような気がした。

「選べ。救急車が着くまえに」と叱咤《しった》された。

仕方なく端の一枚を抜いた。しかし表に返す気になれない。サイレンが迫ってきた。

「俺が代わりに見ようか？　そこまで俺に任せてもいいのか」

また涙が湧いてきた。「自分で見ます」

洟《はな》を啜《すす》り上げながらカードを返した。

「何が出た？」

「ハートの９」

「いいのを引いたね。意味するところは希望だ」

15

〈T：さっきからJJが〉
〈P：セージも同時に沈黙しましたね〉
〈R：でもふたりともログアウトはしてない〉
〈P：なにかあったんでしょうか〉
〈R：パセリとタイムに新しいブラウザを送る。こっちは即刻消去する〉

16

母屋に走り込んでいく救急救命士たちを尻目に、笠原は聖司の「温室」へと舞い戻った。炬燵の天板から自分のタブレットを取り上げ、画面を確認する。次いでスリープしていた聖司のパソコンも起こして、ディスプレイを確認した。

「ふたりとも弾《はじ》かれたか」と笑う。「上々だ」

ズボンのポケットから携帯電話を取り出し、登録番号のリストを眺めはじめた。動かない駒、まだ動く駒……反対の手でショートピースの箱を振って一本を咥え、火を点ける。

「どうなってる？」

振り返る笠原。救命士とAEDにバトンを渡したマルメロが玄関に立っていた。心臓マッサージの激務によって汗にまみれた顔をハンカチで拭っている。人工呼吸のために口紅はほぼ消え去っている。

笠原は煙を吐きながら、「マルメロのお母さん？」

「本人です」

「じゃあ安心して状況を話せる。ロックスミスに勘付かれた」

「ローズマリーに？　どこまで？」

「さあね。タイムかパセリから聞き出すさ。あのふたりはどうとでも騙せる。しかし——

——」

「ローズマリーとはじかに接触できない」

「会えば簡単なんだけどね、俺は生来の詐欺師だから」

「まったくよ」

「予想外に早く綱渡りが始まった。花梨が本当に医者だってのも、セージにばれちゃったしな」

「それは仕方がないでしょう。救命するなとでも？」

「まさか。俺にとってはクライアントの財布なんだから、助けてもらわなきゃ困る。で、あっちはどんな感じ？」

「呼吸が戻ったところまでは見届けました。でも意識が戻るかどうかは――」

「意識不明が続くのは困るな。病院にとっちゃ金の生《な》る木だが」

「また厭な奴らを稼がせちゃったかしら」

「今後の経過、伝えたほうがいい？」

「いちおう伝えてください」

「結果がどうあれ、自責するなよ。君は優秀な医者だ」笠原は煙草を灰皿に押し付け、電話も仕舞い、代わりにトランプの箱を取り出した。中身を扇形に広げてマルメロに近付き、「選んで」

彼女は真ん中辺りの一枚を抜き取った。

「何が出た？」

「ハートの９」

「ほう、希望のカードだ。どうあれ患者は病院に任せ、ヒッキーたちはしばらく泳がせよう。なに、いずれローズマリーから接触してくるさ」

「大した自信じゃない？」

「連中には連中なりの誇りがある。それにまだ時間はある――んだろ？」

マルメロはきっぱりと頷いた。「あるわ」

17

《―― Parsley logs in ――》
《―― Thyme logs in ――》
《R：来たね》
《P：でも、こういうのって》
《R：もちろん好きでやってるわけじゃないよ》
《P：こっちにＪＪとセージは入ってこられないんですよね》
《R：入れない》
《P：こういうことをしていると、せっかく築きかけていた信頼関係が》
《R：だから、私も好きでやってるわけじゃない。ある意味、プロジェクトのためだ。私の推測を率直に語ろう。ＪＪとセージはつるんでいて、サーバは別々だが、物理的には同じ場所からアクセスしている》

《P：私もそんな気はしていましたが》
《R：つまりセージにはそういう社会性がある。ヒキコモリじゃない》
《T：でもJJは》
《P：私だってカウンセリングを受けてるんだから、JJとつるんでいることになりませんか》
《T：僕の部屋にも入ってきます》
《R：そういう意味のつるみだったら問題にはしない。でも私たちは、あのふたりに出し抜かれようとしている。ふたりに問いたい。JJから私のことはなんと？》
《P：凄く出来る人がいて、フォローしてくださるから、きっとこの計画は上手くいくと》
《T：男か女かも分からないけど面白い人》
《R：それだけ？》
《P：はい》
《T：はい》
《P：私たちを出し抜く意味があるとは思えないんですけど、具体的には？》
《R：アゲハを開発させて、結果だけ盗むつもりだろう》
《P：そんな価値がアゲハにあるんでしょうか》

《R：あるよ。正確には、今夜生じた》
《T：あのふたりは仲良しで、よく一緒にいて、そこで》
《R：組織のお偉いさんが視察にでもやって来たかな？》
《T：なにか急なことが起きただけじゃないでしょうか》
《P：なぜ私とタイムは信頼するんですか》
《R：私にだったら、苦労しなくともそっちの端末は覗ける。覗けてしまう。パセリの端末には画像ファイルばかり、タイムのには不可解な音声ファイルばかり》
《P：私信は読まないでください》
《T：個別に聴いたら、不可解かもしれませんが》
《R：まともなセキュリティも施されていないし、アプリケーションは出来合のものばかり。使いこなせてない電子レンジみたいなパソコンだ。だから信用できる。腕が鳴らないような相手の個人情報は読まないよ》
《T：組み合わせたら、ちゃんと音楽に》
《P：それはそれで私たちに失礼では》
《T：ごめんなさい》
《P：今のはローズマリーに対して》
《R：イハイトって人名？》

《P：やっぱり読んでる！》
《R：読んでない。最近開かれたテキストファイルのタイトルにあった言葉。そのくらいは即座に走査できるというスキルの立証だよ。だから私たちはアゲハを完成させられる。なぜなら私がいる》
《P：もうローズマリーだけいれば出来ちゃうんじゃないですか？》
《R：パセリはまだ必要だ。私にも出来ないことはたくさんある》
《P：まだ》
《T：あの、僕は》
《R：タイムも必要だよ。今夜、それがよく分かった。悔しいがJJはなかなかの伯楽《はくらく》だ》
《P：セージの端末を覗いてみての、ちょっとこの人たち……という判断なんですか》
《R：システムが複雑怪奇で読みきれていない。思い付きで構築しかけては放置し、を繰り返している。そういうのが意外と手強《てごわ》い》
《P：JJの端末は？》
《R：使いこなせてないどころか、店頭で客に触られただけの電子レンジってとこ。クライアントの情報すら整理されてない。普段は手書きの手帖を使っているのかもしれない。だとしたら私のような人間にはお手上げ。紙の砦《とりで》にだけは手も足も出ない》

《P：じゃあ彼らを疑う明確な根拠はないんですね？》
《R：ある。でも今は話せない》
《P：ねえローズマリー、正直なところ私はですね》
《R：なに。続けて。どうぞ》
《P：なにより人間関係のいざこざが厭で、ヒキコモリをやっているのであって》
《R：ある意味、私もそうだよ》
《P：こういう、人の裏をかいたりかかれたりの世界に接しているのは、かなり苦手というか、もともとアゲハの計画は、JJのものだし》
《R：正確には「不気味の谷を越える」がJJの計画で、アゲハの姿を私たちに見せてくれたのはパセリだ》
《P：そういうのも、いちおう分かっているつもりなんですけど》
《R：もう降りたい？》
《T：僕は》
《P：迷っています。第一案は蹴られてしまったし》
《T：降りたくないです。あのアゲハに喋ってもらいたい》
《R：タイムは降りない。パセリは？　アゲハのポリゴン化は私にもなんとかなる。動きへのヒントも与えてもらえた》

《P：すこし修正してもいいですか？　ちゃんと日本人に見えるように》
《R：構わない。というか、なんでわざわざ外人にしたの？》
《P：答えたくありません。じゃあローズマリーとしては、このさきセージを外してと？》
《R：JJもね》
《P：でも、そうやって動いたり喋ったりするアゲハを完成させたとしても、私たちには》
《R：そのあと、どういうビジネスに繋げるかって？》
《P：まあ、はい》
《R：もちろん売りつけるのさ、私たちを出し抜こうとしたふたりに》

18

複数のチャットを終わってみれば、とうに午前二時をまわっている。洋佑は笠原と話したかった。なにを？　分からないが、とにかく話しておくべきだと思った。

持たされている携帯電話はプリペイド式なので、発信は一分あたり八十円台と割高で、自分からかけようものなら、母が洋佑のために買っている三千円のカードなどたちまち残高が尽きてしまう。実質的なところ受信専用だ。

ダイニングに固定電話の子機がある。親機は母が寝ている和室にある。部屋を出た。

テーブルの隅に置かれた充電器の上のそれを、洋佑が手にとったのと同時に、和室の襖《ふすま》が開いてパジャマ姿の母が姿を現した。洋佑の姿に驚き、ためらいがちな調子で、「電話使うの」

彼もまた慎重に、「笠原さんに」

「何時？」と給湯システムの時刻表示を覗き、「こんな時間に、ご迷惑じゃない？」

「起きてる。さっきまでパソコンで話してた」

「ならいいけど」

トイレに向かおうとする母に、「お母さん」

「ん？」

「たぶん友達ができた。まだ会ったことないけど」

「パソコンで？」

「うん」

「でも友達は友達だ」と母は莞爾《かんじ》とした。

「でも友達って、面倒だね」

「私も、昔はよくそう思ったな」

遠ざかろうとする彼女に洋佑はまた、「お母さん——あ、トイレのあとでもいいけど」

「なに？」

「ビリケンの人形、あれ、どこにある？」

彼女は小首を傾げて、「ここに引っ越してくるときに……たぶん捨ててはいないと思うけど、欲しい？」

「欲しいっていうか、また見たい」

「探しとくね」

母はトイレに入っていった。洋佑は自室に戻って携帯電話の着信履歴を遡《さかのぼ》った。ほぼ母からしかかかってこないから、そうではない番号が笠原のものということになる。ところが該当しそうな番号が二つあった。以前、間違い電話がかかってきたのを思い出し、やむなく笠原の名刺を探しはじめた。

受け取った当初は穴が開くほど精査した名刺が、こういうときに限って抽斗のどこにも見つからない。一旦は彼との対話を諦めたところでようやっと思い出した名刺の在り処に、洋佑はくすくすと独り笑いした。

海外の有名ミュージシャンの真似をして、大切なエレキベースの側板に、あたかもコンサートの曲目リストのように貼り付けていたのだ——いつか自分が晴れやかなステージに立つとき、その寸前にだって彼に助けを求められるように。あまりにも慎重に貼り付け、様になっているものだから、もはや弾いているときすら意識しなくなっていた。

高価な楽器ではない。抱えたときのバランスは悪いし、惚《ほ》れ惚《ぼ》れするような音がするでもない。彼がそのベースを特別と感じる唯一の理由は、「母がローンを払ってくれたから」だ。

音楽にまつわる情報を得ようとしてインターネット・ウェブをさまよってみて、目につくのは有名人に対する罵詈《ばり》雑言《ぞうごん》ばかりだった。ここは学校の椅子の上とどう違うのだろう？　生徒たちのからかい合い、それらを取りまとめたような教師の世間に対する毒づき。それでいて誰も、自分の実力を堂々と披露したりはしない。本当に速く走れるなら、それを活かして獲物を摑まえてみせればいい。英語の構文に精通しているのなら、それを駆使した論文なり詩なりを書けばいい。芸能人を不細工だと思うなら、その隣に立って自慢の美貌を披露すればいい。こんな場所に僕は居たくないと、ディスプレイ上の世界に対してもまた感じた。

「お母さん、僕はエレキベースが欲しい」と、あるとき意を決して部屋を出て、アイロンがけをしている母に告げた。

聞き返された。「エレキ？　パソコンだけじゃあ無理なの」

「無理じゃないけど」

洋佑は押し黙り、母は辛抱強く続きを待った。

「自分が弾く、本物の音が欲しい」

彼女は一考したのち、「じゃあ次のお休み、一緒に楽器屋さんに行ってみようか」

楽器店で、洋佑が控え目に選択した一本に対して、母は長いローンを組んだ。それが苫戸井家の経済状態である。洋佑は幾度か「やっぱり要らない」と云いかけ、でも云えなかった。これから長旅を共にするに違いない、相棒の輝きには背を向けられなかった。

竺原は電話に出てきた。けろりとした調子で、「どうした？」

「いえ、あの……竺原さんが急にチャットから消えちゃったから」

「ああ、パスタを茹でてたんだよ。キッチンタイマーが煩《うるさ》いんで笊《ざる》に上げて戻ってみたら、ローズマリーにブラウザを回収されてた。でも、うまく行きそうなんだろ？」

洋佑はほっと息をついて、「なんだ、そうか。あの……パセリさんにあれ、渡してもらえましたか」

「カウンセリングのとき家に置いてきたよ。君と違って部屋には入れてくれないから、リビングのテーブルの上に。なにも云われなかった？」

「ええ。捨てられちゃったのかな——」

19

笠原、セージ、ローズマリー、タイム……誰を信用すればいいのか分からない。

ふと閃いて芹香は椅子を立ち、部屋を出て、暗い階段を静かに下りた。数日前のカウンセリングの帰り際、笠原が何かをポケットから取り出したのを思い出していた。「あとこれさ今から」と薬でも呑もうとしているのだと思い、勝手にすればと無視していたが、あれは「あとこれタイムから」ではなかったのか？　Ｔｈを正しく発音すればサ行に近いことは、さすがに芹香でも知っている。

居間の灯りを点けると、テーブルの上にそれはまだあった。父も母も弟も、ほかの誰かの物だと思って放置してきたのだろう。半透明のフィルムケースに、ティッシュペイパーが詰め込まれていた。

蓋を開け、紙を引きずり出すなり、芹香はきゃっと悲鳴をあげて跳び退った。虫が転がり出てきたのだ。

ラグマットの上の毒々しい輝きを、しばし愕然と見下ろしていた。動かない。死んでる。

これ……玉虫だ。本物は初めて見る。

「タイムって」芹香は独り言ちた。「子供？」

20

「いつもこーんな場所で飲んでんのか」唖然として狭い店内を見回している笠原に、

「すみませんね」とカウンター内の、ラグビーでもやっていそうな体軀《たいく》に後ろへと撫で付けた長髪という、ハーレーでも乗り回せば似合うであろう店主が吐き捨てるように応じ、

「久し振りだよな」と榊が彼に、なんら慰めにならない言葉をかける。「いくらでも音が出せるから、俺みたいな仕事の打合せには便利なんだよ。いつでも空いているし」

「すみませんね」

壁面にはずらり、楽器店よろしくギターやベースが掛けられている。幾つもの楽器アンプ、キイボードや電子ドラムも備わっている。DVDを流すための大型ディスプレイの上では、リック・ダンコが〈舞台恐怖症《ステージ・フライト》〉を熱唱している。

「自由に弾いていいの」

「どうぞ。音量はこっちで設定しますけど」

「榊、なんか叩けよ」

榊はおしぼりで顔を拭いながら、「もう駄目だよ。腰が悪くてさ」

「考えてみたら、俺ももう駄目だ。何年弾いてない？　それにしてもタイムを連れてきたら狂喜乱舞しそうな店だ」

「『ラスト・ワルツ』が分かるのか？　タイムって餓鬼なんだろ」

「年齢はな。でも我がヒッキーズのなかじゃ、彼がいちばん大人だよ」笠原も榊の隣に腰

を下ろし、帽子をとってカウンターに置き、携帯電話や煙草の箱も並べて、「なんかスコッチ」

店主はいっそうむすっとした表情で、酒瓶の並んだ後ろの棚を示した。「うちは基本、ビールとバーボンとラムなんすけど」

「ああ」笠原は眼鏡を上下させ、「よく見えてなかった」

「面白いビールがけっこうあるんだよ」と榊が教える。

「じゃあ、いちばん面白いビールを貰おうか」

店主は冷蔵庫を覗き込んだ。「ホブゴブリンなんて如何《いかが》でしょう。イギリスのペールエールですが」

「それでいい。名前が気に入った」

「苦味が強いですけど」

「俺の人生より？　それでいいよ」

「俺は……麒麟《きりん》」

笠原は彼を見返して、「また奇抜なビールを選んだな」

「ラベルを眺めたい。プランBのイメージ作りだ」

笠原は失笑した。榊も笑った。

「麒麟はないな。そんな突飛な目撃、誰が信じるかって。次はさ――」無遠慮に店主を指差し、「この人、口は堅い？」

「ゴーちゃんっていうんだ。豪快の豪。彼女がけっこう可愛くてさ——」

「名前や性生活を訊いてんじゃない」

「憲兵から拷問を受けても喋らないよ。だって憶えてない。俺の名前だって憶えるのに一年がかりだった。ずっとサカイさんって云ってた」

「すみませんね」

「次はさ——」竺原は榊に顔を寄せ、声を低めて、「本物の詐欺だ」

榊はその頭を押しやる仕草をし、「法には触れないから安心しろ。というか触れそうになったら俺がお前を羽交い締めにする。じゃあプランAとBを並行させるわけだ」

「ロックスミスが色々と嗅《か》ぎつけはじめた感がある。そのうえセージはとうぶん役立たずだ。停滞感を与えずにパセリとタイムを惹きつけておくには、榊と俺のウェイトが大きい
プランBだろうな」

「場所の目処は？」

「俺たちの田舎でいいだろ。土地勘があったほうが有利だし」

「もろに地元は厭だな」とかぶりを振る榊。

「お前の地元は東京だろ？」

「生まれはな。両親はまだ\u500b部《かべ》に住んでる」

「元気に？」

「年相応にな」やがて彼は笠原を見返し、「おい、猿飛峡《さるとびきょう》はどうだ」

笠原は煙草の封を切りながら、「田舎すぎる。あの辺はもう廃線だろ？　人を集めようがない」

「第三セクターで復活してるんだよ。軽音部に明石《あかし》っていただろう、サックスの」

「蛸《たこ》な」

「あいつが猿飛で駅長をやってる。観光客が少ないとぶつくさ云ってた」

笠原の唇が口笛を吹くように窄《すぼ》まった。「お前、本当にそういうことに詳しいよな」

「同窓会での名刺配りも名刺集めも仕事のうちだからな。人脈は力。誰しもが丈吉みたい
に独りで生きられるわけじゃない」

「俺だって独りじゃないさ。ヒッキーどもとわいわいがやがや楽しくやってるよ」

「矛盾だ」

「俺の頭のなかではね、ずっとパーティが続いてる」

榊は鞄から手帳を取り出し、胸ポケットに挿していたボールペンで「猿飛峡」と記しな
がら、「セージの親父さんの容態は？」

「昨日の報告の段階では、まだ意識は戻ってない」

「とんだ災難だったな……というか、俺にとっても災難か」

「アゲハで稼ぐ気でいたなら」

「今、金は好きか嫌いかって訊いたか」

「訊いた」

「娘が留学したがっててさ――」

「すみませんね」と店長がカウンターにコースターを辷らせ、適度に泡の立ったグラスとビールの罎をふたりの前に並べた。

「この原画は六角紫水《ろっかくしすい》か山本鼎《かなえ》か。それにしても、キ、リ、ン、の文字、むかし探さなかったか」榊が嬉しそうに罎のラベルを見つめる。

「子供のころ親父から教えられたけど、忘れちゃったな。どこだっけ」

「ここにキ、ここにリ――」と榊は罎を摑んで麒麟の鬣《たてがみ》を続けて指差したが、三点めは指せなかった。「ンはどこに行った？　変わったのかな」

「ここっすよ」と店長が手を伸ばして麒麟の尻尾を指し示す。

どこだどこだ、とふたりの中年が頭を寄せる。

「ここ」店長がまた指す。

「ああ。気付くとつまんないな」と笠原。

「すみませんね」

榊は罎を置き、グラスに唇をつけたあと、「花梨ちゃんの調子は？」

笠原は頭を左右に振って、「ヒキコモリに逆戻り。これまでのパターンからいって、とうぶん連絡はとれないな。救急救命のあいだに昔の厭なことが色々とフラッシュバックしたらしい」

「臨床心理士もお手上げか」

「社交モードとヒッキーモードが分離しているあの手合いは、簡単なようで難しいんだ」

「彼氏として接することも？」

「はい？」

「違うのか。俺はまた、丈吉とできてるんだとばっかり――」

「すみませんね」

笠原はエールをひと飲みし、「苦い」

「でも旨いよ。ラベルも気に入った」それから榊を見据えて、「クライアントに手は出さない」

上着のポケットからトランプの箱を取り出す。中身をシャッフルして扇形に広げる。

「なんなら占おう。俺の代わりに一枚引いてくれ」

榊はカードを指差し、端から数えはじめた。

「適当に引いてくれ」

「お前、出席番号、何番だったっけ？」

「憶えてないよ。こういうのはいい加減に引かなきゃ意味がないんだ」

「でも、お前と花梨ちゃんの行く末がここで決まるかと思うとさ」

「未来はもう決まってるんだ。だから適当に引け」

「恨むなよ」

「目を瞑って引け」

榊は瞼を閉じ、手探りでカードを選んだ。

「なにが出た？」

榊はカードを確かめ、「ハートの９」

「いいのを引いてくれた。意味するところは希望だ」笠原はカードを回収して箱に収め、「俺には希望がある」

「そのトランプさ――」と榊は云いかけて口を噤《つぐ》み、笠原の背に腕を置いた。「なんでもない。希望はある」

笠原の携帯電話に灯りが点り、震えはじめた。「珍しや。塔の上のお姫さまからだ」

21

「あのう、私――」

「分かってるよ、パセちゃんだ。いま酒場だから外に出る」

「その呼び方――」

「気に入らない？　外に出たよ。どうした」

「あの――んと……なんて云うか――」

「電話が苦手なら、べつにメールでもいいんだけど。タブレット持ってるから受け取れるよ」

「駄目です。ローズマリーさんに覗かれてしまう」

「ははあ、それで苦手な電話か。いちいち覗きゃしないと思うけどね。なんか相談？」

「サ……タイムさんって」

「うん、タイムくんね。なに？」

「……信用できる人ですよね？　という質問を信用できない笠原さんに投げかけるのも、自分でどうかと思うんですけど」

「率直な人物評をありがとう。俺の百倍は信用できるんじゃないかな」

「もしかして、タイムさんって……子供？」

「俺たちのなかではいちばん大人だと思うよ」

「そういう内面的なことじゃなくて」

「知りたい？」

「連絡を取り合っても問題ないでしょうか」

「個人的な関りを持ちたい？　ちょっとリスキーじゃないかな。パセちゃんはパセちゃん、向こうは向こうで、ほら、色々と事情を抱えているわけだし」

「でも信用できそうな人がほかに……という話を信用できない笠原さんに私——ああ、もう」

「セージは信用できない？」

「……笠原さんとつるんで、私たちを出し抜こうとしてるってローズマリーさんが」

「どういう根拠で？」

「同時にチャットから消えた」

「そうなの？　偶然だよ。ただ、うーん……ローズマリーを除けば、俺は彼といちばん年齢が近いから、パセちゃんからはつうかあに見えるかも」

「ローズマリーさんとは、以前から折合いが悪いんですか」

「ちっとも。だってどこの誰なんだかも知らない。ウェブでの通称しか俺も知らないんだよ。だから喧嘩のしようもない」

「どうやって知り合ったんですか」

「SNSに、助けてロックスミスとか書いとけば、向こうで見つけてやって来るんだ」

「なんで私たちに紹介したんですか」

「不気味の谷を越えるのに、ああいう人材は必要では」

「それだけ？」

「越えてみたくない？」

「それは……もちろん」

「どっち？」

「越えたいです。というか越えねばなりません」

「力強いね。だったらこれまでの調子でやっていこう」

「……実はですね」

「はい」

「ああ……云っちゃっていいの？」

「云っちゃって」

「私から洩れたって、ローズマリーさんに伝えないって約束してもらえますか……と信用できない人に頼んでる私って――」

「ちょっと面白い人になってるね。でも約束する」

「……云います」

「どうぞ」

「ローズマリーさんは、笠原さんとセージさんを外してアゲハを創ろうとしています」

「どうぞ」

「え？」

「どうぞ創って」

「売り付けようとしてるんですよ」

「誰に」

「笠原さんに」

「買うよ、出来が良ければ。じゃあセージには次の作業に入ってもらうか」

「次？」

「もちろん次もある。で、ちょっとパセちゃんに相談があるんだけどさ——」

22

「最近のロックで、活きのいい奴っている？　豪ちゃんはなに聴いてる？」と店主に尋ねる。「俺はもう、めっきり聴かなくなっちゃってて」

「リズム体が際立ってるバンドとかですか」

「いやいや、リズムだけ目立っててても仕方がないよ。上手いに越したことはないけれど、ザ・バンドみたいにテンポが揺れてても良いバンドってあるじゃないか」

「ザ・バンドは別格にしても、揺れてると聴いてて気持ち悪くならないっすか？　榊さん、ドラマーだったんですよね」

「べつに。だって俺もよく揺れるって云われてたから。しょせん高校の軽音部のね、コンテストの予選落ち程度……一度だけ、本選まで出られて大きな会場に立ったけど」

「外のお友達と一緒に？」

「うん、あいつがベース兼ボーカルだった。志だけはポリスだったな」

「ギターは？」

「町長の孫だったね。本物のギブソンのフライングVを持ってたうえに、足許には阿呆かっていうくらいエフェクターを並べてた。あいつ――」とドアを指差し、「そいつを云い包めてフェンダーのベースも買わせてさ、『ギブソンに釣り合うのはフェンダーだろう』って。ずっとそれを使ってた。ひょっとすると今も借りっぱなしかも。自分では質屋で買ったクラシックギターしか持ってなかった」

「詐欺師ですね」

「天性の詐欺師なんだよ」と微笑しながら、出されたてのラムを口にはこぶ。「で、どんなの聴いてる？」

「僕もロックはめっきり聴かなくなっちゃってまして。以前はラウドパークとか行ってたんですけど、今はアイドルユニットのコンサートのみですね」

「ああ」と榊は吐息して、「俺もたまに仕事で行くよ。本気で面白い？　なんで周りがあんなに盛り上がってるんだか、仕事ながらよく分からないんだけど」

「あれは単なる祭ですから。そのための準備ですでに盛り上がってるんですよ。その総仕上げなんです」

「グッズを買ったり」

「そうそう、通販で法被《はっぴ》とか」

「やっぱり儲かるな」

「アイドル産業？　大衆のニーズに合致したら、そりゃあごついでしょうね。でも大金をかけたんだろうなって割に、あっさりと消えていくユニットも多いですよ。賭けですね」

「賭けだね。人生は賭けだ」

笠原が店内に戻ってきた。

「おおむね状況が把握できた」と榊の隣席へと戻り、グラスを摑んでエールに咽《のど》を鳴らしたあと、「予定どおり、ロックスミスが離叛《りはん》した。勝手にアゲハを創って、結果を俺たちに売り付ける目論見らしい」

榊は目をまるくして、「予定どおりなのか」

「セージまで弾かれたのは予想外で、連中の操作が難しくなったが」と笠原は肩を竦め、「どうせ一切合財、ジェリーフィッシュが盗んでくんだから、結果は同じだよ」

「確かなのか。本人がそう？」

「いや、もう十年も顔を合わせてない。でも確かだよ。あいつの事は俺がいちばん分かってる」笠原は自分に云い聞かせるかのように、「俺は分かっている」

「うまく盗めなかったら」

「お前の会社で買え」

「いくらふっかけてくるか分からんぞ」

「買えない値段でふっかけてくるはずはない。あっち、もう進んでるんだろ？」

「どっち？」

「生身」

「ああ。もう何人か候補はリストアップしてある。でもさ——」榊は上着の内ポケットから折り畳まれたプリントアウトを取り出し、広げて、「このスケッチにはびびった。このレヴェルはそうそういないよ。しかもゴールデン・ハーフだし」

「古いっすね」と店長が口を挟む。「すみません」

「もっとモンゴロイドに近付けるらしいけどな」

「苗字、なんだったっけ」

「乗雲寺《じょううんじ》」

「そうだった。乗雲寺芹香ねえ、まんま芸名じゃないか、ヒキコモリだなんて勿体《もったい》ない…

……あ、ジョーンズか」

「そうそう、親父さんの帰化名。しかもファーストネームとミドルネームはジョン・ポールで、ジョンジーと呼ばれてたらしい」

「ツェッペリンのベースだ」

「顔も似てる」

「で、娘もこの絵のまんまなんだろ」

「完全に自画像だよ。よく描けてる」

「この子自身を引っ張り出せば、解決じゃないか」

「ヒキコモリをどうやって？　榊、お前、ヒキコモリのなんたるかをぜんぜん分かってないよ。病院から出ないためにわざと骨折する奴や、学校を休むために自動車にぶつかる奴だっているんだ。そもそもプロジェクトの趣旨を履き違えている」

「うん、いま気付いた。仕事柄の錯覚だ。赦《ゆる》せ」

「お姫さま、プランBにもちらりと興味を示してくれたが、やっぱり人間を創るという成功体験を与えないことには、欲を出してくれそうにない。パンが無いのならお菓子を頂きますって娘だから」

「麒麟はお預けか」

「お預けもなにも麒麟なんか創るか。さっき決めた。創るのは象だ。エレファント」

「猿飛に象？　みんな信じるかな」

「大昔は日本にも居たんだから」

「ナウマン象とか？」

「ああ。だから信憑性《しんぴょうせい》は皆無じゃない。可愛いのをね。明石の蛸に早めに連絡しといてくれ。あいつ、おっちょこちょいだから勝手に噂を流してくれるかもしれない。そのあとタイムでも現地に連れてくかな」

「ヒキコモリの餓鬼を？」

「だからさ、連中は『家から出られない』んじゃない。同じ人々が集まる一定の場所に『通えない』んだ。少なくとも俺のクライアントには『旅行は好き』って人間がけっこう多い」

「たいそうタイムがお気に入りだな」

「あいつがいちばん大人だからね。彼の存在があったから一連のプロジェクトを思い付けた」そう微笑まじりに云ったあと、笠原は強く眉根を寄せて、「でも病状はいちばん深刻だ。花梨どころじゃない」

「ロックスミスより？」

「彼は――だか彼女だか知らないが、あの人物は自分なりに現実に対処してる。あの性格の悪さは痛快だよ、防御が完璧に出来てるわけだから。お姫さまもちゃんと防御する。さっきの電話が典型だ。世の中と自分との距離をよく分かってる。セージは微妙だが、それでも出口を探している。ところがタイムはまったく防御の術《すべ》を知らず、現実認識が危うく……記憶の混乱と幻覚症状がある」

「薬のせいとか？」

「いや、天然だ」

「例えば」

「母親の弁が正確なら、アル中で暴れたあげく家を出ていった父親のことを、自殺したと思いこんでいる。現実の出来事に耐えられなかったんだろう。作った音楽を聴かせてもらったときも、驚いた」

「滅茶苦茶だったのか」

「それならまだいい」竺原はエールを勢いよく、グラス半分くらいまで飲んで、榊を直視し、「無音だった。厳密にはホワイトノイズのみ。なにか『創って』はいるんだろうが、自分に聞えるもんだから、ソフトをちゃんと扱えていないことに気付かないんだ。先天的な脳障碍《のうしょうがい》か、父親の暴力によって機能不全が生じたか」

「音響担当なんかできないじゃないか」

竺原は吐息して、「だからこそ鍵屋が必要だった。インターネットを通じて、あの小僧の頭のなかを覗ける人間が。ロックスミスは彼の救世主になるかもしれない。今のところタイムの本当の役割はシナリオライターだよ。音響は口実。立派に果たしてくれてる。あのアイデア、悪くなかったろ？」

榊は深く頷き、「正直なところ、感動した。地球上でいちばん美しいやり取りを――」

「十四の餓鬼が選び取った」

「娘に云われたら泣くな」

「云われてないのか」

「最後に云われたのはいつだったか」

「お気の毒に。ともかくあの小僧には才能がある。でも絶対に自力ではドアを開けられない。自我崩壊に追いやらないよう、このまま騙し続けないと」

榊は再び笠原の背に腕を置き、「きつい仕事だな」

「最低の人間に相応しい、これが運命だ。それでも希望はある。榊がハートの9を引いてくれた。花梨は俺に惚れてるのかな」

「そう見えるね。そうとしか見えない」

「だとしたら……これまた可哀相な話だ」

「丈吉」榊は声を大きくして、「物事全部に責任を負おうとするな。花梨ちゃんだって、ぜんぶ分かってて騙されていたいんじゃないのかな。お前は優秀な詐欺師でいればいい。丈吉、人生は詐欺だ」

「お前が云うと説得力がありすぎる」

「とにかく俺たちは進んでる。UMA《ユーマ》に乾杯」

「ま、悪くない船だ。昔の俺たちのバンドよりはずっとましだ」

「あれはあれで悪くなかったぜ。たまに昔のカセットテープ聴いて泣いてる」

「俺、そういう大人にだけはなりたくなかったんだよ」

23

二週間ほどして、とつぜんセリカから電話があった。「あの、以前新宿の――」

胸が高鳴った。「憶えてるよ。親指の爪」

「そう」嬉しそうだった。「ちょっとお話が。もうお名刺の住所の、すぐ近くまで来てるんですけど」

場所を訊ねた。本当に近くだった。今しもセリカに会える。彼女がそう望んでいる。底抜けに明るい成行きだった。それがかえって暗い予感を喚《よ》んだ。ある程度歳をとってよかったと思うことがある。近い未来に過剰な期待を抱《いだ》かなくなった。何事にも両面がある。輝きは闇を背負っている。「どんな話？」

彼女は返事に躊躇したが、深刻な気配ではなかった。息遣いがそう語っていた。「イハイトのことで。私、知ってしまったの」

「なにを」

「私の本当の兄じゃなかったんです。血縁だけど、とても遠い親戚だったの。それで私……ほかに相談する相手もいないし」

象？　笠原がまた例によって本気なんだか冗談なんだか分からないことを提案してきたが、アゲハをあらゆる角度から描き上げる目下の作業を尻目に、そちらに感《かま》ける気にはなれない。

困難を感じるたび、イハイワ、イハイワと口遊《くちずさ》む。なにやら勇気が湧いてくる。イハイワさんそのものを描こうとした肖像は不評だったが、アゲハから彼女のイメージを払拭《ふっしょく》する気は毛頭ない。自分は砂ちゃんの小説のなかに迷い込んでしまったようだとも感じる。ただし〝セリカ〟としてではなく彼女の先へと進んでいる「パセリ」として。今の私はパセリだ。

「パセちゃんというその呼び方、光栄です」と笠原に云えなかった。でもきっと、そう呼び続けてくれるだろう。相変わらず信用ならない人物だが、あの無神経ぶりに今は感謝。今の私は情けない乗雲寺芹香じゃない。

『イハイトの爪』の〝セリカ〟は失敗する。砂ちゃんの分身であろう語り手の〝僕〟に、内実を――〝イハイト〟の正体と薄っぺらな自分を、見抜かれてしまう。

〝僕〟は〝セリカ〟との交流を深めていくが、彼女が嬉しそうに口にする〝イハイト〟のエピソードは、あるときは〝僕〟がむかし読んだ小説を、あるときはいつか観た映画を想起させた。〝僕〟は次第に不気味な思いにかられていく。

詮《せん》ずるところ〝イハイト〟というのは、〝セリカ〟がのめり込んでいるパソコンゲームのなかの存在に過ぎなかった。無数のシナリオがシャッフルされ、プレイヤーごとに別々の恋愛を体験できるという触込みのゲームだ。〝セリカ〟は相手を「兄」と初期設定したが、ゲームはそれをも想定していた。よって彼女の恋愛談は「実の兄ではなかった」というありきたりな真相へと辿り込んでいった。

「自分のための物語」に合わせて伸ばしている爪に気付いてくれた、そして仕事に恵まれていない〝僕〟に、彼女は「自分に起きた素敵な出来事」を教えてあげているつもりだった。ところが人間は――とりわけ小説や漫画や映画に詳しい〝僕〟のような人間は、ばらばらにされ並べ替えられた物語からも、その原型を感じ取ってしまう。呈示された「事実」の歪《いびつ》さが、どうにも気持ち悪い。現実は別のところにあるのではないかと、つい想像してしまう。

芹香がタイムに伝えたいと思ったのは、砂ちゃんが小説に書いたこの考察だ。今の芹香の言葉で云い換えたならば、こうなる。「不気味の谷は、物語にも生じるのではないか」

最初のアイデアを絶賛されたタイムは、いま第二、第三のアイデア探しに躍起になっていることだろう。しかし少なくとも自分よりは年下であろう彼が、中途半端な人生経験や読書経験から言葉を切り貼りするほどに、それらを口にするアゲハは「不気味」な存在に化していくのではないか？

〝イハイト〟の意味するところは「if I had」であった、と砂ちゃんは書いている。「もし私に（兄が）あったなら」だ。芹香はいま「もし私が、(if I were)」を前提に作業している。それだけにアゲハの造形がどう云われようとも、傷付かない自信がある。容姿を云々されるのには慣れっこだ。綺麗な部分はイハイワさん、醜い部分は私、で充分。

しかしタイムは砂ちゃんの作中の〝セリカ〟同様、「if I had」の意識で作業しているはずだ。恋人……優しくて綺麗な先生……あるいは母親。

彼の創出したアゲハの物語がもし、他の人たちにとっては不気味なものだという事実を突き付けられたとき、タイムもまた〝セリカ〟のように、パニックに陥ってしまうのではないか……せんのチャットのあと、ずっとそんなことを考えていた。なんで私は顔を見たこともない少年のことを、こんなにも心配しているのだろう……とも。

砂ちゃんの小説のラストは怖い。〝僕〟に〝イハイト〟の正体を見抜かれ、その存在を消し去られてしまった〝セリカ〟は、怒りのあまり拇の爪を咬《か》んで咬んで、咬みちぎってしまうのだ。

「それにしてもこれ、どうすりゃいいの」と、机の天板に鎮座した玉虫の死骸《しがい》に視線を落とし、呟く。「助けてロックスミス……か」

24

食堂の定位置にいつもの顔ぶれが揃うと、たいがい益体《やくたい》もない議論が始まる。刹那《せつな》主義とは無縁の、それなりにプライドの高い学生たちだから、議題はなかなか典雅だが、話がまとまりかけると誰かが自分でも信じていないであろう対極の見解を持ち出して、わざと合意を遠ざけたりする。論文を見据えたゼミでのやり取りとは根本的に性質の異なる、要するに退屈凌ぎである。

トレイにランチプレートと飲み物を載せた葵《あおい》がテーブルの隅に着くと、二、三人が「葵の上」と笑った。さては本日は『源氏物語』談義か。

両親の新婚旅行の思い出にちなんでの名付けであり、葵は葵でもハイビスカスを意味するのだと公言している。高校までは陸上をやっていたから日焼けしていて、そんな自分に似合っているとも感じていた。ところがブリューゲル・ゼミに入ったかと思うと、口さがない先輩から「ハイビスカスという造作ではない」と無慈悲なことを云われ、光源氏の妻に重ねられてしまった。

女っぽいというよりは少年っぽい貌立ちで、生まれも北国、南国美人の系譜じゃないのは間違いない。でも平安美人のほうがより遥かに遠いと思う。しかも葵の上という人物は、ライヴァル六条御息所《ろくじょうのみやすどころ》の生霊《いきりょう》に呪い殺されるのだ。まったく縁起でもない。最近は『源氏物語』と耳にしただけで、無意識のうち、眉間《みけん》に縦皺《たてじわ》が寄るようになってしまった。それをしてまた「般若《はんにゃ》、般若」とからかわれる。

「それは敵のほう」と切り返す。能で、六条御息所は般若面によって表現される。

もっともその日話題になっていたのは、生霊でも死霊でもその犠牲者たちでもなく、末《すえ》摘花《つむはな》だった。光源氏が愛でた女たちのうち断トツの醜女《しこめ》とされ、どじで無粋な笑われ者でもある。最近とみに『源氏』嫌いの葵が、しかしこの没落した姫君には心を惹かれる。捻《ひね》くれた読み手への心理効果を狙った、きわめて高度な人物造形じゃないかという気もしている。

「西洋人っぽい長身の女性を、わざとああ描写したんじゃないかとも思うんだけどね」と鬼塚がそれに近いことを云う。

葵も、コロッケを頬張りながら、無論のこと同意した。「ぜったいそうだって。ああ、衣が厚くて油っこくて塩《しょ》っぱくて最高。またサーヴィスランチに騙された」

「しかし鼻がなあ」「顔の大きさが」と他の者たちが苦笑気味に反論する。

たしかに光源氏が雪明りによって目にした末摘花の、その容姿に対する酷評ぶりは、それが紳士の内心かよ！　と叫びたくなるほど凄まじい。まず居丈《いたけ》が、つまり座高が高いと感じて源氏は「胸つぶれぬ」。胴の長さがそう取り沙汰《ざた》される時代だったとは思えないのだが、その事実だけで彼はもう息が苦しくなっている。

なにより鼻。「普賢菩薩《ふげんぼさつ》の乗物とおぼゆ。あさましう高うのびらかに、先の方《かた》すこし垂りて色づきたること、ことのほかにうたてあり」——そこまで云うか？　普賢菩薩の乗物は白い象であり、つまり呆れるほど高く長く先端がすこし下がり、赤らんでいると云っている。この赤さが末摘花というニックネームを生む。紅花のことだ。転《うたて》ありは情けないという意味だ。

もっとも源氏が象の譬《たと》えを持ち出していることで、この部分が極端な誇張表現であることも知れる。だいいち引目《ひきめ》鉤鼻《かぎばな》といって、『源氏物語絵巻』に於いてさえ、美女たちの鼻は鷲鼻気味に描かれている。鼻梁がくっきりと長い女性を、読者が「そこまでのはずはない」と失笑するように、つまり冗談だと分かるように描写してあるとも云える。

寒さで鼻先が赤いのは色白だからで、現代人の目にはむしろ可愛い点だ。彼女の白皙《はくせき》ぶりは「色は雪恥づかしく白うて真青に」と表現されている。他の女性たちは白く見せたくて白粉《おしろい》をはたいていたのに、貧しい彼女はノーメイクでも雪が恥じ入るほど、青ざめて見えるほど白かったということになる。

複数人が文庫の、該当箇所を含んだ巻を持っていた。葵も一年のとき履修した『源氏』

講義の予習でもしていて、末摘花の扱われように皆で驚いたのだろう。

「まあ、顔がすごく長いのは間違いない」と鬼塚が不美人派に譲歩しようとし、

「ここですね。額つきこよならうはれたるに、なほ下がちなる面やうは、おほかたおどろおどろしう長きなるべし」と本を持っていた一人が読みあげ、

「光源氏、そのとき雪を眺めてるふりをしてるから、ちらちらと横目にしか見てないんだよ」と葵は彼女に教えてやった。「額と鼻がはっきりしてて、美人の条件である下脹《しもぶく》れも兼ね備えていた、とも読める。すぐあとで頭の形と長い髪を絶賛してるでしょう」

「そのまえに痩せすぎてることが書いてあります。痩せたまへること、いとほしげにさらぼひて、肩のほどなどは、いたげなるまで衣の上まで見ゆ」

「それは、食うや食わずでいるらしいのが気の毒って意味」

「譲らないなあ」と鬼塚が笑う。

「末摘花についてだけは、なんか譲りたくないんだよね。彼女に限ってやたらと詳しく外面が描写されてるとか、でも源氏は彼女から離れられないとか、不思議な点が幾つかあるし」

「だからさ、具体的なモデルがいたんじゃないかな。読む人が読めばその人だと分かるよう、しかも否定的に読めるよう書く必要があった。それにしてもファッションセンスは物凄い」

「あ、そこは譲る。もう何色だったんだか分かんないような古い着物に黒貂《くろてん》の毛皮を重ねたりして、まるで山男だよね。歌は詠《よ》めないし行動も風雅には程遠い。そういう世間とうまく折合いがつかないでいる女性を、いかに滑稽《こっけい》に描くかがあの第六帖の——」葵は鬼塚の顔を見た。あたかも自分に云い聞かせているかのような語りの終着点が、ふと明瞭になったような気がしていた。「このあいだ鬼塚のブログに、変なコメントが付いてたって聞いた」

「変ってほどじゃないよ。〈ブリューゲル・ゼミの方ですか？〉とだけ。プロフィールに書いてあることをなんで問うんだろうと思って、とりあえず放ってあるけど」

「私、考えてみたんだけど、あの子じゃないのかな、痴漢の」

ろくに大学に姿を現さず何年も留年して、今や牢名主《ろうなぬし》を自称している学生が、その日はたまたま学食に居た。「鬼塚が痴漢に遭ったのか。度胸あるな、そいつ」

「逆ですよ」

「痴漢したのか」

「だから逆っていうのは、痴漢に遭っている人を助けたって意味で」

葵が話を引き戻す。「もういっぺん代々木上原の、あの辺に行ってみない？　あの辺に住んでるのは確かなんだから」

「なにしに」と鬼塚は素っ気ない。もしくはそう装っている。下手に美女を追いまわしたりしたら、下心を疑われかねないと思うのだろう。夜の新宿で、図体が大きいというだけで暴漢に間違われ、警察に連行された経験がある。

「だから、会って……」葵は口籠もった。「友達になれたらいいなって」

「あの辺で俺が待ち伏せてたらストーキングと間違われるし、一軒ずつまわったりしたら宗教の勧誘だと思われるよ」

「ウェブからのほうが安全確実か。ハンドルは？　ＩＰアドレスは判るよね」

「ＩＰで判るのは、何県ってことくらいでは」

「じゃあハンドルで検索するんだ。ブログやツイートが出てくるかもしれない」

「ハンドルはね、Parsley」

「パズル？」

「それ」と鬼塚は葵のランチプレートの隅っこを指差した。「パセリやParsleyで検索したら何件くらい出てくるのかな。一千万件以内だといいけど」

「ちょっといいか」と牢名主が口を挟んできた。「鬼塚のブログに誰かがコメントを書き込んできた。お前たちはそれが会いたい人かどうかを知りたい。こういう奇抜な手段はどうだ？　〈どちらさまですか〉とコメントで尋ねる」

「あ」葵と鬼塚は声を合わせ、顔を見合わせた。

「なんかモバイル持ち歩いてるだろ。とっとと書かんか」

25

返信のコメントが付いた！

ブリューゲル・ゼミというキイワードを頼りに鬼塚のブログを探し当てるのは、そう困難なことではなく、記述から大学も類推できた。しかしお礼の書き方に困った。ローズマリーに覗かれるかもしれないと思うと、痴漢の二文字はどうしても書きたくなかった。かといって、以前電車でお世話になった云々とぼかして記したとて、鬼塚の反応次第ではあのヒキコモリたちに簡単に推察されてしまう。

四谷にある有名私大にあたりを付け、じつは、まずそちらへと電話をかけたのである。ヒキコモリの私が大学に電話！　意識が薄れそうなほど緊張した。出てきた女性に、はんぶん裏返った声で、

「そちらにブリューゲル・ゼミはありますか」と訊いた。セリカはゼミのなんたるかをよく分かっていない。頓珍漢《とんちんかん》な質問だったらどうしようと不安だった。

「少々お待ちください」と、保留音になった。

その段でブリューゲル・ゼミは通称だと、イハイワから聞かされたのを思い出した。通話を切りたくなった。しかし再び出てきた女性は親切にも、「――教授がご指導になって

いるゼミが、画家のピーテル・ブリューゲルを取り上げている旨、シラバスに書いてございますが、こちらのことでしょうか」

教授の名前は憶えていない。

「あの、あのう……ありがとうございます」

「どう致しまして。ご用件は以上でしょうか」

「あ、あ……電話、繫がりますか」

「教授にですか」

「いえ、結構です」教授という言葉に臆して、条件反射的にそう答えてしまった。

愚かなことをしたと思いかけたが、よく考えてみれば教授に学生の電話番号を尋ねるのは奇妙だし、理由も問われよう。痴漢という言葉を口頭で発さねばならない。そのルートは諦めて、また鬼塚のブログと向き合った。

イハイワと交わしていたやり取りや、有名大学の学生である点、ブログの文章の軽快さなどから、鬼塚が頭の鈍い人物じゃないのは分かる。イハイワとは恋人同士なのか幼馴染みなのか、ずいぶん気心が知れているようだ。鬼塚が彼女に見解を尋ねてくれるよう期待をかけながら、「ブリューゲル・ゼミの方ですか？」とだけ記した。

イハイワなら——彼女なら、電車の中での会話を思い出し、コメントする理由があるものの書きたくない言葉がある人物だと、察してくれるかもしれない。署名は Parsley とした。

鬼塚の素っ気ない〈どちらさまですか〉を、彼のほかのコメントと見比べた。他はいずれも長文と称していいほどで、面識がなさそうな相手にも愛想がいい。「これ以上の書き方はしない。そちらも書かなくていい」というメッセージだと捉えることにした。

三、四十分も考えた末、ただこう記して送信した。〈お礼を申し上げます〉

どきどきしながら画面をリロードしていると、十分ほどで別の名前からのコメントが付いた。

〈また会いたいですね〉

署名は、葵だった。葵さん……母音だけで成り立ったその明朗な響きを、芹香は噛《か》み締めた。本名ではないかもしれないが、自分と同じく植物の名だというのも嬉しかった。

続けて鬼塚から、〈もしまたお会いできるなら、ご近所までお迎えにあがりますよ〉

捜索の成功を確信したが、また返信に悩んだ。近所とは、きっと彼らを置き去りにしてしまった曲がり角のことだろう。私が独りで電車に乗らずに済むよう、気遣ってくれているのだ。

彼らが自分のために尽くしてくれたことを思えば、さっきの〈お礼を申し上げます〉なんかちっともお礼になっていないのは分かっている。ちゃんと顔を合わせて、守られた自分は何者かを伝えるべきだ。なにしろ鬼塚など自動車にぶつかりさえしてくれたのだ、意図せずとはいえ。

ただ願わくば、アゲハ・プロジェクトの作業を貫徹し、すこしばかりの自信を得てからにしたかった――「なにをしている」と問われ「仲間たちのために絵を描いています」と云える程度の。でもそこまで引っ張ってしまったら、きっと恩知らずと呆れられる。

仲間たち？　葵さんたちと接触できた嬉しさに、いま私、現実を忘れかけていた。あの陰険なローズマリーが仲間？　虫の死骸を送り付けてくるタイムが？　一言も信用できないＪＪや、その手下のようなセージが？　私に仲間がいるとしたら、それは砂ちゃんだけだ。

砂ちゃんにいろんなことを相談したかったが、きっと過剰に心配されてしまう。とりわけ痴漢の話題は駄目だ。復讐のために休学して連日駅に張り込みかねない。そういう子だ。

芹香の逡巡を、葵の新しいコメントが吹き飛ばした。〈本日、午後五時〉

叱られたような気がした。厭な感じではなく「叱ってくれた」という感覚だった。

そう、今日でも充分に遅いのだ。慌ててこう打ち込んで送信した。〈はい〉

26

運転免許は持っているものの、自動車そのものへの関心は薄い。以前は必要とあらば父の車を借りればよかったし、会社を辞めてからはなにしろ行動半径が狭いから、交通手段を考える必要すらほとんどなくなっていた。

折合いが悪くなった父から車を借りづらくなっていたがゆえ、余計に行動の範囲が狭まったという面もある。大概の日用品はコンビニに揃っている。大きな買物は通信販売で事足りる。むしろそのほうが便利だ。スペック表を見れば製品の基本性能は分かる。ユーザーレビューから使い勝手も想像がつく。もし気に入らなければ返品してしまえばいい。

母を病院に送り届ける必要から、人生で初めて、車の運転が日課のようになった。父の意識は戻っていない。聖司も母もどこかしら諦めはじめているが、素知らぬ顔で以前のように暮らしているわけにもいかない。

もちろん情に突き動かされ、瞬きもしないその顔を眺めに通っているのだ。しかし百パーセント、情からの行動と云いきれるだろうか。不謹慎な家族と思われたくないという病院への見栄や、自分は冷酷な人間ではないという矜恃《きょうじ》にも、同じくらい背中を押されているのではないか。

そんな想いを巡らせるほどに病院通いは重苦しいものとなり、厭だ厭だと云いそうになる自分がまた厭で、罪滅ぼしのような気持ちでまた出掛けていく。母にも同じような感覚があるらしく、その気疲れのせいかだいぶ体調を崩しており、聖司に「独りで行ってきて様子を伝えてくれないか」と頼むことがある。

伝えるといっても、ヘルパーたちが髪や髭を綺麗にしてくれていたであるとか、話しかけてみたものの相変わらず無反応だったといった程度の情報しかない。

母と一緒であっても車中に笑い声は起きない。でも「着替えは忘れてない？」「帰りにスーパーに寄る？」といったやり取りだけでも、すこしは気が紛れる。今日のように独りきりで父のアウディを駆るのは、寂しい。ラジオ番組や音楽を流す気にもなれない。仕方がないので竺原の奇妙な言動のことなど考える。

心配をしてくれているのか義務感からか、以前よりよく電話がかかってくるようになった。

「ま、おいおい前線復帰してくれればいいからさ。アゲハに関してはちょっと様子見で、また新しいことをやろう」

「棚上げですか」

「いやいや、ちゃんとやるよ。ただ役割分担が変わるかもしれない」

「俺の作業量を減らすってことですか、しょぼくれてるから」

「そういうのともな、うーん、ちょっと違うんだよ。今は説明しにくいが、アゲハがどうあるべきかをいちばん分かっているのは君だから、いずればりばり作業してもらうさ」

「ぜんぜん分かってませんよ」

「若い女を創るという決定を下したのは君だ。はっきりしたイメージがあるんだろ」

あげはの笑顔が脳裡《のうり》にちらついた。パセリのスケッチはちっとも彼女には似ていない。残念ながら、あげははあれほどの佳人ではない。胸が痛くなるほど可愛かったのは、あくまで聖司にとってだ。そっくりに創ってしまったらプロジェクトの完成度に差し障るだろう。それにきっと、俺が侘《わび》しくなる。

彼なりの腹案があった。パセリのスケッチは明らかに白人女性を写している。これから修正が加わるようだが、白人かハーフか、という印象は変わらないだろう。だからポリゴン化のとき、ほんのちょっとだけ、あげはの要素を加えよう、自分にしか分からない程度に。

決してパセリを出し抜こうというのではない。そうすることによって、アゲハの「誰でもなさ」は増すはずだ。誰からも愛される容姿というのは「誰でもない」必要があると、彼なりに真剣に突き詰めてそう結論した。容姿の灰汁《あく》抜きだ――。

アゲハの次に鎮座するプロジェクトについて、竺原は「ネッシーみたいなもん」などと笑っていた。言葉の端々から、未確認動物目撃の噂をインターネット・ウェブに流すつもりなのだと理解した。

未確認動物――Unidentified Mysterious Animal の頭文字をとってUMA《ユーマ》と表記されることがあるが、これは和製英語だ。英語では Cryptid という。

スコットランドはネス湖に棲《す》んでいるとされていた巨大獣、通称ネッシーの最も有名な写真は、もともとエイプリル・フールの冗談だった。潜水艦の玩具《おもちゃ》に細工しただけのちゃちな仕掛けだ。そういった意図的な捏造《ねつぞう》ではないにせよ、幻の生物を見たいという熱望が人にその一部を連想させてしまった誤認、たまたまそうとも見える物体が写り込んでしまった写真や映像は数限りなく、噂が噂を呼び、便乗しての悪戯は更なる模倣を呼び、論争は出版合戦を呼んで、それらはハイランドの片田舎を一大観光地へと押し上げた。

まさかと思うが、竺原は観光地でも創るつもりなのか？　そうそううまく行くとは考えられないし、アゲハのプロジェクトとは違って、法的な問題が生じるかもしれない。そんな手段でもし金を儲けたりしたら、立派な詐欺行為ではないのか？

「ネッシーの真似事なんて、法律的に――」

と指摘しかけたところ、彼からは一笑に付された。

「君は物事を悪いほうに考えすぎる。ただの社会実験だよ」

竺原は、チームのゴールをどこに設定しているのだろう。ヒキコモリたちを言葉巧みに連携させるという単純なアイデアで、まんまとアゲハの幻影を生じさせつつある手腕には感嘆する。行き場を失っている自分がつい頼りたくなる人物でもあるが、ことさら危険な場所に踏み込んでいく無鉄砲さも、彼に対しては感じている。どこかの時点で俺は涙を呑んで踏み止まり、チームから離脱するべきかもしれない。

病院の駐車場のいつもの場所にアウディを停め、入院棟へと歩き、受付で名前を書いて見舞客であることを示すバッヂを借りる。エレヴェータに乗り込んで父が睡《ねむ》っている階を押し、次いで「閉」のボタンを押したら、ドアの間にひょいと姿を現した松葉杖の患者から、

「てめえ、なにしやがる」と怒鳴りつけられた。

慌てて「開」を押す。患者は乗り込んできた。父くらいの年配である。恐らくは聖司の長髪に対してだろう、不潔な物に触れたかのように「うええ」と眉をひそめ口許を歪めた。

「すみません、気付きませんでした」と後退って詫びた。

「病院のこれで、勝手に閉める奴がいるか」

ではなんのための開閉ボタンなのだと思わなくもなかったが、一度に大勢が乗ったほうが効率的ではあるから、再び、「すみません」

男は次の階で降りた。ドアの向こうを大勢の人が行き来していた。相部屋が並んだフロアで人口密度が高いのだろう。頭のなかのバグは静かにしていてくれた。

父が泊まっている階は、同じ院内とは思えないほど閑散としている。聖司が観察してきたところ、個室しか存在しないようだ。いきおい見舞客も少ない計算となる。個室のなかのトイレとは別に、見舞客や職員のためのトイレもあるのだが、これまで一度も、そこでほかの人間と遭遇したことはない。さっきの男が降りていった二階は、きっとトイレも混雑しているのだろう。

聖司が通えなくなった会社の、あのトイレも、このフロアのものほどではないが広くて、いつも清潔だった。聖司が掃除をしたことはない。すこし腰の曲がった婆さんが雇われていて、「ごめんなさいね」を連発しながら毎日掃除していた。邪魔だと感じこそすれ、彼女に感謝をおぼえたことはなかった。それで金を貰っているのだから当然だと思っていた。

病室に入ると、ちょうど二人のヘルパーが、父が床ずれしないよう姿勢を変えてくれている最中だった。

「ああ、息子さん」と、その年嵩《としかさ》のほうが聖司に笑顔を向けた。話したことのない相手だが、長髪だから憶えやすかったのだろう。

この人たちが父のしもの世話までしてくれているのだと思うと、ありがたくも情けなく、咽が詰まって声が出なかった。ただこうべだけ垂れた。

「あらあら、希望を失ったりしちゃ駄目よ。長く睡っておられて、あるときぱっと目を覚まされる患者さんは、意外と多いんですよ」聖司の神妙さの理由を誤解し、そう慰めてくれた。自分が感謝されているとは露ほども思っていない口調だった。

俺に彼女らと同じことはできるだろうか。連日、父のおしめを取り替えていられるだろうか。金を貰う仕事と奉仕とは別？　でも俺は家まで買ってもらい、彼の自動車で見舞に来ている。

彼女らが出ていくのを待ってベッドに近付き、鼻にチューブを挿した顔を見下ろす。

「親父」と声をかけようとして、思い直した。子供のときのように、「お父さん」と云った。「来たよ」

その節くれ立ち、皺ばんだ手を握った。温かい。まだ生きている。

ハートの9だ。

椅子に坐って、三十分ばかり、身じろぎもせぬ父親を見つめていた。人間を見ていた。

それから病院を出てまたアウディに乗り込み、竺原との会話を反芻《はんすう》した。観光地を創造する？　違法かもしれない。しかしそれで助かる人々も少なくない。人を幸せにする嘘は、悪い嘘だろうか――。

久し振りに空腹らしい空腹を感じ、吉祥寺で目に付いたハンバーグ店の駐車場に車を停めた。窓際の席でシチューの付いたセットを頼み、ぼんやりと往来を眺めた。店内には湿っぽいカントリーソングが流れていた。

窓外を、なんだか滑稽な感じのする三人の男女が通過していく。大、中、小の身長差が漫画のようだった。周囲との比較によれば、小の女性が小さいのではなく、中が女にしては長身、そして大の男がやたらと大きいのだ。

中の女が通りすがりに、なんの拍子にか、ふいっと聖司のほうを向いた。

幻かと思った。アゲハ!?　慌てて立ち上がったものの、よりによってそのときハンバーグのプレートが、溶けた脂を噴き上げながら運ばれてきた。お熱いので云々と店員が説明を始めた。

「ちょっと……ちょっと」と云いながら彼を躱して店を飛び出したが、どこかで路地か店に入ってしまったらしく、大男の背中さえ見つけられなかった。

27

集合場所だった品川駅から、新幹線で約四時間、在来線でもう一駅、さらに白地に赤と青のストライプが鮮やかな、どこか玩具っぽい各駅停車にがたごとと小一時間揺られた先が、笠原の当座の目的地だった。个部という駅だ。

「ここが笠原さんの故郷なんですか」

「うん、一応」と彼は不安そうに改札の外側を見渡した。まるで生まれて初めて降り立ったような態度である。

洋佑はジュースの自動販売機を横目にしていた。咽が渇いていた。しかし笠原に余計な気を遣わせたくないので、当座は唾を飲み込んで凌ぐことにした。

ここまでの、そして帰りの交通費は、母が捻出して直接笠原に渡してくれた。食費も「これで笠原さんに払いなさい」と封筒に入った幾何《いくばく》かの紙幣を持たされたが、駅弁の代金を出そうとしても、彼は「いい、いい」と受け取らなかった。

「この旅行はカウンセリングじゃないから。俺の思い付いた遊びだから」

宿泊費も不要だと云う。なにか裏があるような気がするし、本来は気っ風のいい人間が、以前は露悪的にふるまっていたようにも思える。笠原の内心が、洋佑には未ださっぱりと分からない。

気紛れなお人好しか、狡猾《こうかつ》な詐欺師か。常に疑念を懐《いだ》きつつも、洋佑は彼を嫌いではない。

彼のどこが？　新幹線を降りる間際、笠原が窓の横のホルダーに掛けていた帽子をすっと被ったとき、なにか結論に至ったような気がした。表現する言葉にまでは思い至らなかった。

秋風が少々身に冷たい。母の云うとおり厚着をしてくれればよかったと後悔した。でもそう口に出せば、また笠原に金を遣わせてしまいそうなので黙っている。

「ここに帰るの、久し振りなんですか」と眉根を寄せている笠原に、重ねて尋ねた。

「ん……二十年ぶりかな」

「二十年も家族と会ってないんですか」

「いや、もうここには誰も居ないから。それにしてもずいぶんとまた――」

煉瓦《れんが》色に舗装されたロータリーにバスが停まっている。駐輪場にはぎっしりと自転車やスクーターが並んでいる。それだけの駅――というのが洋佑が得た印象だった。人影も少ない。見掛けても、皆、どこかしら退屈そうな顔付きである。

笠原は景色を指差しながら、「本当はあの辺に本屋と、先には造酒屋《つくりざかや》があって……いや、これは新しい出口だな。なんか変だと思ってた」

プラットフォームを逆進して無人の改札を通り、線路を渡った。赤錆《あかさ》びた線路が切断され、ぐにゃりと持ち上げられているのを洋佑は指差し、「この駅が終点なんですね」

「昔はもっと延びてたんだよ。先はいったん廃線になって、それが第三セクターで復活したと聞いたんだが、乗り入れてないんだな」

夕暮れが迫っていた。遠いくろぐろたる山影が、奇妙な二人連れを嘲笑しているような気がした。

「やっぱりこっちだ。あっちはぜんぶ田圃《たんぼ》だったんだ」

国道らしき幅広な道路を、それなりの数の乗用車やトラックが、ヘッドライトをぴかぴかさせながら行き交っていた。遠くにファミリーレストランの看板が見えたが、「何もない場所』という洋佑の印象は変わらない。この人は、こんな、何もない土地に生まれ育ったのか。

「ずいぶん広げたもんだ。通過されるだけなのに」道路の広さに対してだろう、笠原が吐き捨てるように云う。それから洋佑を振り返って、「一枚で寒くないの」

「平気です」

「そうは見えない」彼は背負っていたリュックサックを路上に下ろし、中から真っ赤なナイロンのヤッケを取り出した。「雨具だけど、これ」

「──ありがとうございます」と素直に受け取った。肩に掛けていたボストンバッグを脚に挟んで、羽織る。内側がすこし煙草臭かった。袖を捲《まく》り上げていると、

「君が着るとまるで女の子だな」と竺原は笑い、それから自分の布帽子をとり、洋佑の頭にぎゅっと被せて、「これも被っときな。頭を温めると暖かいんだ」

洋佑は鍔《つば》の角度を直しながら、「竺原さんが寒くなるでしょう」

「俺は予備があるから」けろりと云って、本当にリュックサックから別な帽子を取り出した。バケツのような形の、片側に鳥の羽根が幾つも刺さったツイード地の帽子だった。そちらのほうが竺原の貌立ちには似合うような気がした。

「それ、格好いいですね」

「こっちにする？」

「僕はたぶん……こっちのほうが似合ってるかな」

「じゃああげるよ」

「本当？　本当に？」

「安物だぜ。サイズは大丈夫？」

「うん……ええと、すこし緩いです。すこしだけ」

「汗止めの内側に紙を挟んどくといいんだ」

「汗止め？」

「内側にくるりと布があるだろ」

洋佑はいったん帽子を脱いで、それを確認した。「この黒いの？」

「そうそう、その後ろ側にね。あとで調整しよう」

「ありがとう」

「どう致しまして」

肩を並べて、あるいは前後しながら、遠い山並みを眺めつつ線路と車道に挟まれた歩道を歩んでいくと、やがて踏切が現れ、その先には自動車が辛うじて擦れ違える程度の、古ぼけた街並みがあった。

日本酒の名が記された大きな看板を笠原が指し、

「ほらほら」と嬉しそうに振り返る。直後、なにかに気付いてその下に駆け寄っていった。洋佑も走った。汚れた窓を覗き込んでいるカウンセラーの隣に並んだ。硝子の向こうにはただ段ボール箱が積み重なっているだけで、ほかには何も見て取れなかった。

「閉めちゃったのか。この様子だと最近だな」彼は呟き、ポケットから小さな煙草の箱を取り出し、中の一本を咥えて火を点けた。煙と共に、「ま、田舎なんてこんなもんだ」

「知ってる人のお店なんですか」

「息子が同じ学校に居たけどね、友達というほどじゃなかった。ただ俺たちにとってはこの看板がランドマークで——ほかにこれってもんが無いからね——待合せといえばこの前で、店の人間から迷惑がられたもんだ」

まるで高校生に戻ったような表情で、しばらくのあいだ彼は店の前から動こうとしなかった。

「今夜、どこに泊まるんですか」と溜め込んできた疑問の一つを思い出し、尋ねる。

「野宿だよ」

「えっ」

「冗談……でもないな。このずっと先にある後輩の元の家が、空き家になってってね、鍵を渡してくれる。これからそいつに会いに行く。ただし電気も水もガスも通じてないから、野営するみたいにあれこれ持ち込むしかないんだ。トイレは、幸か不幸か昔ながらのぽっとんだからそのまま使える。温泉付きのホテルだと思ってた？」

「特に期待はなかったですけど」

「厭なら別の案を考えるが」

「いえいえ」と洋佑は笑った。なにとはなく胸が高鳴りはじめていた。

「布団も昔のが残ってるらしいし、まあ、なんとか凌ごう。次のプロジェクトのための、俺たちの基地だよ」

「UMAの噂を流すんですよね」

「面白そうだろ」

「面白いとは、思います。僕はなにをやれば？」

「啼《な》き声を。象がいいと思ってるんだよ。日本にも象が生き残っていた！」

「これまで発見されずに？」

「すごく小さな象がね、狸や狐くらいの。そう進化して、人知れず僅かな数が生き残ってたって設定。その声を創ってもらえないかな、ウェブに映像を上げるときの」

「アジア象やアフリカ象の声を加工して――」

「いやいや、もっと変ちくりんな声がいいな、一度聞いたら忘れられないような」

「――考えてみます」

通りを進むにつれて街並みは古くなり瓦屋根の旧家が増し、当初の「何もない場所」という印象は払拭されていった。時代の潮流から取り残されてきた、旧い街なのだ。

軒下に赤い提灯《ちょうちん》をぶら下げた居酒屋が、視界に現れた。街並みにそぐわぬ、素木《しらき》の香りが漂ってきそうな真新しい風情である。藍《あい》の暖簾《のれん》には「浮舟」と染め抜かれていた。

「本当に改装したのか。回収できんのかな」笠原は呆れたように云い、店の戸に手を掛けた。「この店で待つよ」

「ここも知合い？」

彼は黙ったまま、ただ頷いた。これから誰と対面するにせよ、なるべく黙っているほうが得策だろうと洋佑は思った。

店内は、外の拵《こしら》えとは裏腹にまるで古道具屋だった。モルタル塗りのぼこぼこした床にビール箱が重ねられ、煮染めたような壁には河豚《ふぐ》提灯や奴凧《やっこだこ》や瓢簞《ひょうたん》や、なぜか鼈甲亀《べっこうがめ》の剝《はく》製《せい》までぶら下がっていた。洋佑がその艶々した甲羅に見入っていると、

「丈吉か!?」とカウンターの向こうで叫び声があがった。

笠原は帽子をとって、「しばらく。よく分かったな」

「何十年ぶりじゃ？　お前……変わったけど変わっとらんの」

「どっちだ。そう云うカズオはずいぶんすっきりしたな」と自分の額の上を指差す。カズオと呼ばれた、おそらく店主は、職人然とした作務衣《さむえ》に茶人のような帽子姿である。きっと昔は派手な髪型をしていたのだろう。「ちょっと休ませてくれ。ここで明石の蛸と待合せなんだ」

「蛸も来るんか。昔は毎晩のように来よって、女癖が悪いんで迷惑しとったが」

「今は猿飛の駅長なんだってな。榊から聞いた」

「榊も来るんか」

「いや、あいつは東京。線路の続きはどこから出てる？」

「今んところコードまで歩かんといけん。途中のトンネルが駄目なんよ」

「そういうことか」と笠原は納得している。

コードというのは地名なのだろうが、どういう字を書くんだか。

推定店主は、ようやっと洋佑の存在に気付いたかのように、「息子か」

「そうかも」と笠原は言葉を濁した。「目下の相棒だよ。タイムっていうんだ」

「洒落た名前じゃ」

「だろ？　表、綺麗になったな」

「車、ぶつけられた」

「誰に」

「蝮《まむし》」

「生きてたのか」笠原は啞然としたあと、洋佑のほうを向いて、「校長だよ」

「ゾンビみとうにぴんぴんしとる。なんとか委員会の理事になっとって……なんじゃったかいな、忘れた。酒が入っとって、そこを警察には黙っとれっいう条件で、示談。どうせそのままじゃ営業できんけえ、いっそ綺麗にしてもろうた」

「いくら出してきた？」

店主はそっと指で示し、笠原は大笑いした。「もう一回、ぶつけてもらえ。蔵が建つぞ」

奥の、狭い座敷に案内された。店主はジンジャーエールの罎を洋佑に見せ、「タイムくん、これでええ？」

　頷いた。

「俺には訊かんのか」店主の語調に引きずられ、竺原の言葉にも方言が混じりはじめた。

　店主は訊かずに座敷を離れていった。やがて氷がたっぷり入ったジンジャーエールのグラスと、白濁した液体の入った湯呑みを盆に載せて戻ってきた。

「まだ作ってんのか」

「飯を大事にしとったら、偶然こうなった。自己責任で飲め。飲みとうないなら眺めとれ」

「無法地帯だ」

　洋佑はジンジャーエールを飲んだ。渇いていた咽がひりひりし、ぱっと視界が開けたような感覚をおぼえた。なんとなく予想はついていたが、念のため竺原の湯呑みを指して、

「それ、なんですか」

「日本に存在してはならない飲み物」と彼は口角を上げ、湯呑みを手にした。

「俺らの発明品」と店主が補足する。「いや、ほんまは丈吉が製造法を仕入れてきたんじゃや」

「図書室の古い本に載ってたんだよ。学校が悪い」

「楽しかったの」

「最高だった。人生のピークだ」

「今の相棒の前で、そんなげに云わん云わん。腹、減っとる？」

笠原が洋佑を見る。洋佑はかぶりを振った。ジンジャーエールで充分に事足りていた。

「蛸が来てからでいい。蛸尽しで共食いさせよう」

「そうしたろ。ええ蛸が入っとる。なんで急に帰ってきた。墓参りか？」

「いや、まあ、墓には行くが」笠原はまた言葉を濁した。「蛸から、なにか聞いとらんか」

「猿飛峡？」

「ああ。妙な噂があるとか。で、ちょっと仕事絡みで」

「こんまい象が棲んどるらしい」と店主は真顔で云ったあと、高笑いした。「なんじゃそりゃ。でもその噂のせいか、最近妙に乗降客が多い云うとった」

ほかの客が店に入ってきて、店主は慌てて座敷を去った。

「やるな、榊一」と笠原は呟いて、嬉しそうに湯呑みを傾けた。

28

残業中の榊の許に妻が電話をかけてきて、また径子《みちこ》が補導されたと鼻声で告げた。若い頃から感情的な女で、自分の言葉に悪酔いしては泣き叫ぶ癖がある。これはもう爆発寸前だと察し、「急用　また明日」とメモパッドに走り書きをして同僚に見せ、荷物を掻き集めてオフィスのドアを押す。

「榊さん、そういえばアゲハの――」

と後ろから声をかけられたが、

「明日！」と答えるに留めた。

ヴェンチャー・プロジェクトの内々の打診にも拘《かか》わらず、連日各所から画像や動画付きの釣書きが送られてくる。この段階でいちいち精査していても、実際のところ意味がない。どこでなにがどう勘違いされたのか、小学生の写真、「二十代に見られます」という四十代の主婦からの応募、イラストや小説が添付された資料まで送られてくる。信じてその道を邁進《まいしん》してきたメディアの威力が立証されているようで嬉しくもあるし、世の女たちはこんなにもレンズの前に立ちたいのかという、呆れた心地でもいる。

レコード会社の一部門が切り離されて独立した、十人程度の組織だ。今はまだ本社ビルへの寄宿を許されているが、狭い空間に所狭しとOA機器が詰め込まれた、まるでトランクルームのような空間である。そのうえ業績によっては、いつなんどき追い出されるか知れない。薄氷の上を歩むようなこの稼業で、よくマンションを借り続け、子供まで育てているものだと自分で感心してきた。

スマートフォンはずっと耳に当てている。エレヴェータに乗り込んだ段で、既に妻は泣きながら榊を罵《ののし》っていた。こんなことになってしまったのは貴方の接し方が間違っていたからだと云う。

補導は二度めだ。前回はパチンコ店にいた廉《かど》で。しかし娘の言葉を信じるならば完全に冤罪《えんざい》だった。トイレを借りに店に入った。それだけでは申し訳ないのですこし玉かメダルを買おうとしたが、千円からしか買えないと知り、臆してしまった。台の前に坐ってくるくると絵柄を変えるディスプレイを眺めながら、どうしたものかと考えているところを、店員に見咎められた――。

妻の叫びは、もはや宗教的恍惚《こうこつ》に陥った人の異言に近付いている。落ち着こうとして強い酒でも飲んだのかもしれない。今回はいかなる理由で補導されたのか、どこに身柄を引き取りに行けばいいのかを知る以前に、最寄りの地下鉄駅に着いてしまった。

「もう地下に潜るから、径子がどこにいるのかだけ教えてくれよ。俺がさっさと行って謝らないと、前科が付くかもしれない」

そう柔らかく恫喝《どうかつ》して、やっと娘の居所を聞き出した。巣鴨の少年センターだった。

巣鴨？　とげぬき地蔵で保護されたとは思えない。池袋の外れでもほっつき歩いていて、そこまで連行されたのだろう。

中学生だが、あまり学校に行っていない。学校からはそう聞いている。しかし朝はちゃんと制服を着て出掛けていくし、たいがい夕方、どんなに遅くとも九時くらいには帰ってくるから、書店での立ち読みか図書館ででも時間を潰しているのだろうと想像している。榊に似て本好きだ。

奇を衒《てら》った今風の名付けを嫌い、適度に珍しいから記憶されやすく便利だろうと、亡き祖母の名前のまま径子とした。それが裏目に出た。のち、さる流行作家が売り出して早々に映画化されたホラー作品に、字面まで同じ「径子」が登場していた――ひどく肥え太った、はんぶん妖怪のような女の役で。

径子から名前を変えたいと相談されたとき一旦は憤怒したが、あとで理由に思い当たって当該小説を読んでみた。作品としての出来が良いだけに、吐き気を催すほど気分が悪くなった。そのうち小説はテレビドラマ化され、榊の周囲にまで、カイコ、ビッチコなどと、それを気味悪い女性の代名詞として使う者が現れはじめた。

職場の者は、榊の娘の名を知っているから気を遣う。しかし酒席でしつこくそれを連呼しては、容姿に恵まれない女性たちへの雑言を連ねる取引先の若者の、胸ぐらを思わず摑んでしまったことがある。「それ、俺の娘の名前なんだけど」

会社に戻ってから社長に土下座した。社長が先方の上司に事情を説明し、榊が担当から外れることで、かろうじて事なきを得た。

戸籍法上、榊径子の改名が認められる可能性は、限りなく低い。性別は間違われないし、悪意の名付けでもないし、同姓同名の犯罪者もいない。理不尽を承知で作家に抗議し、作中人物のほうを改名させる方策も一考したが、立場上、個人の都合で表現の自由に踏み込むのは躊躇われた。だいいち仮に改名させられたとしても、今度は別の名の子が被害に遭いかねない。

少年センターの夜間受付で自分と娘の名前を告げると、しばらくして初老の女性職員が迎え出てきた。

「榊です。娘がお世話になりまして」と神妙に頭をさげてから名刺を渡した。

「畏《おそ》れ入ります」女性は柔和な表情で、「お名前を仰有《おつしや》らないから、話がこじれてしまって」

「そうでしょうね」

階段を通じて、径子が軟禁されている部屋へと案内された。二人の男性職員と、ソファの上で拳《こぶし》を握り締めている径子。

「お疲れさまです」職員たちにこうべを垂れたあと、彼は径子に顔を向けた。久々に娘を直視した。榊からの遺伝で少々ぽっちゃりとはしているが――欲目も入っているのだろうが――決して見苦しい娘ではない。「なにをしてたんだ」

径子は答えず、代わりに立っていたほうの職員が、「不良どもと、路上で煙草を喫《す》われてたので声をかけましたら、ひどく抵抗されまして」

「喫ってない！」と径子が叫ぶ。

職員は嘲笑気味に、「鞄を調べたらアメリカンスピリットが入ってました」

「貰ったんです！」

「なんのために三本だけ残ったアメリカンスピリットを貰うのかな。喫うためだよね」

「だから、何度も」径子は声を詰まらせた。「……箱の色が綺麗だったから」

「家に連れて帰っていいですか」と、榊は女性の職員を振り返った。「娘は印刷物が好きなんです、本とかキャラメルの箱とか」

女性職員は頷き、ことさら大声で、「結構ですよ」

彼女がてきぱきと用意した用紙に、自分と娘の名前、住所、電話番号を記し、念のため名刺も一枚添えた。径子は解放された。

「誰と一緒にいたんだ」と階段を下りながら彼女に訊いた。

「よく知らない人たち」

「街で知り合ったのか」

「疲れて道端に坐ってたら寄ってきた。たぶん制服だから」

「あんまり危険な真似はしてくれるな。ママが狂乱する」

「私、煙草喫ってない」

「うん。径子の言い分を信じるから、ママにもちゃんとそう話す」

径子はいったん黙りこんだ。なにか云っていたのかもしれないが、駅が近付くにつれ人通りが多くなり、少なくとも榊の耳には届かなかった。改札を通る寸前になって、

「パパ、私、転校したい。外国に行きたい。『レッカー』の無い世界に」くだんの小説のタイトルである。「人を苦しめる物語でお金を稼ぐなんて――」

榊は吐息し、「残念な報《しら》せだけど、『レッカー』、こんどハリウッドで映画化されるらしい。登場人物の名前は変わる……と思うが」

径子の顔から血の気が引くのが、はっきりと分かった。「あの作家、殺したい」

「そんなことは冗談でも云っちゃいけない。曽《ひい》お祖母《ばあ》ちゃんは誰からも好かれる優しい人だったから、お前にもそうなってほしくて径子と名付けた。世界でいちばん綺麗な名前だ」

径子はすっかり黙りこんでしまい、電車のなかでも、乗換駅で「腹、減ってないか」と誘って立ち寄ったサンドウィッチ店でも、必要最小限にしか口をきかなかった。

「もし留学したら、きっとミッチーかミッキーとしか呼ばれないな」

径子は返事しない。

「いや、ミッシェルかもしれない」

29

猿飛峡の駅長が本当に漫画の蛸のような容貌だったので、洋佑は笑いを堪えるのに懸命だった。つるりとした大きな頭に、突き出した口許、喋りながら細い腕をしきりにくねらせる。蛸と呼ばれるのは厭ではないらしく、竺原やカズオからそう呼ばれても本名であるかのように「はい」と答える。

「今もサックス吹いてんのか」

「ソックスなら履いとります」と細い脚を上げる。

ちなみに店主のカズオという呼び名も渾名《あだな》だった。竺原曰く、「こいつ、舟木っていうんだよ」

よく意味が分からなかったが、旧い世代には通じる符丁なのだろう。

明石が電話で呼んで、同級生だったという、派手な風体の女性も店に姿を現した。男性がふざけたパーティのために女装しているように見える人だった。

「丈吉？　ほんまに丈吉!?」と身なり相応、派手に驚いていた。

「お亀が来た」と竺原は噴き出していたが、彼女がそう呼ばれるのに慣れているのも、また明らかだった。

「あそこの亀、改装祝にお亀がくれたんじゃ」と、洋佑が見蕩れていた鼈甲亀をカズオが指差す。

「いつでもうちのこと思い出せるようにね」

お亀も洋佑のことを息子かと訊いた。顔が若い頃の笠原に似ているのだろうか。

「そうかも」と笠原はまたもや言葉を濁し、誰もそれ以上は問わない。明石といいカズオといいお亀といい、タイムくんタイムくんと洋佑の食べ物や飲み物に気を配ってくれる。この朝、家を出たばかりの小旅行なのに、滅多に目にすること叶わぬ異境に辿り着いたような心地がした。

真っ赤な顔でお亀を口説きはじめた明石を、カズオが強引に店から追い出した。これまた日常的な光景らしく、明石も「はいはい」と金を払い、笠原に鍵を渡して去っていった。

店を出際、「猿飛にも来てつかあさい。象がおるけえ」

「本当か。どこに」

「野生です」

笠原が仕込んで噂を流したのだろうということに、洋佑は気付いている。しかし同級生たちの前で彼は空惚《そらとぼ》けていた。「えっ!?」と芝居までした。

「そうそう、そうなんよ」とお亀。「うちもツイッターで目撃者の話を読んだ」

「写真とか動画は？」

「それは無い。見てない」

「じゃあ、もしも撮れたら凄いな」

「電車が繋がるわいね。うちゃあグッズ作って売るわいね」

「悪くないな」

「縫いぐるみがええかね。Tシャツがええかね」

「なんでもいいが、まずは役所と組んだよ、蝮辺りを利用して。そしてキャラクターとしての権利を押さえる。榊は憶えとるか」

「ドラムの。もちろん憶えとるわいね。どうしとってん」

「太った」

「えええっ!?」

「赦したれ」

「ショックじゃ。うちの青春を返して」

「本人に云ってくれ。とにかく今も東京で仲がいい。あいつがそういう仕込みは上手い。あいつに任せるといい」

「あんたあ、相変わらず頭が回る」

「人間の屑だけどな」

「うちゃあ、丈吉がね――」とお亀はとつぜん泣きだした。

「タイムの前で云うな」

「弟さんは？」

「頼む、タイムの前で云うな。今晩はこいつと蛸の実家に泊まる。飯はもう足りたけれど電気もガスも水道も……ともかく色々と買い込まないと。コンビニはある？」

「こないだ潰れた」とカズオが答える。

「困ったな」

「灯りじゃったらあれ持ってけ」と、インテリアとして提《さ》げられているランタンを指差した。「灯油を入れたら使えるはず。朝飯は……おにぎりでも作ったろうか？」

「頼む」

「淋しかったら亀も持ってってええよ」とお亀。涙で化粧が崩れている。

「それは断る」

30

「本当にあれでいいんですか」

という洋佑の問いに、竺原が振り返る。

「ずいぶんお行儀よくしてたね。みんな君のことを大好きになったと思うよ」

「そういう話じゃなくて、アゲハの――」

「ああ、車中の話の続きか。うん、充分だ」

「パセリさん、怒ってないでしょうか」

「なんで？」

「だって……ほとんど喋らないアゲハだなんて」

ぽんぽんと背中を叩かれた。「パセちゃんは心配性だから、あれこれと君に助言してくるかもしれないけど、俺に云わせればアゲハに関しての君の任務は、基本的に完了だ。あとはあれを音声化してくれればいい」

「その声なんですけど――」

「ん？」

「いえ」腹案を相談しかけた洋佑だったが、どうにも照れ臭くて続きを云えなかった。

「なんでもないです」

「どうだった？　あいつら」

「蛸さんやお亀さん？」

「うん」

「みんな同級生なんですか」

「明石の蛸は後輩だけどクラブが同じだった。お亀とは何度も同じクラスになったたな。少女の頃はもちろん今ほどの迫力じゃなかったし、気《や》さくだから人気があったよ。カズオはあの店の息子で、やっぱり同級。でもぐれて学校を退めちゃったんだよ。そのうち親父さんが死んじゃって、その遺言を読んで心を入れ替えたらしい」

「そうなんですか……蝮の先生はなぜ蝮？」

「蝮酒――蝮を掴まえてそのウィスキー漬けや焼酎漬けを拵えるのが趣味で、校長室に並べて生徒を怖がらせてたから」

「そんなの飲めるんですか。蝮って猛毒があるんでしょう？」

「噛まれたときみたいに血液に混ざるわけじゃないし、毒というのはだいたい薬にもなるからね。カズオと一緒に校長室に忍び込んで飲んでみたことがあるよ、度胸試しで」

「美味しかった？」

笠原はかぶりを振って、「凄まじい匂いだった。でも効いたような気がした」

「風邪が治るとか？」

「まあね」

それにしても――「蛸に、亀に、蝮に」

「お亀は苗字が亀井だからで、ただそれだけ。蛸は苗字が明石蛸の明石だし、まあ見てのとおりだし」

「舟木さんのカズオは、動物じゃなくって人名ですね」

「教師からは数の子とか呼ばれてたよ」

「そうなんだ。でも笠原さんは普通に丈吉」

「珍しい名前だから渾名の必要がなかったんだろ」

「感じたんですけど、笠原さんはとても人気者だったんですね」

「ははは、学校でいちばんハンサムだったからね。冗談。田舎で人数が少ないからさ、中学までほとんどメンバーが同じで、どいつが好きも嫌いも選んでる余裕なんてなかった。ヴァレンタイン・デイってあるじゃないか。少女漫画で手作りチョコレートを渡す場面を読んだお亀がさ、そういうシチュエーションに憧れて、でも俺やカズオくらいしか相手がいない」

「貰ったんですか」

「毎年貰ってたよ、勘違いせんといてね、となぜか叱られながら。蛸も貰ってたんじゃないかな。話に出てきた榊ってのは高校から一緒で、そのうち君も会うことがあるかも。今はすっかり太っちゃってるけど、当時は細くて、東京生まれだからなんだか垢抜けてて、お父さんはなんかの技師でさ、風の又三郎みたいな感じ。お亀が本気でチョコレートを渡してたのはあいつだけじゃないかな。俺たちには石ころみたいな失敗作。なんじゃこりゃってカズオが切れて、もうこんな田舎は厭だって家出しちゃって……今にして考えてみたらあいつがぐれた原因は、お亀だったのか。罪深い女だ」

「カズオさん、お亀さんのことが本気で好きだったのかも」

笠原はくふくふと咽を鳴らしながら、「ここだけの話、カズオが初めてキスした相手はお亀なんだ。自慢されて、俺はぽかーん。でも本当に好きだったというより、ふたりともキスってもの自体に憧れてたんだろう」

赤い夕陽が校舎をそめて――と彼は洋佑の知らない唄を口遊んだ。街灯の輝きさえ乏しい、川沿いの細道だった。彼は不意に立ち止まり、「たぶん……行き過ぎた。すこし戻るよ」

頷いて付き従った。故郷なのに地理がよく分からないというのはどういう心境なのだろうかと想像しかけたが、思えば、自分がいま吉祥寺のどこかに放り出されたとしても、きっと道に迷うだろう。なのに家々の影はどこか懐かしいことだろう。

川沿いに建った大きくて古い家を、懐中電灯の明かりが照らし上げる。

「変わってないな。昔からこういう、座敷童《ざしきわらし》でも出そうな家だった」木橋を渡り、明石から預かった鍵で引戸を開け、なかを覗き込んで、「うん、意外と綺麗な状態だ。たぶん座敷童もいないよ」

洋佑も一緒に暗い玄関へと踏み入った。上がり框《がまち》に荷物を下ろす。いささか黴《かび》臭いが、耐えられない臭気ではない。

「これ持ってて」と懐中電灯を持たされた。

浮舟で教わった手順どおり、笠原がランタンに火を入れる。闇が逃げ出すように遠ざかり、代わりに二つの濃い影が三和土《たたき》と引き戸を染めた。明るい店内では心許ない灯りと感じたのに、ここでは直視できないほど眩しい。

「充分だね」

「はい」

「この家に泊まるよ。平気？」

「楽しみです」

「いい子だ。布団のある部屋を探して、そこを陣地にしよう」

「はい」

「ちょっとここで待ってて」

ブーツを脱いで家に上がった笠原は、洋佑に片手を伸べてきた。一瞬、握手を求められているのかと思った。懐中電灯をよこせという意味だと気付いて、渡した。自分も腰を下ろしてスニーカーを脱いだ。

ランタンの焔《ほのお》の揺らぎに呼応して、洋佑の影も揺らめく。

いま母はどうしているだろうかと想像する。独りで遅い夕食をとっている頃合だろうか。それから、パセリやローズマリーやセージのことを考えた。みんな、もう晩ご飯は食べたんだろうか。

浮舟の料理を笠原は「ハイカラだ」と誉めていた。店構えから見て純然たる日本料理が並びそうなところ、のっけからスペイン風だというオリーブオイルのかかったぶつ切りの茹で蛸が出てきて、それが洋佑にはいちばん美味しかった。

お亀がレシピを尋ね、カズオの答に洋佑は耳を澄ませた。材料は蛸と岩塩とパプリカとオリーブオイルだけ。「簡単なんじゃ」とカズオは照れた。お母さんに教えてあげよう。

笠原はなかなか戻ってこなかった。洋佑は漆喰塗りの壁に背中を寄せて膝を抱え、彼がインターネット空間に現出させようとしている小さな象と、その啼き声に想いを馳せはじめた。

どこか遠くで、鈴が鳴るような音がした。

31

押入れに古い布団が詰まった部屋を発見しリュックサックを下ろしたところで、その中から『サイコ』の劇中曲が響いてきた。慌ててルータの繋がったタブレット、そしてキイボードを取り出す。
既にブラウザが立ち上がって、〈今晩はー。鍵屋だよ〉というメッセージが打ち込まれていた。笠原が返信する間もなく、
〈いんちきカウンセラーに吉報がある〉
〈お久し振り。ご機嫌だね〉

〈アゲハが完成した。さて商談に入ろうか〉

〈完成？　ありえない〉

〈なぜそう思う？〉

〈タイムがまだ音声を提出していない。それに〉

〈あんたは企画書にシナリオを加筆した。そのことで自分の首を絞めたのさ〉

〈セージも君とは連絡が取れていないと聞いてる。しかもシナリオは決定じゃないが？〉

〈企画書というのはそっちが勝手に冠した文言で、実質的には契約書であり指令書だ。裁判所はどう判断するかな？　もちろん世界中のウィザードには法律関係者もたっぷりといる〉

「だろうな」と薄ら笑い。

〈ちょっと煙草〉と打ち込んだあと、実際にポケットをまさぐってショートピースとライターを取り出し、火を点けた。咥え煙草で、〈シナリオにはちゃんと暫定案と註釈してある。変更の可能性がある段階での勇み足は、こちらの責任じゃない〉

〈あんたは変更しない〉

〈ああ、君もタイムの案に感動したわけだ〉

〈私は何事に対しても感動などしない。合理的判断だよ。あんたたちにアゲハをあれ以上喋らせることはできない。別の不気味の谷が近付くからね〉

〈それはパセちゃんの持論だな。彼女から連絡が？〉

ロックスミスは質問に答えず、〈しょせんアゲハは一言しか喋れない。そしてその一言は既に選択されている。パセリのスケッチは私がポリゴン化し、そしてそう喋らせたよ。声質やイントネーションが気に食わなきゃあ、声優にでも喋らせて差し替えな。プログラマーなら誰でもできる。さてこのアゲハをあんたたちは買う？　買わない？　買わないんだったら訴訟、もしくは余所《よそ》に持っていくだけだ〉

〈「あんたたち」には誰と誰が入ってるんだ？〉

〈榊Pと組んでるんだろう？　そしてセージ。こいつの正体ももう分かっている。七年前のソフトウェア工学シンポジウムで講演した刺塚聖司だ〉

ち、という舌打ちが、幸いにしてチャットでは伝わらない。〈パセちゃんとタイムは入ってないんだね〉

〈カウントする必要がない。なぜならパセリは高度なスキルを持っていない。手先が器用なだけのアナログ人間。そしてタイムは発達障害者。どちらもあんたたちにとっては使い捨ての駒だ〉

〈誤解だよ〉

〈どうあれ私は、より重要な存在のはずだ〉

〈救世主だと思っている〉と打った。続けて、〈信じてくれ〉

珍しくロックスミスが、相手の言葉に被せるような返答をしてこない。笠原はぷかぷかと煙草を吹かしては、その灰を携帯灰皿に落とし続けた。

〈立証を〉という文言がブラウザに現れた。

〈金で?〉と笠原は打った。

〈それは大前提。情報も開示してもらおうか。まずアゲハ・プロジェクトの全貌〉

〈全貌と言われても〉

〈およびジェリーフィッシュの正体〉

「ああ」と笠原は独り言ちた。「またなんかやらかしたのか」

〈知らないよ〉と打ち込む。続けて、〈アゲハのプロジェクトも正直なところ泥縄式で、これまで説明のしようがなかった〉

〈のらりくらりの言い逃れにも飽きてきたんだけど〉

〈ゴールは見えてきた〉

ややあって、〈続けて〉

笠原は煙草の火を消した。彼にしては素早いタイピングで、〈不気味の谷を越えたいというのは方便で、本当は君たちがやってきたのは、いちばん初めに伝えたとおり、人間の創造だ〉

あはははは、というロックスミスの哄笑が聞えたような気がした。案の定、

〈私たちはフランケンシュタイン博士に操られてきたわけだ。清算のしどきだね〉

〈もうすこしだけ説明させてくれ〉

32

引き戸が開き、玄関に、かつて神社で会って一緒に焼きとんを食べた、小さな老人が入り込んできた。

洋佑はびっくりして、「な……なんでこんな所に？」

老人は相変わらずのビリケンそっくりな笑顔をうかべていた。「洋佑くんの姿を見つけてさ、こっそり付いて来たの」

「こんな遠くまで？　新幹線にも？」

「うん。鉄道旅行、愉快だよね。駅弁、美味しいよね」

てっきりホームレスかそれに近い人物だと思っていたので、彼が易々と旅費を払えたことに驚いた。

「蛸は美味しかった？」

「……美味しかったです。特にスペイン風のが。あの店にも？」

「うん、隅っこにね」

「いるんだと分かってたら、みんなに紹介して一緒に食べられたのに」

「いいのいいの、僕は僕で楽しくやってたから。でもこんど一緒に蛸食べようね」

「はい」と素直に頷く一方、今度って神社の裏？　神社の裏で蛸？　どう調達しよう、という困惑も生じていた。

洋佑の内心を見通したように、ふぁっ、という奇妙な声をあげて老人は笑った。

「お待たせ。ちょっと用事が入ってしまって。すまなかったね」

笠原の声にはたと顔を上げ、自分が浅い夢のなかに居たことに気付く。改めて玄関を見回したものの、老人は影も形もない。ランタンの焔が、笠原と洋佑が脱ぎ捨てた靴を照らしているだけだった。

「まずは俺たちが寝起きする部屋に、灯りと一緒に移動しよう。ところで、最近ローズマリーから連絡は？」

洋佑は立ち上がりながら、「特にないです」

「さっき彼から――彼女から？　俺も知らないんだよ」と笠原は肩を竦め、「アゲハを完成させたってさ。買えって云ってそのサンプルを送り付けてきた。ちょっと見てもらえる？」

洋佑は愕然となった。「僕、あの……ローズマリーさんから笠原さんに売りたいっていう話は聞いてましたけど、僕はべつに、アゲハを創りたかっただけで……不気味の谷を越えたかっただけで」

「分かってるよ。しかしローズマリー版の出来が良いなら、それを買い取ったほうが手っ取り早い。確認してもらえるかな」

ふたりは灯りと共に、今宵の基地たる八畳間へと移動した。

がらんとした欄間《らんま》付きの和室を洋佑は見渡し、「広い家ですね」

「大家族だったからね。でも子供たちがみんな独立して、お母さんも今は老人ホーム。潰すには忍びないから借り手を探しているものの、こんな田舎じゃね……と聞いてる。トイレはそっち。開けてすぐ」と一方の襖を指差す。「昔の家だからデパートみたいに大用小用に分かれてる。電気は点かないしウォシュレットもないから、自分なりに工夫してくれ。紙は置いといた」

聞くと、なんだか尿意を催してきた。「見てきていいですか」

「これ持ってきな」

懐中電灯を手渡された。襖を開け、その灯りを頼りにトイレを探す。裏玄関の手前に小さなドアが二つ並んでいた。手前を開けると丸っこくて可愛らしい小便器が一つ、念のため隣も開けると和式の大便器があり、竺原の言葉どおり脇にポケットティッシュが幾つか積まれていた。小便器の部屋で、懐中電灯を脇に挟んで放尿した。

見たことのない形をした手洗いの蛇口を拈《ひね》り、水が出ないことを思い出す。手は汚してないから、まあいいか。

基地に戻ると、笠原は布団を出してそれをソファ代わりにしていた。腕組みをして膝のタブレット端末を見下ろしている。手招かれ、その隣に坐る。

「プレイしてみて」

キイボードを付けたタブレットを渡された。画面上にパセリのスケッチのモデル……としか思えない女性が佇んで、頭を微《かす》かに揺らしていた。ただし背景はない。真っ白だ。もしあったら、現実の女性を映した動画としか思わなかったろう。

「凄い」

「不気味？」

「ぜんぜん。ただ服装が」

古めかしい紺色のセーラー服なのだ。バタ臭い貌立ちのアゲハが着ていると、外国人によるコスチュームプレイのようにしか見えない。

「――だよね。そこを打ち合わせるのを忘れていた。ローズマリーはそういう趣味か。いや、自分が着てたのかな？」

直観的にカーソル・キイを押す。アゲハが近付いてきた。いや、プレイヤーたる洋佑がアゲハに歩み寄っているのだ。しかし彼女はこちらを向いてくれない。そのうえある地点から、もうキイを押しても押しても近付けなくなってしまった。

左右のカーソル・キイによって、彼女を違う角度から眺めることができる。彼女は不安そうに、きょろきょろと辺りを見回している。そしてこちらとだけは、どうしても視線が合わない。

洋佑は溜め息まじりに、「とても綺麗な人ですね」

笠原のほうは笑いまじりに、「同じくらい綺麗な子がクライアントにいるけどね」

ふうん、と頷いたあと、はっとその顔を見返した。「パセリさん!?」

彼はにやつきながら両切りの煙草に火を点けていた。

「あれ、自画像だったんですか」

答えてくれなかった。

「笠原さんのクライアントって、どのくらいいるんですか」と質問を変える。

彼は煙を吐きながら、「百五十人くらいかな」

「わ……一日に何人カウンセリングしてるんですか」

「いま云ったのは登録数で、しばらく来てくれるなって家庭も多いから、一日あたりだと多くても三人だよ。あとは電話とかメールとか。そんなことよりプレイを続けてみて」

「あのシナリオ、反映されてるんですか」

「やってごらん。まだ音声には反応しないけど」

自分で考えた部分だというのに——いや、だからこそ——緊張した。

左の人差し指でtのキイに触れる。t……a、d、a、i……m、a。

ただいま。

はっとアゲハがこちらを向き、目が合った瞬間、くらりと視界全体が揺らいだ。いま僕は——。

その西洋人のような女性は一足飛びにこちらに近付いてきて、満面の笑みを湛えた。

「オカエリナサイ」

風が起き、長い髪がそよぐ。

声を発したのはタブレットのスピーカーだ。発語がぎくしゃくしているうえ、話者と設定されているのは、皮肉屋のローズマリーがポリゴンを組み合わせただけの、空っぽな、似合わないセーラー服を着た女……のような映像に過ぎない。

なのに、涙が出てきた。そしてその、どこもかしこもちぐはぐな女性に、たぶん洋佑は恋しはじめていた。動悸が収まらない。

「ただいま」「お帰りなさい」

洋佑がやっとのこと思い及んだ、最上の会話がそれだった。この世でいちばん好きな言葉は、家に帰ったときの母の「お帰りなさい」だ。それが聞きたくて彼は云う、できるだけ毅然《きぜん》として「ただいま」と。

画面がホワイトアウトして、アゲハは消えた。洋佑はしばらく現実に立ち返れなかった。

「ローズマリーは合格？」笠原が訊いてきた。

洋佑は洟を啜り上げながら、「ありがとうと伝えてください」

「彼は——なんだか彼女なんだか——は、君のことを気に入っているようだ。きっと長い付合いになる」

「僕も、ローズマリーさんが、今は、大好きです」咽に熱いものが込み上げてきて、続きを云うために涙を拭った。「友達です」

「それも伝えよう。あんな捻くれ者でも喜ぶよ」

洋佑はタブレットを笠原に返した。「背景を付けたら、もう完成ですか？」

彼はかぶりを振って、「このアゲハは、あくまで俺たちのアゲハだ。一般に披露するアゲハは、あちこち変えとかなきゃいけない。このまんまのアゲハが有名になっちゃうと、家から出られない人が生じるからね」

「……パセリさんですか？」

問い掛けを、笠原はまた無視した。「次はセージの出番だ。そして俺と君は、もう次の段階にいる。明日は猿飛峡に行くよ——幻の象が棲息している」

ふぁっ。

思考のなにがどう繋がったのか、夢のなかのビリケン老人の奇声が、不意に脳裡に甦った。「あのう」

「ん？」

小声で、ふぁっ、と老人の笑いを再現してみた。「こんな感じ、どうでしょう」

「ふぁっ」と笠原はそれを真似た。「それで行こう。うまく出来そう？」

洋佑はすこし考えて、「ユーフォニアムみたいな金管楽器の音を、うまく加工すれば」

顔を指差された。賛同を表明するときの笠原の癖だ。「中学の同級生が吹奏楽部で吹いてたな。テューバを小さくしたような奴だよね」

「はい」

「それだ。なあ洋佑くん、俺たちは今、世界を救おうとしている」

真顔で云われ、きょとんとなった。「アゲハや小さな象でですか」

「象にも名前がいるな。どんなのがいいと思う？」

「象……エレファント……ユーフォニアム……ユーファント は？」

また顔を指差された。「決まったな。君は才能に満ちている。君たちは実際に世界を救うよ、バグだらけのヒッキーズが」

33

私は世界中の誰も信用しない。だから絶望もしない。

私は氷の心と猛禽の眼と鋼《はがね》の指先を持って生まれてきた。たとえ地獄へ追い込まれようとも、これらは何人《なんぴと》にも奪いえない。

なぜなら、この奇蹟の組合せには無限の価値があるから。

世界中の誰も、この私を愚弄できない。私という「鍵」を失えば、安穏としてきた家の中が、街が、国家が、地球全土が、愚者の楽園と化すのを彼らは察しているから。その惨めさに、彼らは耐えられないから。

そして私は世界を利用し尽くす。

——思春期の想いを反芻しながら、通称ロックスミスは、椅子の上で浅い眠りにつく。

34

ひっきゅーり、ひっきゅーり、ひきこーひきこーひきこー、ひっきひっきひっきひっきー……という戸外の鳥の声に、目を覚ます。笠原はもう起きて、タブレット端末を覗いていた。

こちらを振り返り、「眠れた？」

洋佑は目頭や眦《まなじり》を擦《こす》りながら、頷いた。事実、外泊にもかかわらず自室でよりもぐっすりと眠りこんでいた。たぶん夢もみなかった。

「そろそろ出掛けるよ」

「さっき鳥の声が——なんの鳥？」

「なにか啼いてた？　聞えなかったな」

東京から来たときそのままの恰好で寝ていたので、シャツがくたびれている。ボストンバッグを開けて、「隣の部屋で着替えてきます」

「そこで着替えりゃいいじゃん、男同士なんだから」

「パンツも替えたいんですけど」

「替えれば」

どうするべきかと考えて、「やっぱり隣で着替えてきます」

衣服を抱えて部屋を出た。夜のうちには分からなかったが、隣室には立派な仏壇があり、鴨居《かもい》の上に亡くなった人々の写真が飾られていた。

「失礼します」と呟いて、シャツを替えブリーフを替え、またジーンズを穿いた。

元の部屋に戻って脱いだ衣類をバッグに戻すとき、あ、と驚いた。

「どうした？」

「……いえ、なんでもないです」

バッグの底にビリケンの人形が入っていた。母が入れたのだろう。お守りのつもりだろうか。

笠原が立ち上がる。「そろそろ出掛けるよ」

「はい」洋佑は彼のヤッケを手に、「これ、また着てていいですか」

「どうぞ。荷物は置いといていいよ、どうせここに戻ってくるから」

明石の家を後に、川沿いの道をてくてくと、二十分くらい歩いたろうか、カズオが口にしていたコードとは、河渡《こうど》という駅のことだった。駅舎はなく、改札もなく、プラットフォームにバスの停留所のような待合所だけが、ぽつねんと建っている、ただそれだけの駅だった。

先客がいた。大学生風の青年二人が、大仰《おおぎょう》な一眼レフでお互いの姿を撮影しあっている。

「おはようございます」と笠原が声をかけた。「猿飛に行かれるんですか」

ふたりはどこか照れ臭そうに頷いた。

「鉄道がお好きなんですか」

またふたりして頷く。

笠原と洋佑も待合いに入り、ゆうべカズオが渡してくれたおにぎりを食べた。

「ああ、これ」と笠原がベンチに、自動販売機で買っていたお茶のペットボトルを置く。

「ジュースのほうがよかった？」

「いいえ、お茶でいいです」

おにぎりは大きな三角形で、全面が海苔《のり》にくるまり、角ごとに別の具材が入っていた。

塩鮭、おかか……笠原のには塩昆布が覗いている。

「あ、真ん中には梅干しが入ってるよ」

「ほんとだ」

「あのう、地元の方ですか」と、青年の片方が近付いてきて尋ねた。笠原の態度がいかにも場慣れしているからだろう。

彼は指を舐めながら、「まあ、そうですけど」

「猿飛峡のUMAは、昔から有名なんですか」

「ゆうま？」と笠原は素《す》っ恍《とぼ》けた。

「未確認動物のことですけど……やっぱただの噂ですよね。僕ら鉄道が好きなだけやから、べつにそれでええんすけど」

「どんな動物ですか」

「とても小さな象を目撃したっていう話が、だいぶツイッターで流れてて」

「ほう。動物園から逃げ出してきたんでしょうか」

「そしたらUMAじゃないですね。でも、もし野生のがずっと人間に見つからずに棲息してきたんだとしたら――」

「それは大発見だ。見つけたらすかさず写真に撮ったほうがいい。あの辺はなにが居ても不思議はないですよ。俺なんか子供のころUFOをばんばん目撃しました」

「ほんまですか」

「ときには大船団を。どちらから？」

「大阪です」

「それはまた、遠路遥々《はるばる》。どちらにお泊まりで」

「昨夜は広島に泊まって、朝一でこっちに来ました」

電車が来た。列車とは云えない。なにしろたった一両だ。青年たちが色めき立ってカメラを向ける。

降りた客はいなかった。空っぽの電車である。青年たちも笠原と洋佑も乗り込んで、車掌から切符を買った。そのまましばらく待たされ、やっと車掌が発車を宣言したそのとき、「待ってや」と飛び乗ってきた人がいる。スウェットスーツ姿のお亀だった。

「うわ」と、笠原が座席から腰を浮かせる。「どうした」

「猿飛でしょう？　一緒に行く」

「なんでこの電車だと分かった」

「なんか困ってないか思うて蛸んちに行ったんよね。そしたら鍵が閉まっとったけえ、もしかしたら追い着けるかも思うて走ってきた」

「超能力者かよ。仕事は」

「もうゆうべから二日酔いを予感して、休むいうて決めとった。有休溜めとるし」

お亀は洋佑の隣に坐った。線香なのか箪笥の虫除《むしょ》けなのか、独特な匂いがした。厭な匂いではなかった。電車が動きはじめた。

僅かな距離ごとにちまちまと停まる。河渡と同等の無人駅ばかりだ。利用客は少ない。老人が一人乗ってきたかと思えば次の駅で降り、代わりに別の老人が乗ってきてまた次の駅で降り、といった調子だ。

「このままだとまた廃線だな」という竺原の弁に、

「じゃけえ象よ」とお亀が応じる。

「さっきも向こうの若い人たちから聞いたけど、ただのデマかもしれない」

「むしろデマのほうがええわいね。本当じゃったら、いつか捕獲されて動物園に入れられて、みんなそっちを見に行くでしょう？　永久に猿飛峡の幻でおってくれたほうがええわいね」

「面白いことを云う」

「うっちゃあロマンティストなんじゃけえ。今でも萩尾望都さん読みよんじゃけえ」

「そういえば中学のときあれ借りたな、火星のやつ」

「『スター・レッド』！」

漫画の話や映画の話がぽんぽん出てくる。最近のお亀は宝塚歌劇にも嵌《はま》っているらしい。遂にして聖地宝塚大劇場で観劇したときの歓びも熱を込めて語られたが、洋佑にはぴんと来ない。笠原も小首を傾げている。でも、楽しそうな人を見ているのは楽しい。

「この人、あんまり学校に来んかったんよ」と、ふとお亀が云った。

「ちゃんと通ってたよ」と笠原は否定した。

お亀のお蔭で一時間余りの電車の旅に退屈する余地はなかった。猿飛峡駅はこれまで車窓から眺めてきた駅よりは立派で、民家程度の駅舎を擁していた。制服を着た明石がいた。

「ようこそ猿飛峡へ。そっちに案内図がありますけえ、持ってってつかあさい」青年たちに愛想をふりまいている。

彼らが改札から出ていくのを待って、笠原が、

「蛸、これ充電しといてもらえないか」とリュックサックからタブレットを出した。

「はいはい、電気代千円になります」

「高いな、おい」

「ほいなら十円になります」

笠原は百円を払った。

駅の外には散策ルートの案内板、ジュースの自動販売機、そして「おみやげ」と看板に書かれた茶店があるきりだったが、その店も閉まっていた。四方を囲む山々。ほかにはなんにも無い。もちろん木々はあり草もあり空も地面もあるのだが、个部の駅前と同様に「なんにも無い」感じのする場所だった。

「船着き場はあっちだっけ」と笠原がお亀に問う。

「もう無いよ」

「なんで」

「上流にダムが出来て水量が減って、そのせいで座礁事故が起きて、廃止」

笠原は嘆息した。「ぼろぼろな観光地だな」

三人して、砂利の敷かれた遊歩道を歩む。左右の木立には風情があり空気も清冽《せいれつ》だが、長い時間をかけて訪れるほどの特別な場所とも思えない。やがて木々の狭間に深い色をした湖が覗き、この景色ばかりはさすがに見応えがあった。

しかし笠原は不服そうに、「水面が下がってる。気のせいか？」

「気のせいじゃない」とお亀。「だからそう云うたじゃない」

湖と見えたのは渓流の一部、流れ込んでくる水がいったん窪地に溜まったものだった。そう笠原が説明してくれた。より上流では幾つもの滝や、岩々の僅かな隙間から水が零《こぼ》れ落ちてくる奇観が見られるという。

「でももう昔の猿飛じゃないんよ、丈吉」お亀が淋しげに笑う。「そもそも猿が居《お》らん。ここ何年も誰も見とらんよ」

「なんで」

「山に食べ物が無いなって里に下りてきた何頭かが捕獲されたら、それっきり群れごと居らんようになってしもうた。こうような怖い場所には居られんいうて、話し合ったんじゃないかいね」

　歩むごとに湖めいた光景は細まっていき、渓流然とした佇まいになり、先に赤く塗られた吊橋が見えてきた。山々の緑やきらきらした水の流れと、鮮やかなコントラストを成している。

「せっかくだから反対側に」と笠原が云って、三人は吊橋を渡った。途中、洋佑の肩に手を置いて、上流に見える切り立った崖を指差し、「あれが猿飛岩。スリットが見えるだろ、ここからじゃ分かりにくいかな」

「一撃がりじゃないんですね」

「うん。小さな舟がぎりぎり通れるくらいの隙間が空いていて、そこからこっち側に水が流れてくるんだ。その上を猿の群れがよく飛び交っていた。だから猿飛峡」

　痛快な情景が目に浮かぶようだったが、「でも今は、猿は消えちゃったんですね」

「残念ながら、そうらしい」

「あの」と洋佑は笠原に肩を寄せた。頭を低めた彼に、こう耳打ちした。「ユーファントの映像なんですけど、あの崖を跳び越えている場面ってどうでしょう」

　笠原は啞然としたようにこちらの顔を見つめた。やがて指を突きつけてきて、「それだ。猿を待ってたら、たままー――」

「象が」

「ちょっと、ふたりとも静かにしててくれ。お亀、喋るなよ」笠原はリュックからヴィデオカメラを出して、遠い猿飛岩の撮影を始めた。「ズーム……ズーム。このくらいか」

「何を撮りよん」とお亀が後ろから尋ねる。

「だから喋るなって」

35

早朝、笠原からメールが届いていた。〈アゲハのポリゴン、そろそろ完成？〉
聖司は応じて、〈いちおう九割がた。ちょっと自信がないんですが〉
それっきり返信がない。自信がないと記してしまったからだろうか。
待ち侘びて、いっそ父の見舞に出掛けようと洗面所で髭を剃っていたら、とつぜん家中のパソコンというパソコンが立ち上がり、ベートーベンの交響曲を奏ではじめた。
「わっ、わっ、わっ」と腰を抜かしかけたが、やがて、そんな悪戯ができるのはロックスミスしかいないと気付いた。
手近な一台を確認すると、案の定、既にブラウザが立ち上がりローズマリーの名義で、〈刺塚くーん〉とあった。

素性がばれている。いや、ロックスミスにだったら仕方がない。メールや秘かに溜めこんでいるポルノ動画も覗かれているかもしれないが……仕方がない。

〈こんにちは。ハンドルで、が我々のルールだったと思うんですが〉

〈失礼失礼、セージくん。セージのアゲハ、勝手に覗かせてもらったよ〉

聖司は固唾を吞んだ。

〈私は私で、パセちゃんのアゲハをそのままポリゴン化して動かしていた。でもＪＪから、そっちも確認してほしいって請願されてさ〉

返事を打とうとして、気の利いた文章を思い付かずにいると、

〈負けた〉

なんのことだか分からないまま、その三文字を凝視していた。

〈パセちゃんのスケッチどおりのアゲハより、日本人っぽいセージ・アゲハのほうが一般受けするだろう。データを差し替えてそっちを動かすよ〉

……ロックスミスに認められたのだと実感できるまでに、些《いささ》かの時間がかかった。キイボードを打つ指先が震えた。〈未完成なんですけど〉

〈私のと合わせれば問題ない。今夜にも動かせるだろう。そして私たちは不気味の谷を越える〉

どのくらいその文言を眺め続けていたことか。すっかり時間感覚を失い、気が付けば、

聖司は涙滂沱《ぼうだ》としていた。

〈じゃあね〉とローズマリーことロックスミスは発し、ブラウザは消えた。

冷蔵庫へと向かう。缶ビールの栓を開けた。ビールは苦く、甘く、塩っぱかった。

伝説的ウィザードに「負けた」と云われた。

「負けた」と云われた！　この三十路の惨めなヒキコモリが。

「お父さん、やったよ」と幾度となく呟きながら、ビールを飲み干した。

電話が鳴った。笠原からだった。「悪い悪い、タブレットの充電が切れてて、返信できなかった。電話のタイミングも計りかねてて」

聖司は鼻声で、「ロックスミスから連絡がありました」

「へえ。なんだって？」

「俺のアゲハを使ってくれるそうです。私たちは不気味の谷を越える、と」

はっはっは、と笠原は快活に笑い、「そうなると思ってたよ。じゃあアゲハはひとまずロックスミスに任せて、俺たちは次なるプロジェクトに進もうじゃないか」

「UMAですか」

「タイムが物凄く面白いことを思い付いてくれた。デジタルヴィデオの映像、加工できる？」

「もちろん」

「アゲハはそんなに金にならないかもしれないが、次こそは儲けるよ」

「儲けようと思ってやってきたわけじゃないんで——」

「儲けられるに越したことはない。儲けるってのはさ、決して恥ずかしいことじゃないぜ」

「でも、モラル上どうなんでしょう」

「噂を流すことが？」

「はい」

「じゃあツチノコは？　ヒバゴンは？　しょせん誰かが流した噂に過ぎないんじゃないかな。そしてみんながそれを見たかった。あれらを悪しき存在だと思う？」

「そうは思いませんが……世の中を騙すってのは、ちょっと気が引けますね」

「騙すのは俺だよ。一切の責任は俺が負う。君らはただ、面白いことをするだけだ」

明るい口調に、却って違和感を覚えた。「笠原さん——笠原さんは、なんのために俺たちを動かしているんですか」

「金」

「とてもそうは思えないんですが」

「じゃあ名声」

「ふざけないで、いいかげん本当のところを教えてもらえませんか」

「ちっともふざけてないよ。俺は金と名声が欲しい、しかも手っ取り早く。君らは俺の道具だ。厭なら降りてくれ」

「降りる気はありませんが」

「だったら前に進むしかない。テレビは真実？　映画は真実？　小説は？　漫画は？　理論物理は？　宗教は真実かな。俺たちには嘘をつく権利がある。それはでかいほど罪がない。ちっぽけな嘘になんか俺は興味ないよ。どうせつくんだったら、でかい嘘だ」

妙な説得力があった。聖司は頷き、「象でしたね。小さな象」

「名前も決まったよ、ユーファントだ。いい響きだろ？」

「……はい、まあ」

「啼き声はタイムが創る。土台になる映像とユーファントのイメージは、東京に戻りしだい送る。そしてこのテープは自動的に消滅する」

36

ネクタイを弛め、バーボンのロックに唇を寄せる。

「お疲れっすか」と店主。

「俺はいつでも疲れてるよ」と榊は答えた。

「娘さんのことで？」

「いやいや……いや、まあそれもあるかな。また部屋に籠もるようになっちゃってね」

「学校には？」

「今はもう、まったく行ってない」

「それで卒業できなくなっちゃったら困りますね」

「このあいだ丈吉ってのを連れてきたろ？　あいつがカウンセラーをやってんだけど、あいつの話によれば、卒業だけはできるらしい。義務教育ってのは親が学校に通わせる義務であって、本人が通う義務じゃないんだ」

「あ、じゃあ俺も通わなきゃよかった。ひっどい苛《いじ》めに遭ってたんっすよ、今だから笑って話せますけど、太腿《ふともも》の横って蹴られたら痛いじゃないですか」

「あれ、凄まじく痛いよな」

「図体がでかいからか、なぜか俺の横腿を蹴るってのがクラスで流行《はや》っちゃって、ほんっと痛いんだけど、それを休み時間ごとに何人からもやられるんすよ。自殺、考えましたね、本気で」

　径子もきっと時には……と思うと胸が詰まった。彼女は彼女なりに闘っているのだ。

「なんで人は人を苛めるんだろう」

「永遠のテーマですね。俺に関して云えば、今となってみれば、みんな俺のことが怖かったんだと思います。がたいがでかくて、はっきり云って本気で喧嘩すれば、絶対に負けないわけですよ。平和主義者だから人に手を上げるとか、しなかったですけど。だから、怖い奴に対しては『お前は弱いんだ』と予め教えこんでおく。そういう本能が人間にはあるんじゃないでしょうか」

「本能だとしたら、強い奴に従っておけば楽ってことにならないだろうか。獣はだいたいそうだよね」

「じゃあ本能じゃなくて、レヴェルの低い理性ってことなのかな。すみませんね、無学なんでよく分かりません」

「ゴーちゃん、死ななくてよかったな」

「あのとき死んでたら、今の彼女には会えませんでしたね。人間、どうせ死ぬわけだけど、あのときじゃなくてよかったとは思ってます。彼女には苛めの話もしてるんですけど、『死なずに私の前に現れてくれてありがとう』って云われたときは、男泣きしました」

「いい女だな」

店主はマルボロに火を点け、やがて二度三度と頷いた。

カウンター上のスマートフォンがメールの着信を報せる。竺原からだった。〈見ろ〉URLが記されている。クリックしてクラウドに飛んで、息を呑み、「ゴーちゃん、この店の画面で再生させてくれ。いまURLを送るから」

「いいっすよ」

「いま送る」店のメールアドレスに転送する。

「あ、来てます」店主が画面を切り替えて云う。「これをクリックですね」

「頼む」

それまでAC／DCが暴れまくっていたディスプレイに現れたのは……たぶんアゲハだ。これがアゲハか。鳥肌が立った。

「誰っすか」

「誰だと思う？」

「なかなか可愛いっすね、俺の彼女ほどじゃないですけど。ハーフ？　クォーター？　そしてなぜセーラー服？」

「改善の余地があるな。云ってみれば人間とCGのハーフだよ」

「えっ、これCGなんですか」

「キイボード貸して」

真っ白な背景の前に佇むアゲハにカーソルキイを叩いて近寄り、笠原から知らされたキイワードを打ち込む。近付いてくるアゲハ。そして彼女が云う、「オカエリナサイ」と。

「……可愛いな、おい。いまなにが起きたんですか」

「ゲームなんだよ。キイワードに気付くまでは、絶対にこっちを向いてくれない。そしてそれだけ……あ！」

榊はスマートフォンを手にして時刻を確認し、それから部下に電話をかけた。応じてきた。

「榊です。やっとアゲハが出てきた。Z Z Z《ズイーズイーズイー》プロから、王《ワン》なんとかっていう台湾の娘の釣書きが来てただろ。リーリン？　うん、それだ。その娘で行く。なんと……同じ顔をしている！」

37

明石の家にもう一泊して、翌朝、帰途についた。行き先を見知らぬ往路と違い、分かりきった土地を目指している復路の時間は、やけにあっさりと過ぎていった。竺原は持参した児童心理学の本を読んでいた。

「そういうの、面白いですか。ためになるでしょうか」

「ぜんぜん。こういうのを信じこんでいるクライアント対策に読んでるだけだよ。退屈だったらこっちを読むといい。ずっと役に立つから」

リュックから彼が出し手渡してくれたのは、よれよれになった『ほらふき男爵の冒険』の文庫本だった。いつも持ち歩いているのだとしたら、これほど竺原の嚢中《のうちゆう》に相応しい本はない。古めかしい挿絵が物珍しく、面白そうな場面を拾い読みしているうち、新幹線は関西を過ぎ、名古屋を過ぎた。

東京駅のコンコースでいったん別れたものの、借りたヤッケを着たままでいたことに気付いて、上りきらんとしていた階段を駆け下りた。すると笠原のほうも階段の下まで追いかけてきていた。

「すみません、これ」と洋佑が脱ごうとするのを、

「いやいや、暑くないならそのまま着てていい」と彼は押し止めた。「取り返しにきたんじゃないんだ。時間ができたから家まで送っていくよ」

「独りで帰れます」

「榊と約束してたのが延びちゃってさ、行ってお母さんとちょっと話をして、都心まで帰って、くらいだと丁度なんだ」

例によって真意を読み取りにくい言葉つきだったが、

「じゃあ」と一緒にまた階段を上がった。

プラットフォームでの笠原は電話を片手に、

「うまく摑まえました。お宅までお届けします」と、明らかに洋佑の母と話していた。

心配だから家まで送り届けてくださいとでも、母から電話がかかってきたのだろうか？

ヒキコモリの原因は過保護、と教師や医師が彼女に説法するのを耳にしてきた身としては、

なにやら居た堪らない。実際のところはどうなのだろうと竺原の横顔を見上げては、問えず、そのうち電車がやって来た。

始発駅だから広々と坐れた。竺原がユーファントの啼き声にまつわる洋佑の目算を聞きたがるので、答えて、「オーケストラの音源集にユーフォニアムも入ってるのがあると思うんですけど……ああいうのってプロ用だから高いんですよね」

彼はタブレットを取り出して検索を始めた。「ユーフォニアム……ユーフォニアム……あ、このセットに入ってるな。ほんとだ、おい四万円もするよ」

洋佑も画面を覗いて、「しかもその手のって、登録ユーザーにしか使えないようプロテクションされているから、解除キイも別に買わなきゃいけないかも」

「解除キイ……ってこれか。ドングルって何？」

「USBポートに差し込むハードウェアです」

「それが鍵になってるのか。一万円だってさ。ぼったくりだね」

「うーん……クラシック音源はユーザーが少ないし、ユーフォニアムやコルネットなんてそのなかでも欲しい人が少ないだろうから、仕方ないですよ」

「ローズマリーに頼んで、この会社から音だけ盗んできてもらおうか」

「そういうのって……あまり気が乗らないんですけど。盗んできたものを自分のパソコンに入れるのって」

「五万円もあったら楽団を雇えるんじゃないか。誰かにぱっと吹いてもらって録音したほうが早いね。吹ける人の心当たり、ない?」

即座には答えず、ビリケン老人と焼きとんを食べた雨の日、パン屋の前に佇む自分の傍らを通り過ぎていった、中学生たちの会話を思い返していた。「俺さ、何人ぶん?」と、おそらくテューバを担当しているのであろう男子が零していた。「ユーフォも絃バスもいなくてさ」

彼らはユーフォニアムを知っている。部員が少ないだけで楽器は余っているのだ。あの学校の文化祭にでも入り込めば、あるいは――。

「なんとかなるかもしれないです」

乗り換え、乗り換えながら、旅の思い出をとりとめなく語り合う。猿飛峡から町に戻ったあと、笠原は墓参に行ってくると云い、しばらくのあいだ洋佑をお亀に托した。

「あのあいだ、なにしてたの。なにか食べたって云ってた」

「河原を散歩して、お好み焼きを食べて、また散歩して」

散歩しながら、お亀は洋佑に自分の境遇を話してくれた。京都の大学を出て、そこで出版社に就職して文芸書を編集していたが、お母さんが認知症と診断されてしまったため実家に戻ってきたのだという。今は名刺や店舗用のリーフレットを印刷する会社に、非正規の社員として通っている。お母さんの面倒は、肺気腫を抱えたお父さんと交替で見ている。

洋佑がふだん何をしているのか、彼女は問わなかった。笠原の親戚の中学生だとでも思っているのかもしれないし、彼の仕事から扱っているヒキコモリの一人だと察して、言葉に気を付けていたのかもしれない。ともあれお亀はまるで仲のいい同級生のように洋佑を扱った。どう贔屓目《ひいきめ》に見ても美人ではないが、彼女の態度に拗《す》ねて、ぐれてしまったカズオの気持ちが分かるような気がした。

「お好み焼きって、橋のたもとの店？」

「はい」

「暖簾以外は普通の家みたいな」

「そうです」

「まだ開いてたのか。代替わりしてた？　と云っても分からないか。婆さんが焼いてた？」

「はい、かなりお歳な感じの」

「いったい幾つなんだ？　俺が子供の頃から婆さんだったよ」

降車駅に着いた。まるで先導するように改札へと向かう笠原に、

「僕のお母さんから、送ってほしいと頼まれたんですか」と遂に尋ねた。

「いやいや、俺から提案したんだよ」と笠原はかぶりを振り、おどけた調子で洋佑を指差して、「ユーファント！　価値ある旅だった」

ほんのしばらく離れていただけなのに、町の景色はすっかり秋めいていて、長旅から戻ってきたような心地がした。きっと秋はとうにそこかしこに訪れていたのに、洋佑が気を配っていなかったのだ。

階段を上がって玄関のドアを開けたとき、母はダイニングテーブルに肘をついて両手で顔を被《おお》っていた。

「ただいま」

と、なるべく威勢よく云った洋佑を、立ち上がって、

「お帰りなさい」と迎えた。そのあと、こう不思議な挨拶をした。「カウンセラーの笠原さん」

笠原は開いたドアを支えたまま一礼し、それに対して母が幾度か頷いた。ふわり、洋佑の鼻先をなんらかの気配が掠《かす》めた。笠原が煙草のけむりでも吐きかけてきたのかと思い、振り返ったが、喫っていない。

洋佑は靴を脱ぎ、鞄を床に下ろした。母は慌てた調子でテーブルを片付けはじめた。

笠原も家に上がってきた。「お邪魔します」

「その帽子と上着、どうしたの」と母が流し台の前から振り返る。

「これは」と洋佑はヤッケを脱ぎながら、「笠原さんのを借りた、ちょっと寒かったから。帽子はくれるって」

「本当？」

「本当ですよ」と笠原。荷物を下ろし、煙草の箱を取り出して、「よろしいですか」

「はい、ただいま」と母は洗いたての、すこし濡れた灰皿を運んできた。洋佑はもちろんのこと母親も喫わないので、喫煙者の客がいないかぎりテーブルに出されることはない。

「お母さんに幾つか報告があるから、洋佑くん、ちょっと外してくれないかな」椅子に掛けながら笠原が云う。

「部屋に引っ込んでろってことですか」

「そういうこと。君が聞いてて面白い話はべつに無いよ。あ、そのヤッケもあげるから」

「……ありがとうございます。音楽を聴いてるかもしれないから、用事があったら大きな音でノックしてください」と、素直に自室に下がった。

自分に関する何が語られるのか、もちろん興味がないではない。しかし笠原の云うとおりで、盗み聞きしたところで愉快なことが起きるとも思えなかった。帽子とヤッケを脱いでベッドに置く。ほかの衣服も新しい物に替えてから、また帽子を被ってみた。猿飛峡のリーフレットを細かく畳んで汗止めに挟み、洋佑のサイズに調整してある。昨夜、ランタンの灯りの下で笠原がやってくれた。

パソコンを立ち上げ、メーラーを覗いて「わ」と驚いた。Parsleyという人物からのメールが入っていた。パセリだ！　本文は〈アゲハ、もうご覧になりましたか〉とのみ。アドレスはフリーメールのものだった。
〈見ました。どうやって僕のアドレスが判ったんですか〉とすぐさま返信した。
じっと洋佑の帰還を待ち構えていたかのように、一分ほどで、〈ローズマリーさんに調べてもらいました。迷惑でしたか？　アゲハをどう思われましたか？〉
また返信する。あたかもチャットである。〈アドレスについては構いません。アゲハは素晴しいと思いました。でも言葉がちょっとぎくしゃくしています〉
ややあって、〈タイムさんが直してくださるでしょう？　私もアゲハにはいちおう満足しています。でも次のプロジェクトには疑問があります〉
返信。〈UMAですか？〉
すこし間が空いた。〈それはなんですか？　私が聞かされたのは別の話ですが〉
洋佑はユーファントを説明しかけ、ふと思い直してその文章を削除した。代わりに、〈あの、電話で話しませんか。番号を教えます。非通知でかけてもらっていいです〉
きっと、物凄い技術の持ち主であるローズマリーやセージに覗かれることを警戒して、彼女は言葉少ななのだと、気を遣ったつもりでそう記したものの、送信ボタンを押した直後、ああ、送ってしまった……と吐息した。幾度となく受信ボタンをクリックしながらパセリの返事を待つ。竺原呼称するところの「ヒッキーズ」のルールを破ってしまったのではないかと思うに、鼓動が激しくなってきた。

新しいメールが来た。〈いいですよ〉

「うわ」と動揺したあまり、携帯ではなく自宅の電話番号を書き送ってしまった。

子機を求めて部屋を出た。テーブルの前の笠原が、はっとこちらを振り返った。その寸前の彼の科白は、洋佑の耳に届いていた——「脳が取捨選択するんです。これは見る、これは見ない」

自分の話に違いない。母の顔色を窺った。

「どうしたの」と彼女が取り繕うように泛《うか》べた笑顔は、なんともぎこちなかった。

「友達から、電話がかかってくる」と洋佑は答え、それからこう訊いた。「僕、なにか見えてないの？」

電話が鳴り始めた。とるるるるる……非通知です……とるるるるる……非通知です……。

38

舞台たる猿飛峡の映像ファイルが入ったＳＤカードは、笠原の旅先からなんと速達郵便で送られてきた。このネットワーク全盛時代に、デジタルデータをわざわざ人力で運ばせるという発想が、聖司には理解しがたい。

「郵送かよ」

ひょっとして特別な事情でもあるのかと、データを仔細にチェックしてみたが、これといった理由は見当らなかった。一昔前の普及品で撮られた、解像度の低い風景映像――それだけの代物だった。

どうせ出来上がった映像はユーチューブあたりで流すのだろうから、この程度の画質でなんら問題はない。リアリティという意味に於いては、むしろノイズや手ぶれを加えたいくらいだ。ときどき入っている余計な音声（一部は明らかに笠原の声）も、あるていど残しておいたほうがリアリティに貢献するだろう。

笠原のテクノロジー音痴ぶりには、幾度となく驚かされてきた。初対面のときの彼は、ガラパゴス諸島から拾ってきた携帯電話の赤外線通信機能すら扱えず、聖司の電話番号を手打ちで登録していた。その入力がまた遅い。しかも自分の電話機だというのに、いちいち「これでいいんだっけ？」と操作を尋ねてくる。

もっともそういう人間だからこそ、不気味の谷を越えてみるであるとかUMAを創出してみるといった、素朴で大胆な着想を得られるのかもしれない――真っ当な知識のある者だったら、即座に数々の先例を思い浮かべて「無理だ」と判断してしまうような。

湖の向こうの遠景の、ほぼ中央に、庖丁《ほうちょう》を入れたおでんの厚揚げのように見える奇岩が映っている。天辺《てっぺん》には灌木《かんぼく》がまばらに生えている。

「真ん中に写っているのが猿飛岩。一声啼いてからあれを跳び越える、小さな象らしき影をよろしく」という手書きのメモが同封されていた。宛名書きとそのメモとで、聖司は初めて竺原の肉筆を見た。

通常は考えにくい個性を有した、特異な筆跡だった。東京都の「都」と猿飛の「飛」が、左右反転の鏡文字になっているのだ。さらさらとした続け字で、ことさらふざけているようではない。左利きが右手で書いているからか、右利きが左手で書いているのか、それとも脳の一部が反転しているのか——。

とまれ、不気味の谷という深い淵が眼前に横たわっていたアゲハの場合と違い、今度は「らしき影」でいいのだから、作業そのものは訳もない。素朴なCGアニメーションをフィルター処理すれば、景色には馴染む。３Dモデリングの必要性すら感じない。

かつて「これを参考に」とメールで送られてきた手書きの象の図は、陰翳《いんえい》の付け方からして作者はパセリであると思《おぼ》しい。現存する象にしては周囲に描きこまれた蔓《つる》植物や花々との比率が明らかにおかしく、中型犬くらいのサイズの生物と見るのが妥当。むろん意図的な狂いに違いなく、まずこの絵ありきで話が転がりはじめたのだろう。

美術作品としての嘘は嘘として、それを未確認動物として捉えようとしたとき、理に合わない箇所が幾つもある。まず、人知れず地上の森に棲息してきた動物にしては体色が明るすぎる。じっと木々の間に身を潜めていれば人間の視覚では周囲と判別しにくい、保護色であるべきだ。移動は素早いはずだ。どうやらインド象の縮小版であろうこのパセリ象は、それにしてはプロポーションが鈍重すぎる。

牙《きば》はどうしたものか？　一つの種が人工繁殖されずにぎりぎり子孫を残し続けられる個体数は、概《おおむ》ね二百と云われてきた。延々とその辺を推移してきた種だと設定するにしても、これまで骨や象牙《ぞうげ》が一本も発見されていないというのは、不自然すぎる。かつて日本に棲息していたナウマン象、特にその雄は、マンモスばりに長い牙を持っていた。その血族という設定が魅力的だが、とりわけ他の種の遺物と見紛いにくい象牙は、厄介な問題となろう。

ウェブでさまざまな象の画像や映像にあたっては、ディスプレイ上に並べつつ、そんなことをつらつらと考えていた。不意に、画面上のナウマン象の一匹——静止画像——の頭部がこちらを向いた。そしてスピーカー越しに発した。「Hallo, Sage」

ぎくりとしたが、心の底からは驚かなかった。もはや自分のシステム中の住人——もしくは支配者と捉えるべきだろう。そのほうが気が楽だ。続いてブラウザが勝手に立ち上がった。

〈びっくりした？〉

画面に打ち込む。〈もう何が起きても驚かない覚悟です〉

〈せっかく遊んであげたのに〉

〈今みたいなトリックには、どのくらいの時間がかかるんですか〉

〈むかしやったのと同じ悪戯だったら、三分とかからないよ〉

嘆息した。

聖司にだってハッキングの技術はある。しかし単なるハッカーとウィザードとの間には越えがたい壁が存在する。彼らは魚類が鰓で水中呼吸するがごとく、プログラミング空間でプログラミング言語を呼吸し、それで充足していられるのだ。ネット空間の画像やレシピさえ眺めていれば、現実の食べ物なんて摂らなくてもいいんじゃないかとさえ思えてくる。通常の人語でコミュニケーションできるロックスミスは、我々のうちの特異な存在なのではなく、ウィザードのうちの特異な存在なのだ。

〈ときにセージくん、私はＪＪの次なるプロジェクトから外されたらしい。異存はないけどね〉

えっ、と聖司は素朴に驚きながら、〈ＵＭＡですか？〉

〈のようだね。諸君のやり取りを覗いていれば、何が進行しているかくらいは簡単に分かる〉

〈ローズマリーさんの助けを必要とするほどじゃない、単純なトリックだからじゃないですか。今度のはネッシー程度のカラクリだもの〉

〈いや、メンバーチェンジだろう。刺塚くん、短いあいだだったけど楽しかったよ〉

〈ちょっと待って。メンバーチェンジが起きるだなんて俺は聞いてないです。本当です〉

〈アゲハ計画には最後まで参加させてもらう。セージくんの提案どおり今風の衣装に着替えさせるよ。セーラー服はもう古臭いらしい〉

〈好みの問題では〉

〈とにかくアゲハは完成させて、そのギャランティはきっちりと貰う。JJからプロジェクトの貧相な全貌を聞き出したよ。ただ一点を除いて、彼はほぼ全貌を語ってきたと思う。そしてセージくんはまだ、なにも教えられていない。知らされた痕跡が、君のシステム内には一厘《いちりん》も観察されなかった〉

〈プロジェクトの全貌って〉え？　え？　と実際に発するばかりで、なかなか続きを書けなかった。〈不気味の谷を越える、じゃないんですか？〉

〈それは方便。現実に進行していたのは、ただの芸能人売出しプランだ。安く扱《こ》き使える私たちにヴァーチャル・アイドルを創造させ、それをネットで広めて地均《じなら》ししたのち、そっくりな少女を見つけてデビューさせる。なるほど合理的だね、ある意味、人間のほうを似せてしまうほうが簡単だから〉

真相特有の堅牢《けんろう》さと味気なさを、聖司はその数行に見た。笠原の手駒でいて構わないと思っていた身にして、冷水を浴びせられたようだった。〈人間のほうを似せるって、整形手術とか？〉

〈そこまで経費をかけなくとも、今は動画中の顔だって自由自在だから。生中継でさえなければ痘痕《あばた》だって黒子《ほくろ》だって鼻毛だって消せるし、手足も伸ばせる。鼻を一ミリだけ高くすることもできる。そうやって生身の人間を不気味の谷に引き寄せるのは、じつに簡単なことなのさ〉タイピングの速度がこれまでになく凄い。目を追いつかせるのが精一杯だ。ロックスミスは続けて、〈その段に於いて世間から注視されるのは「生身の人間がアゲハにどこまで似ているか」だ。はや価値観が逆転している。アゲハは手品師がひらひらさせている右手のようなものだ。左手はポケットの中に入っている。つまり私たちが創ってきたのは、不気味の谷を越えていなくてもなーんの問題もない、ただのプロモーション素材だったんだ〉

愕然として、〈つまり〉と打ったきり続きを思い付けずにいる聖司に、彼もしくは彼女は追い打ちをかけるように、

〈いきなり生身の人間を売り出すのではなくポリゴンのアゲハを先行させた理由は、たぶんもう一つある。JJが口を噤んでいるもう一つの真相だ。私たちは撒き餌《まえ》なんだよ。こんな調子で面白そうな、そして話題となりそうなことをやっていれば、おのずとよりスキルのある別のウィザードが入り込んでくる。ウィザードは火事場が大好きだからね。そちらをスカウトすれば、次なるプロジェクトが大金に化ける可能性は高まる〉

〈JJは〉とまで打ったところでうっかりリターンキイを押してしまい、慌てて続きを打

ち込む。〈尋常じゃなく機械音痴だしネットのこともよく知らないし、そこまでの計算があったとは考えにくいんですが〉

〈榊Pのことは？〉

〈JJの友達ですよね。たまに話に出てきます〉

〈奴が怪しい〉

〈あのう、アゲハ計画の真の目的はともかく、メンバーチェンジについては、さすがにローズマリーさんの思い込みって可能性はないですか〉

〈アゲハには、既にほかのウィザードが絡んでいる〉

〈本当ですか〉と打ったあと、はたと、〈ジェリーフィッシュ？〉

〈私が提出する以前のアゲハにして、仔細にプログラムを見直してみると、私の記憶にはない、ジェリーフィッシュとしか思えない足跡が散見された。β《ベータ》版を作成するとき、セージくんの技だと思って私が舌を巻いた部分にも、もしかしたら〉

背筋に冷たいものが走る。俺やロックスミスの力じゃなかった？

〈この対話も覗かれているかもしれない、これでもかというほどスクランブルしてあるけれど〉

聖司版とロックスミス版が融合した現行のアゲハに、「自分が担当したはずの部分なのに、こんなにうまく行っていただろうか？」という箇所が多々あったのは事実だ。奇蹟が

起きていたか、もしくはロックスミスによる修正だと思っていた。〈勝手に直してくださったのかと〉
〈悔しいが、今のところあちらさんのほうが私より上手《うわて》だ。本当に不気味の谷を越えつつあるのは、ジェリーフィッシュかもしれない〉

39

「はい、あの」というか細い声、ばたばたという足音に、ドアの閉まる音。「パセリさん？　僕です、タイムです」

やっぱり子供だ。まだ声変わりもしていない。

芹香は深呼吸したあと、「パセリです。ネット以外では、初めまして」

「は……初めまして」

「電話は、本当はあまり好きじゃないんです」

「僕もです。でも――」

「ただメールやチャットだと、簡単にローズマリーさんに覗かれてしまうから」

「やっぱり。そうですよね。僕もはっとそんな気がして、ちょっと怖いかもと思って――」

「お互いの素性は、黙っておいたほうがいいですよね。訊かれたくないですよね？　私も話したくないし」

「僕は……べつに訊かれてもいいんですけど」

「特に訊きたいと思わないし」

「ごめんなさい。訊かれたくないことにします」

チャットでのしどろもどろぶりは周囲に遠慮していただけで、頭の回転自体は速いようだ。そもそも彼が提示してきたアゲハの「物語」は、ミニマムにして完璧だった。あの狡猾な笠原がチームに加えたのだから、見るべきものはある少年なのだ。一種の天才児なのかもしれない。

芹香は尋ねる。「UMAって未確認動物のことですよね、和製英語の」

「そうなんですか」

「いま調べたばかりの、付焼き刃の知識だけど」

「そうなんですか、日本人が考えたんだ……誰なんだろう？　昭和の出来事？」

注意力散漫。誰かがリードしていなくては、思考が明後日の方向に疾走していくタイプ。

軌道修正の質問。「JJは、どんなUMAを創出したいと云ってるんですか」

「象です。小さな象。猿飛峡という場所があって、そこに昔から小さな象が棲んでいて、湖のある綺麗な場所で――」

「小さな象って、それ、私の家の？」

「飼ってるんですか」

「ふつう家で象は飼いませんよね」

「か……飼いませんよね。家族でサーカスをやってるとか、そういう感じを一瞬想像してしまいました。ごめんなさい、普通の家では飼いませんよね」

さすがに失笑して、「想像力が豊かなのね」

「あの」と急に大きな声で云ったあと、タイムは口籠もり、「パセリさん……て」

「はい」と、なるべく優しく明瞭に応じる。まるで教師だ。

「本当に絵が上手ですね」

「ありがとう」これは素直に嬉しかった。「タイムさんのアイデアも素晴しかったです」

「ありがとうございます。でもアゲハの声を……声をまだ僕、創ってなくて、ただアイデアはあって、恥ずかしいんですけど」

そのままタイムが黙りこんでしまったので、教師どころかあたかも恋人のように、「どんな？」

「あの……アゲハに似合う、いちばん綺麗な声ってどんなんだろうって、ずっと考えてて……僕のお母さんの声を、もちろん若くはないから若い人の声とは違うんですけど、うまく加工できたらって」

マザー・コンプレックス。子供だから仕方がないか。

「そのアイデア、素敵じゃないかしら」

「あ、あ……いま聞いているパセリさんの声も、綺麗だと思います。でも録りに行けないし、僕のお母さんの『お帰りなさい』って、最後のサイのところに独特な成分があって、サイって『やりなさい』とか『黙ってなさい』とかにもあるから命令っぽく響くこともあるんですけど、僕のお母さんのはすっと空気に溶けていくみたいで、ぜんぜん命令に聞えないんです。唇の開き方と舌の動きが、たぶん――」

やっぱり天才？

「タイムさん」と同年代に接するように呼びかけてみた。

「はい」とその声が引き締まる。

「せっかくの機会だから、個々のプロジェクトに対する私の立場をはっきりさせておきます。アゲハには力を尽くしたし結果にも期待しています。ＵＭＡについては、それが象だろうが虎だろうが、私はなにも聞かされていないので判断のしようがありません。三番目のプロジェクトについては、はっきりと反対です」

「ごめんなさい、三番目のそれ、僕は知らないんですけど」

「もしかして冗談だったのかしら？　だといいんだけど。このあいだのカウンセリングのとき、ＪＪから腹案を聞かされたの、あのへらへらした調子で。私たちには人間さえ創れたんだから、次はウィルスでも創出してみないかって。ネットを通じて感染する、伝染病」

40

　譜面の一葉が足りないことに気付いた中山文太は、講堂を飛び出し、音楽室からの道のりを逆に辿りはじめた。どこに落としたのだろう？　外に出るや、暖かだった楽屋との気温差に身震いしたが、上着を取りに戻っている余裕はなかった。本番まで、あと十五分。

　おおむね暗譜しているから、余程のこと緊張しないかぎり、露骨に間違った音は吹かない自信はある。しかし学校の備品なのだ。そのことを示すスタンプが捺された譜面が失せているというのが、大問題だった。「楽譜は命」が顧問の老教師の口癖だ。

　ジグザグに、コンクリートの地面や植込みを見回しながら、早足に歩んでいく。風に吹き飛ばされてしまったのか、それとも誰かに拾われてしまったのか……五線と音符が印刷された厚紙は、一向に見つからない。校舎に入って辺りを見回し、階段を上がり、とうとう音楽室の前まで戻ってしまった。

　音楽室は土足禁止、誰しもが入口でスリッパに履き替えねばならない。沓脱ぎに、制靴のローファーではないスニーカーが脱ぎ捨てられていた。進学したい中学、入りたいクラブを、文化祭の機に見学に来る小学生は少なくないが、それにしてはサイズが大きく思えたし、吹奏楽部を志願する子だったら、講堂で演奏開始を待っているはずだ。

ドアをそっと閉め、スリッパは履かず、足音を忍ばせて進む。リハーサルのままに椅子が並べられているだけで、人影はない。準備室のドア窓に顔を寄せてみた。たまにパート練習に使われるが、基本的には楽器や楽譜の保管庫である。

……最初、少女なのか少年なのか判然としなかった。黒い奇妙な帽子を被り、赤いヤッケを纏った人影が床に膝をつき、楽器のケースを撫でまわしていた。今年は使われていないユーフォニアムのケースだ。様子を窺うに、どうも開け方が分からなくて困っているらしい。

ヤッケのポケットから丸められた楽譜が覗いているのに気付いて、勢いよくドアを開いた。「お前、誰？　なにやってんの？」

「あ」とヤッケの人物が立ち上がった。その声から性別が分かった。

色白で特徴に乏しい、これといった表情も見当らない、幽霊じみた雰囲気の少年だった。

「どこの中学？　なにやってんだ」

少年は視線を彷徨《さまよ》わせながら、「ごめんなさい。ただ見……見……」

「見たかった？　ユーフォを？　自分の学校で見なよ」

「あの、僕、あの……」

「見学の小学生？」

かぶりを振る。

「中学？　で、そのポケットのさ、俺が今から使う譜面なんだけど」

「あ……あのこれ、外で拾って、本当は届けに来て」と少年は楽譜を取り出し、恭《うやうや》しく文太へとその向きを整えた。直後、うぐ、と咽を鳴らし、唐突に嘔吐《へど》しはじめた。空きっ腹にコーラでも飲んだだけと思しい、固形物の混じらぬ淡褐色の反吐が、楽譜の表面を伝ってカーペットに流れ落ちていく。

「お前」文太は後退りながら、額に手を当てた。「病気？」

少年は再び咽を鳴らしたが、今度は吐き出すのを堪え、懸命に唇を結んでいる。頬が膨らんでいく。

文太は吐息して、「飲み込むなよ、気持ち悪いから。もうそこに吐いちゃえよ。あとで掃除すればいいんだから」

ばしゃ、とまた楽譜の上に反吐が落ちる。

「馬鹿野郎、譜面に吐くな。お前、いったい誰なんだよ。妖怪じゃないだろうな」

「……違います」とかぶりを振りながら顔をあげる。嘔吐の苦しさにか恥ずかしさにか、既に頬を濡らしている。

文太は臭気に顔をしかめながら、「トイレに連れてってやるから、譜面、責任取って自分で洗えよな。で、窓にでも張って乾かしといてくれ」

「弁償します」

「学校の備品だからさ、そういうのは学校と交渉して。俺は暗譜してるからいいんだけど。あと掃除用具も渡すから床も拭《ふ》いときな」

「……はい」

「来な」

準備室を出る。少年は汚れた楽譜を手に、おとなしく付いて来た。

文太はローファーを履きながら、「伝染病とかじゃないだろうな」

「違います。ただ癖で――」

「吐き癖？　厄介な癖だな。学校に居られないじゃん。どこの中学？」

「一応……第三」

「公立の子か。何年？」

少年は答えなかった。

文太は彼の事情を察しはじめた。「まあその……俺が吐いたと思われたらやだからさ、先生に言い訳できるようにいちおう名前だけ教えといて」

「と……と……トマトイです」

「どういう字？　トマトって漢字、あったっけ」

「トマコマイのトマにドアの戸に、あと井戸の井です」

「トマコマイってどこだっけ」

「北海道。あの……苫しいって字に似てます」

「北海道出身？」

「無関係です」

トイレに入った。少年は手洗い場で顔を洗い、楽譜に水を流しはじめた。文太は掃除用具室からモップとバケツを取り出した。

「ユーフォ、吹けるのか」

文太の問いに、彼は黙ってかぶりを振った。

「吹きたい？」

「吹きたいというか、音が欲しくて」

「バンドに？」

彼はまたかぶりを振って、「音だけあれば、あとはパソコンで」

「ああ、DTMか」デスク・トップ・ミュージック。音楽を演《や》っていると称しつつ、パソコン上で既存の音源を組み合わせるだけ、楽器の演奏はできないという者は珍しくない。

「俺が吹いてやろうか？」

はっと少年の顔がこちらを向く。「吹けるんですか」

「簡単なフレーズなら。俺、トロンボーンだから」

そのとき文太の耳に微かに、遠雷のような響きが届いた。あ……と窓に近寄り、額を叩いた。打楽器隊の音だ。

「俺抜きで本番が始まっちゃったよ」

「ごめんなさい」と少年は呟き、また咽をうぐっと鳴らした。

「譜面には吐くな。準備室の床も掃除しとけよ、第三の、トマトイ」

彼が目の前の鏡に指で苦……と書くのを横目に、文太はトイレを飛び出した。

41

なんとなく母の様子が気になりはじめてパソコンの前を離れ、靴を履いて玄関のドアを開けるや、聖司は呆気にとられて立ち竦んだ。

庭にうっすらと雪が積もっていた。まだ十一月に入ったばかりである。

「現実か？」と自問する。

知らぬ間に事故にでも遭って昏睡していたか、あるいはタイムスリップが起きたのではなかろうか。ユーファントの映像を仕上げてからこちら、肉体的、精神的な疲弊から、すこし眠ってはすこし起き、少年時代に親しんだ懐かしい映像などを眺めながら酒を飲み、冷蔵庫の適当な物をつまんでまた眠り……という隠者のような生活をしていた。テレビもウェブのニュースサイトも見ていない。

　薄雪を踏み潰して母屋へと向かう。ところが玄関にも居間の窓にも、灯りが見当らない。耳を澄ませてみたが、雪が吸音してしまうからか、母屋からも近隣からも、物音一つとして聞えてこない。

　地上最後の人間になってしまったような、堪らなく不安な心地を抱えながら、門の外へと出た。ダウンジャケットを着込んだ人物が、そろそろと坂道を下りてくるのが見えた。人類はまだ滅びていなかった。

「刺塚の、聖司くんか」と先方から声をかけてきた。数軒先の家のあるじだと気付いた。聖司と同年代の娘がいて、子供の頃はよく庭先での花火に誘ってくれた。「もう冬が来た。異常気象だとさ」

　聖司は頭をさげ、「まだ十一月の――」

「六日。明治の記録を遥かに更新する早い初雪だと、さっきニュース速報でね」

　タイムスリップも起きていないようだ。

「お母さんは元気かい。お父さんが倒れられたと聞いたが」

「まだ病院です。母は、いまちょっとどこかに」

「聖司くんはどうしてる。うちは孫が生まれたよ」

「おめでとうございます。僕は……在宅で働いています」

「ははあ、インターネットでかい。最先端だ」

「まあ……はい、いくつかプロジェクトを抱えていて」

「さすがだ。うちのは一途《いちず》で優秀なんだと、お父さんがよく自慢なさっていた」

本当に感心されているのか嫌味を云われているのか、区別がつかない。

寸刻ののち、坂道を這い上がってきたヘッドライトが、ふたりを照らし上げた。

タクシーが停まる。聖司の母が降りてきた。

「ああ、お父さんのところに行ってた。聖司、寝てるみたいだったから。雪のせいでバスがなかなか来なくてね。まあまあ鈴木さん――」

ダウンジャケットに挨拶をしながら、両手に提げたスーパーのポリ袋の片方を聖司に差し出してきた。袋の口からブロッコリーが顔を覗かせている。その下には真空パックされたチーズが見えた。

なにか思い付いたようなタイミングで、自分たちが食べたい物を、同じ量だけ聖司のためにも買ってくる癖が母にはある。いつの間にか離れの玄関先に置いてある。母屋にとっては二人分の量、しかも聖司には調理が億劫な物が多いから、しばしば持て余して腐らせてしまう。

袋のずっしりした重さに、あちらの袋も同じ重さなら、うっかり父のぶんも買ってしまったのだなと思う。聖司は自分の住処へと戻った。

食料をキッチンに並べ、生鮮食品は冷蔵庫に収め、といった作業の合間にスマートフォンに触れてみると、笠原からの留守番録音が入っていた。

「寒いと思ったら、おい雪だぜ。また電話する」録音はそれだけだった。

コールバックしてみたが、出てこない。ポリ袋の底にはプラスティック・パックに詰められた蝗《いなご》の佃煮が入っていた。母は長野出身だ。物産展ででも見つけ、懐かしくて、つい息子のぶんも買ってしまったのだろう。食べたことはある。見た目にこだわらず口に入れてしまえば川蝦《かわえび》のようなもので、グロテスクだとは感じない。しかし――。

「こんなにいっぱい、どうやって食うんだよ。三食蝗？」

電話が鳴った。知らない番号からだったが、笠原が誰かに電話を借りているのだろう、彼ならそういうことをしかねないと思い、出た。「はい」

「もしもし、刺塚さんですか？」奇妙な訛りを含んだ、若い女の声だった。

「……はい」

「初めまして。私……アゲハです」

42

バーバリーらしきコートを着込んだ榊が、雪化粧した夜のロータリーに立っていた。

タクシーを停め、金を払う。寒気のなかへと踏み出した笠原は、白い息と共に開口一番、

「塩酸ってなんだよ」

「薬品」と榊も白い息を吐く。「理科の実験で使ったろ、葉脈標本とか」

「そんなことは分かってる。そんな暴力が罷《まか》り通ってる世界なのかと」

「俺は厳密には芸能界の人間じゃないが……むかし美空ひばりがファンの少女に浴びせられたんだよな。俺たちが生まれるまえの話だ」

「犯人は？」

「だからファンの少女」

「誰が美空ひばりの話をしてる。今回のだ」

榊はかぶりを振って、「麗玲《リーリン》は、姿は見ていないと云い張っている。誰かを庇っている気配がある」

笠原はポケットからショートピースの箱を取り出した。

「敷地内は禁煙だ」

「屋外が禁煙だってのは解せない。お天道様が決めたのか」と笠原は構わず火を点け、「アゲハへの抜擢《ばってき》を自慢でもして、仲間から嫉妬されたかな」

「楽屋でのことだし、侵入者が潜んでいたというより内部の者……の可能性は高い。ただ

再デビューの予定は台湾の家族以外には話していないと、麗玲は云ってる。マネージャーも守秘してきたと云う」

笠原は紫煙混じりの吐息をついて、さらに舌打ちをし、「ちんけなアイドルユニットの内輪で……何人いるんだっけ」

「四十七人」

「また多いな」

「所属事務所はばらばらの寄合所帯で、普段は事務所ごとに分かれて活動するんだ。全員が揃うことは滅多にない」

「あ、赤穂浪士か」

「塩飴を売るためのユニットだから、まあそこに引っ掛けてある。まさにちんけなユニットだからこそ、全員がその立場から抜け出したい――揚羽蝶《あげはちょう》になって羽搏《はばた》きたい」

「なんだ、その安っぽいレトリックは。ただの短絡的な犯罪じゃないか」

「もちろん犯人に肩入れする気なんかない。そして寒い。とりあえず中に入ろう」

笠原は頷き、煙草を携帯灰皿に突っ込んだ。並んで入院棟の夜間出入口へと向かう。

榊が肩を寄せてきた。「ちょっと推理してみた。ウェブ上のアゲハにはもう誰でもアクセスできる。口コミを模した仕込みのお蔭もあって、もう十万アクセスを超えた」

「たった三日で？　いったいどんな噂を流した」

「実写の加工ではなくオールCGらしいと、ただそれだけだよ。ゲームとしてのアゲハをクリアしたという声はまだ無い。難易度が高すぎる様子だったらヒントを流す。アゲハの実体化計画は頓挫《とんざ》だが、折角のヒッキーズの傑作だ。せめて世の中に楽しんでもらおう」

「頓挫か」

「麗玲は台湾に帰る」

「ほかの人材では？」

「事件はもう新聞社に洩れてる。犯人の動機を察する記者もいるだろう。ここで別の芸人アゲハが現れたら、売出しのからくりを見抜かれ、それが犯罪を引き起こしたとして叩かれかねない。アゲハは当面CGに留めるべしと……親会社から通達が来た。俺にはもう身動きがとれない」

棟内に足を踏み入れる。寒暖差によって笠原のサングラスは曇った。受付係は椅子にふんぞり返って居眠りをしていた。

「不気味の谷の先は榊のアイデアだし、俺はもともとそれで稼げるなんて思ってなかったから、頓挫は頓挫で構わないけどな、次のプランも、その次の本来のプランもあるし」

榊は眉根を寄せた。「ユーファントに関しては俺個人で、いわばサイドビジネスとして動いてきただけだから、この事件はなんら影響しない。罪のない、愉快な嘘の範囲だとも思う。ただな、丈吉、病気を創出するっていう計画にはさすがに——」

「パセちゃんの反応もネガティヴだったな。セージやタイムも彼女に同調するだろう。構わんよ、しょせんロックスミスとジェリーフィッシュさえいればいいんだ」

榊はベンチに腰をおろして、「あの天才たちなら実際にやらかしかねん。だからこそ、よくよく考えて行動してくれ。丈吉、そのマッチポンプは正真正銘の犯罪だぞ」

笠原はやや後退り、薄ら笑いの口許から、「犯罪上等。榊、俺には金が要る」

「分かってるよ。この話はそのうちゆっくりと。で、さっき話しかけていた推理の続きだ。アゲハにアクセスした十万人のなかに、もしソルトキャンディ47のメンバーがいたとしたら、どう感じただろう」

「知るか」

「想像してみろ」

「……なるほどね」笠原の顔から笑みが消える。「これはＣＧじゃない。王麗玲の実写だ」

「そう」と榊は笠原を指差し、「そこが俺たちの盲点だった。彼女はすでに抜け駆けの再デビューを果たしたと、仲間たちに誤解されたんだよ。アゲハは麗玲に似すぎていたし、動きが自然すぎた。皮肉な形においてではあるが、ヒッキーズとジェリーフィッシュが不気味の谷を越えたことが、これで立証された……と俺は考える。ぜんぜん喜べないけどな」

「ウェブサイト、閉鎖したほうがよくないか？　アゲハには台湾からだってアクセスできるだろう。また似たような事件が起きたらどうする」

「もう起きない」

榊のきっぱりとした口調から、笠原は事態の深刻さを悟った。「そんなにひどいのか」

「皮膚の爛《ただ》れは、化粧をすれば目立たない程度にまでは回復するらしい。ただ眼がね……片方はもう駄目かもしれない。サイトを閉鎖しないでくれというのは、麗玲の希望でもある。自分がかつて一瞬でも、アゲハであった証明として」

エレヴェータのドアが開いて、ふたりと同年輩の男が飛び出してきた。青ざめた形相で、

「榊さん！」

榊は立ち上がり、「麗玲に、なにか？」

「この方は？」と笠原を見ている。背が低く、服装も冴えないが、実直そうな貌立ちの男である。

「ヒッキーズを仕切っている、アゲハを発案した笠原です。丈吉、麗玲のマネージャーの枕崎さんだ」

「よろしく」と笠原。「もうご縁はなさそうですが」

「じゃあ内密のお話も――」

「大丈夫ですよ」榊が頷く。

「麗玲は眠っています。ヒッキーズのセージさんとお話ができて、満足した様子で」

「あいつの電話番号、麗玲に教えたのか」と笠原が驚く。「セージにお前から事情を説明するために、訊いてきたんだと思ってた」

「目的を云わなかったことは謝る。でも彼女が、自分に夢をみさせてくれた感謝を、ヒッキーズの誰かに一言でも伝えたい……断れるか。それより枕崎さん、なにか」

「さっき警察から連絡がございました。麗玲に塩酸をかけた犯人が、身柄の保護を条件に自首してきました」

「誰」と榊が尋ね、

「誰だ」笠原が重ねて尋ねる。

「……うちのタレントでした。ソルトキャンディ47の、いちばん末っ子の中学生です。ほかのメンバーたちから強要され、嫌々やった、罎の中身が劇薬とは知らなかった、と」

笠原と榊は顔を見合わせた。

「お前んとこの本社は正しかった。君子危うきに――」云いきらぬうち、笠原は突然、ばたりと後ざまに転倒した。

……花梨の声が聞える。「再発したグリオブラストーマに、これといった治療法はまだ発見されていないんです」

その通り！

笠原は覚醒しながら、自分が見知らぬベッドに寝かされていることや、上着もシャツもズボンも脱がされた下着姿でいることなどを、順次理解していった。

瞼は開くか？　開く。起きられるか？

「無理をしないで」と、花梨の気配がベッドに近寄ってきた。

「起きたいから起きるんだよ。じっと寝てるほうが大変だ。なにが起きた？」

「癲癇《てんかん》発作と、転倒による脳震盪《のうしんとう》」

「じゃあ、どうってことない」笠原は身を起こし、狭く薄ぼんやりとした視界に、化粧っ気のない花梨の顔を認めた。「榊が呼んだのか」

「はい。メールで」

「余計なことを。間違っても、俺が気を失っているあいだに手術なんかするなよ。次はどの機能が欠けるか分からない」

「もちろん分かっています」

「人は誰でも必ず死ぬんだ。寿命のためにじたばたするゾンビにはなりたくない」

「分かってますって」と鼻声になりはじめた花梨に、

「最近は店に顔を出してるの」と、ことさら優しく応じる。

「はい、平均すると週に二回くらい」

「そんなんで雇い続けてくれるなんて、人の好いママさんだな。君のこと、よっぽど気に入ってるんだな」

「笠原さんが事情をきちんと説明してくれたお蔭で……感謝しています」

「ヒキコモリの支援が俺の仕事だから。無理やり学校や職場に連れ戻されただけで、吐く奴だって昏倒《こんとう》する奴だっているんだ。俺のズボンは？　眼鏡は無事？」

病室には、当直だったのであろう若い医師の姿もあった。笠原の病状を的確に診断できる医師ではないらしく、「大丈夫なんですか」「本当に？」などと花梨に問いつつ、衣類や眼鏡の入ったプラスティック籠をベッドサイドに運んできた。

笠原は立ち上がり、ズボンを穿きながら、「大丈夫っていう状態が人間にあるんですか？」

医師は答えなかった。

病室の外のソファには、榊と、無精髭だらけの聖司が坐っていた。

立ち上がったふたりに、笠原は唇を歪めて、「勢揃いだな。俺が死ぬとでも期待したか」

「気が動転してたんだよ」と榊。「とりあえず連絡のつく、花梨さんと刺塚くんに連絡した。杞憂に終わってなにより」

笠原は聖司に向かって、「ちょっと癲癇の気があるんだよ。ただそれだけ」

「そうなんだ……ほっとしました」と彼は表情を弛め、それから花梨を眩しげに見つめて、

「マルメロさん、本当にお医者さんだったんですね。この病院の？」

「いいえ。免許はありますが、今はどこにも勤務していません。かつて笠原さんの主治医だったというだけの、基本、ヒキコモリです」

「あーあ、ばらしちゃった。いいのか？」

「いいんです。もう私は病院の人間じゃない」

「じゃあ、今は笠原さんのクライアント？　ぜんぶ本当だったんだ。酒場の女っていうのも？」

「銀座のアドラーというお店で働いています」

「榊、セージにあんまり余計なことを話してないだろうな」という笠原の問いに、

「例えば？」と榊は笑った。「お前が好きだった小栗さんのこととか？」

「誰ですか、それ」と花梨が敏感に反応する。

「高校の同級生だよ。本当はそんなに好きでもなかった」

「いま榊さんははっきり『好きだった』と仰有いましたが」

「きっと優等生コンプレックスだね。田圃と畑に囲まれた田舎の高校から、なんとハーヴァードに進んだんだよ。そんなことよりセージ、どうせ榊から聞いているんだろう、アゲハになる予定だった女性がこの病院にいるんだが」

聖司は頷き、「じつは最初からそういうプランだったと、ロックスミスに教えられまし

た」

「いやいや、最初は行き当りばったりだった。俺たちのなかでアゲハがそう成長したんだ。彼女に会ってみるかい？　三十路のヒッキーがアイドルとご対面の巻」

「会いません」聖司はきっぱりと答えた。「電話で話しました。自分がアゲハになる予定だったことも、たぶんそのせいで台湾に帰らざるをえなくなったことも、僕らへの感謝も、冷静に――本当は冷静じゃなかったのかもしれないけど――静かに話してくれました。ウェブ上のアゲハこそ自分だと思い続けてほしいとも。だから、会いませんよ」

笠原は微笑し、「それがいいな。俺も会わないことにしよう。どうせウェブで会えるんだ」

「俺たち、彼女を不幸にして……ませんよね」

「したよ」

笠原の即答に、聖司は瞠目した。

「人は誰でも他人を苦しめ、不幸にする、たとえその気がなくともね。誰かの役に立たねばならない、周囲を幸福にせねばならないなんてさ、考えないことだ。もしそんなことが実現できていると感じたなら、それは思い上がりってもんだ」話している笠原の視線は、ちらちら、花梨へと向かっている。

聖司のポケットの中でチャイコフスキーの〈花のワルツ〉が鳴りはじめた。

「ロックスミスか？」

「いえ、これはデフォルトの──」と云いながら彼は表示を確認して、「おふくろからだ。

ここ、通話──」

「最近の電話は大丈夫です」と花梨が教える。「精密機器も進歩していますし」

「すみません、ちょっと出ます」聖司は電話を耳にあてた。「俺……いま病院……ううん、別の。親父になにか」

彼は笠原たちに背を向けた。やがて肩が小刻みに震えはじめた。

「分かった……うん、分かった。すぐに行く」

通話を終えて振り返ったその頬は、涙に濡れていた。

「マルメロさん、親父が目を覚ましたそうです」

43

母がドアをノックして云う。「洋佑。に電話なんだけど」

洋佑はドアに近付き、「誰から？」

「中山さんっていう……お友達？」

「知らない」といったん返事したが、直後に、「知ってるかも」

てる。

ドアを薄く開くと、母はその隙間から電話の子機を突き出してきた。受け取り、耳にあてる。

「苫戸井？　もしもし、苫戸井くん？」聞き覚えのある声だった。

「……星城学院の？」

「そう、吹奏楽部の中山文太。あのとき俺、名乗らなかったよな。文太っていうんだ。ユーフォニアムの音、まだ要る？」

「なんでうちの電話が分かったんですか」

「第三に電話したら簡単に教えてくれたよ、楽譜を弁償してもらいたいって。でもわりと綺麗になってたから――音楽室の窓に張っといてくれたんだな――気にすんな。げろのかかった楽譜だなんて誰も気付かないから。弁償って、あくまで電話番号を訊くための口実だから。床も綺麗になってた。明日だったら合奏がないから、抜け出して吹いてやれるけど？　何音か録音するだけなんだろ？　ピッチはパソコンで変えられるんだろ？」

「いいんですか？」

「そのくらいべつにいいよ、たいした手間じゃないし。あんまり遠くに来いって云われたら困るけど。でもこの電話番号からしたら学校の近所だよな。レコーダーはあるの？」

「あります」

母が照れながら何度も繰り返してくれた「お帰りなさい」を、洋佑は彼女が職場から借りてきてくれたICレコーダーで録った。そのうちの発語が明瞭なテイクをパソコンに取り込んで、ノイズを取り、イコライジングし……しかしなかなかこれという声質にならず苦心惨憺《さんたん》している最中、見知らぬアドレスからメールが来たのである。

〈その辺でいいよ。あとはこっちでやる。Rosemary〉

翌日、同じアドレスからURLだけのメールが届いていた。クリックするとブラウザに緑色のワンピースを着たアゲハが現れた。洋佑が打ち込んだ「ただいま」に反応して、ちゃんと「お帰りなさい」と云ってくれた。

洋佑の耳には母の声そのままにしか聞えず気恥ずかしかったが、ローズマリーがこれでいいと判断したのだから、きっと生身の母を知らない人々に違和感はないのだろう。

ほかにパソコンのどこら辺を覗かれているのかが気になり、あちこちのフォルダを開いてみた。幾つかのアイコンが変化していたが、ファイルの内容をいじられているふうではなかった。レコーダーはまだ借りっぱなしになっている。

「なんでそこまでしてくれるの」文太に対し、洋佑は率直に尋ねた。

「なんでって……久々にユーフォを吹きたいしさ、君、なんか面白いし」というのがその返答だった。「学校のユーフォ提げてくよ。どこに行けばいい？　自宅？」

「それは、ちょっと近所が」

「じゃあどこ」

「……安芸乃《あきの》神社、分かりますか」

「分かるよ、通学路のすぐ傍だから。じゃあ社《やしろ》のあたりに、明日、五時でいい？」

「はい」

「どんな曲に使うの」

「曲じゃなくて、象の啼き声を創りたいんです」

けたけたと文太は笑った。「君、本当に変な奴だな」

44

象の啼き声？　なんとなくドアの前から離れられずにいた苫戸井百合子《ゆりこ》は、漏れ聞えてきた息子の声に胸騒ぎを覚えた。

せんじつ笠原が口にした言葉が脳裡をよぎる。不思議の国のアリス症候群——視覚に異常はないのに、視野の遠近感や物の大小が出鱈目《でたらめ》に感じられたり、存在しない物が見えたりその逆だったりの奇病。

「ルイス・キャロル自身がそうだったという説もあるそうです」自室に入っていった本人に聞えぬよう、小声で彼は云った。「だとしても彼は学者でしたから、ちょっと変わった人ということで通用したんでしょうね」

ドアをノックした。「洋佑」

やがて息子が顔を出し、「電話使う？　もう切るから」

「いいの。お母さん、ちょっと……コンビニに行ってくるね」

「分かった」

「欲しい物ある？」

「べつに。あ、サンドイッチかなにか」

「分かった」

ダイニングの椅子に掛けてあったパーカを羽織り、濡れてしまったスニーカーの代わりにレインブーツを履いて外に出た。雪は止んでいるものの、街灯に照らされた町並みは白々としている。階段を下りながらポケットから出した携帯電話を開く。

「……はい」と笠原は疲れ果てたような声で応じてきた。そのうえ背後ががやがやと騒がしい。

「お取込み中ですか。明日にいたしましょうか」

「いえいえ、大丈夫ですよ。なにか」

「洋佑なんですけど――」象が見えているか、その啼き声が聞えているようだと話した。

笠原は笑いを含んだ声で、「そう本人が？」

母子共々に莫迦にされているようにも感じたが、感情を抑えて、「私に云ったわけではありません。お友達との電話で」

「ほう、友達と電話するように。あ、女性かな？」

「いいえ、中山くんという男の子がかけてきまして。やっぱりヒキコモリの子なんでしょうか」

「中山……心当たりはないですね。でも、いい傾向だ。そのうち私は要らなくなるかも」

「先日、不思議の国のアリス症候群だとか――」

「あれは類例として挙げたもので……ちょっと待ってください、さいわいここに専門医がいます。相談してこちらからかけ直します。二、三十分、お待ちください。ちなみに象は見えていないと思いますよ。私が象にまつわる遊びを提案したんです」

　相変わらず奇態なことばかり云う人物だが、息子に対して親身な存在であるのは間違いない。今のところ、彼を信じてみるほかない。自動車のタイヤ跡を踏んでコンビニエンス店に向かう。店内に入ると同時に電話が鳴った。戸外に戻った。ディスプレイの表示は「笠原」だったが、女が出てきた。今度の背景は静かだ。

「笠原さんの主治医の節丸《せつまる》と申します」と、おっとりした口調で名乗った。

「主治医？」驚いて問い返した。「笠原さんはご病気なんですか」

「元、主治医です」と女は訂正した。「息子さんに観察される、お父さまを認識できない現象について、ざっと説明を受けました。いつも見えていないご様子なんですか」

「いえ、あの……離婚をしておりまして、成長してから対面したのは、先日が初めてです。むかしあった問題は乗り越えたということで復縁を求められていたんですが、もう来ないと思います。自分が息子の視界に入っていないことに、そうとうショックを受けたようで」

「息子さんの視力は健常ですか」

「近視気味ですが、矯正の必要はない程度です。0・8と0・7だったと思います」

「お父さまのお声も、聞えていないご様子でしたか」

「小さく息子の名前を呟いただけなので、本当に聞えていないのか聞き漏らしただけなのかは、ちょっと——」

「笠原さんの観察によれば、再生されていない音楽が聞えたりもしておられるようで」

百合子は大きく吐息して、「本当ですか」

「長期に亘って観察してみないことには結論できませんが、恒常的な幻覚症状に見舞われてこられた可能性がありますね。感情の起伏についてお尋ねします。急に別人のように激したりなさることは？」

「ありません。昔からとても温和しい子です。厭なことを云われても、怒るより背負いこむタイプです。その、過度に優しいというか——」

「分かりました。いわゆる夢遊病の気は？　眠っていたはずなのに不意に起き上がってきて、たとえば冷蔵庫を開かれたり」

「ありません。ありません」

「お母さんとすれ違って、気付かれないといったことは？　あるいは似た服装の方を、お母さんと勘違いなさったり」

「ないと思います」

「笠原さんから、かなり知能の高いお子さまだと伺いました」

「はい、親の欲目かもしれませんけど、大人びているというか、賢いほうだと感じます。成績も良かったんです。学校に通えない理由は、あの――」

「ええ、失礼ながら笠原さんに確認させていただきました。突発的な嘔吐症状があるとか。室内にたくさんの虫がいるなどと云って騒がれたことは？　そんなはずなどないのに」

「一度もありません」

「なるほど。即断はできませんが、いわゆる失認や痴呆、統合失調症、そして不思議の国のアリス症候群でもないようです。たいへん重要なことをお伺いします。事故などで頭を強く打たれたご経験はおありでしょうか」

百合子の呼吸はしばし止まった。大きく息を吸ったのち、「ごく幼い頃に」

「何歳くらいですか」

「二歳でした」

「頭のどの角度を？」

「元の夫に……酔った状態の彼に玄関に放り投げられて、後ろ頭を挫傷しました。でも快復をして、お医者さんからは奇跡だと」

「十……二年前？」

「そうなります」

「だとカルテは残っていませんね。改めてＭＲＩ検査を受けられることをお勧めします。信頼できるクリニックをご紹介できます。費用はさしてかかりません」

百合子は勇気をもって訊いた。「治りますか、息子は」

女の息遣いが伝わってきた。言葉に迷っている。「……脳障碍の根治は困難です。でも周囲が彼を適切に理解できれば、世の中との折合いはつきます。素晴しい芸術家にそういう方は少なくありません。欠損を持った子を抱えてしまったとは思わず、特別なお子さまだとお考えください。いま私に申し上げられるのはそれだけです。更に気付いたことがあれば、笠原さんにお伝えしておきます」

女の声音は柔らかかったが、医師然とした自信も感じさせた。意味の分からない文言はあったものの、最悪の事態ではないと告げられたらしい。

通話を切った百合子は、携帯電話をポケットに戻し、すっかり冷たくなってしまった両手をさすり合わせた。

最悪の事態ではない。それから店内に入り、たいして読みたくもないミステリ小説と、洋佑のためのハム・サンドイッチを買った。

45

通話のために笠原だけを先に店内へと送った花梨が、最前のやり取りを反芻しながらゆるゆると踊り場から上がっていくと、ちょうどママさんが常連たちと共にエレヴェータに乗り込んでいくところにぶつかった。いちいちタクシー乗り場まで送っていくのである。「花梨ちゃーん、いたんだ」「またねー」「普段着も可愛いよ」と、ネクタイを緩めた壮年たちがこちらに手を振る。今夜は客であるところの花梨だが、それでも商売向けの笑顔で彼らを見送る。

ママさんが無礼な客を巧みに追い払うので、長らく常連として居残っている人々は、なべて紳士的だ。社会的地位が高いがゆえに物腰が穏やかで、金払いがいい。平均的な請求額にも「そんなはずはない」と多めの金を置いていく。

貧困なる画家たち、詩人たちも、店内で喧嘩をしないかぎりは追い払われない。ママさんは画家には絵を、詩人には詩集を請求し、本当に持ってきてからは居酒屋なみの料金で酒を飲ませる。

勤めていた病院の元の院長が、この店に花梨を連れてくるのを好んでいた。目的が店を出たあとにあるのは分かっていたが、立場上、その手前までは断りにくい。特別病棟の著名人たちについて、嬉々《きき》として大声で語る。さいわい酒に弱い人物で、一、二時間もすると呂律が回らなくなり、ママさんから勘定書を手渡される。節丸さんは誰某《だれそれ》さんと同じ方向だからと、彼女は頑《かたくな》に花梨を彼と同じタクシーには乗せなかった。

そういったことの重なりが逆恨みを呼んでしまったのだと思う。もっぱら治療困難な患者ばかりを押し付けられるようになった。ほかのベテラン医師だったら救えたのではないかという患者の顔を、幾つも思い出せる。こんな小娘に……と自分を罵る家族の顔が、その周囲にある。

花梨が院長と関係を結ぼうがそうするまいが、患者の命はゲームの駒であり続ける。手足の痺《しび》れや頻発する目眩から、欠勤日が出勤日を上回りつつあった彼女が、最後に告知をおこなった相手が竺原である。

「現在のところ、再発したグリオブラストーマに治療法はありません」

彼は詳しい説明を求めた。まるで他人事《ひとごと》を面白がっているかのように、質問を重ねてきた。

彼の表情を観察しながら、花梨はなるべく率直に答えた。大脳に発生して周囲に染み込むように広がっていく、最悪の脳腫瘍。五年生存率は約十パーセントと云われているが、笠原の場合、再発後の進行がなぜか遅い。老齢者に多い突発性《デ・ノヴォ》タイプの膠芽腫《こうがしゅ》ではなく、進行グレードの低いセカンダリー・タイプである可能性がある。

「死神が貴方でよかった」と笠原は笑った。

告知には段階がある。病名を告げないほうがいい患者や家族もいるし、早めに余命を報せるべき患者もいる。相手の年齢、気質、社会的地位、教養、宗教……様々な要素を勘案して言葉を選択せねばならない。花梨がその医師としての日々に於いて、最も詳細な告知をおこなった患者が笠原だった。誤診はなかったとの確信はあるが、彼もまた病院によるゲームの駒だったことは否めない。

因果応報とでも云うべきか、当時の院長は脳梗塞で倒れ、今や息子に経営権の移った病院の特別病棟に居ると、花梨の立場に同情的だった元同僚からのメールで知った。さぞや居心地がいいことだろう。

店内では朱里《じゅり》がさっきの常連たちの後片付けをしていた。歳は花梨よりだいぶ若いものの、連日出勤するので店での立場は上司にあたる。ところが店が閉まると、途端に花梨の妹分としてふるまいはじめる。ママさんの入れ知恵があったのかもしれないが、彼女のそういったところをじつに賢いと感じる。

「お帰りなさい」

「手伝いましょうか」

「いいのいいの、今日の花梨さんはお客さんだから」

客はカウンターの竺原だけとなっていた。その手元にウィスキーのグラスを認めて、眉をひそめ、「せめてビール一杯だけと伺ったような気がします」

「ビールは一杯だけ。約束は守っているような気がするが」

「呆れ果てました。病院から出てきた早々」

「えっ、竺原さん、入院してたの」と朱里。

「してないよ。見舞に行ってただけ」

「なんだ、もう」と、朱里は幼女のような笑みを覗かせた。「心配しちゃったじゃん。身体には気をつけてね。竺原さんが病気になったら花梨さんが泣くよ」

花梨ははっと彼女を見返した。ぺろりと赤い舌を出している。喋りすぎました、という彼女の合図だ。元院長に連れられて来ていた頃を彼女は知らない。すなわち前職も知らない。ママさんはそういったことを迂闊《うかつ》に洩らす人ではない。口が堅いからこそ政治家でさえこの店に集う。たんに竺原への視線の意味するところを見抜かれていただけのようだ。

「タイムは、どうなんだろう」

「朱里ちゃん、向こうに移るね」

「はーい」

竺原の飲み物と灰皿を、空いたテーブル席へと移動させる。席を移った彼の隣に坐り、小声で、「幼少期に後頭葉を損傷しているみたい」

「ああ、父親に頭を怪我させられたとは聞いた」

「仮説はあるんですけど」

「なぜ父親が見えないかの？」

「ええ。彼——タイムくん、眼の動きがちょっと変だったりしませんか。あるいは頭の動き。こちらと話しているのにそっぽを向いているようだったり、不要に上目遣いだったり……」

笠原は煙草に火を点け、「うん、云われてみれば、いつも余所見をしているような感じだな」

「そういう患者が、一人だけいました」

「どんな人」

花梨は笠原の顔を直視した。「たぶん視界の一部が欠けているの。眼球が不全なのではなく、脳が、眼球が捉えている視界全体を処理できていない」

「同じ症状？」と笠原が微笑を近付ける。「じゃあ俺にも特定の人が見えてないのかな、鬱陶しいクライアントの親とか」

「笠原さんは大人になってからの手術の結果だから、欠けを欠けとして認識します。でも彼が後頭葉を損傷したのは二歳。五感が成熟していく段階で、感知できない部分を、たとえば小脳などが補ってきた可能性があります。見たくない物に無意識に視界の欠損部分を合わせて、あとは想像が補完する。見えているはずの背景とかですね。するとそこに立っている人は消えてしまう。逆に、見たい存在をそこに見ることも、たぶんできます」

「再生されてない音楽が聞えるのは?」

「一言で云えば、脳の過剰サーヴィス。聞えていないと現実との矛盾が生じる音声を、脳が『聞えていた』として処理する。あくまで仮説ですけど」

「一種の天才じゃないか」

「そうかも」

「天才じゃあ金にならないな」と笠原は、別れを告げるかのように片手を振った。「病気なら、いくらでも金を引き出せたのに。あ、そうだ。これ、どう思う?」

笠原は鞄からタブレット端末を取り出し、メールの画像を彼女に見せた。白、黒、ピンク、ペパーミントグリーン……胸の部分に象のイラストが描かれた色とりどりのTシャツが、重なり合って写っている。

「どうって……差出人の、このお亀って?」

「田舎の同級生だよ。一グロスも作ったって。こういうの売ってたら、買う?」

花梨はかぶりを振った。「私だったら買いません。持っている服に合わないから」

「だよな。しかも堂々と牙を生やして、まるでアフリカ象だ。自分で描いたのかな? 牙は退化しているって設定にしようとしてたのに」

「今度はなにを始めたんですか」

笠原はその質問には答えず、「まあ、こういうほうが夢があっていいか」

46

中山文太は、洋佑の視界に不意に現れた。見るからにユーフォニアムのケースと分かる、黒い物体を携えていた。「よう。ここで吹けばいいの？」

「はい」と洋佑はポケットからICレコーダーを取り出して、彼に見せた。

先日とは一転、夕暮れ空には高々と刷毛《はけ》で掃いたような雲が浮かんでいるだけで、足許の草もすっかり乾いている。

「どこがいいかな」

「この裏に階段があるから、そこがいいかも」

「それ何？」と、片手に提げたヴィニル袋を指差された。

「あの、お礼というかギャラというか、焼きとんです。ガツとかハツとか」

「あ、あの店か、鮨屋の並びの」

「そう」

「いっぺん食ってみたかったんだよ」

「さきに食べたほうがいいかも。温かいうちに」

ふたりは社の裏手へと向かった。

「焼きとんは嬉しいけど、これからは気ぃ遣わなくていいから。吹いてくれとかさ、それだけでいいから。会いづらくなっちゃうじゃないか」

洋佑は感電したような心地で文太を見返した。「でも僕……変な奴なんでしょう？」

「誉めたんだよ。気にしてたか。悪かったね」

「いいんです、僕は変だから」文太の横顔を見ながら、勇気をもってこう発した。「学校にも行ってないし」

彼は破顔し、「そうだと思ってた。行きたくないなら行かなきゃいいじゃん。俺だって吹奏楽部がなかったら行ってねえよ。授業なんて馬鹿馬鹿しくってさ。伯父さんが作家なんだよ。お前らは百年くらいまえの知識を詰め込まれてるって嘆いてた。楽器は吹かないの？」

「管楽器はぜんぜん。エレキベースだったら持ってます」

「お」

社の裏手に着いた。乾いた階段に文太は楽器のケースを横たえ、自分もその隣に坐った。洋佑も一段下に腰をおろした。

「アンプは？」

「まだ持ってないんです。パソコンを通じて鳴らしてます」

「まあ俺のアンプも玩具みたいなもんだけどな。もちろんエレキも持ってるよ。いちおうフェンダー」

「え、わ、凄い」

「日本製だけどな」

「でも凄い」

「伯父さんが、日本製のほうが造りがいいんだって云ってた。ほんとかどうかは分からないけど。じゃああとドラムがいたらバンドできるじゃん」

バンド……バンド？　と呟きながら、洋佑はヴィニル袋の中身を開いた。

「おお、でけえ」と文太は喜んだ。遠慮なくガツの串を摑んで齧《かじ》りつく。「うわ、なんだこれ」

「不味《まず》いですか」

「うめえ！　あとお前、そのデスマスやめろ。喋りにくいや」

「分かりま……分かった」

「ベース、ちゃんと弾けるんだろうな。俺、悪いけどトロンボーンよりエレキのほうが得意だぜ？」

「弾けま……弾けるよ」

「例えば？」

「ビートルズの〈タックスマン〉とか」

「やば。俺のほうが下手かも」

「エレキギター持ってるのに、なんで吹奏楽部に入ったの」

「音楽だったらなんでもよかったんだよ。これも伯父さんが云ってたんだけど、歌ってさ、だんだん言葉が消えちゃうじゃないか。英語だったら最初っから頭に入ってこないし、歌の無い音楽だったら音しかないだろ。俺さ、言葉が嫌いなんだよ。だから言葉の無い世界にすこしでも身を置いときたいわけ。ピカソの絵とか見て、これはナントカ主義のナントカでとか、莫迦だと思わね？　ただの乾いた絵具じゃん。見てたいか、見たくないかだけじゃん」

「レバーは好き？」

「聞いてんのかよ」

「聞いてた」

「でも言葉が無かったらときどき不便だよな。レバー好き？　とか、ユーフォ吹いてみる？　とか、なかなか表現できないもんな。こんなふうにしてても伝わらないもんな」文太は両手でユーフォニアムのケースを指し示しながら、身をくねらせた。

「……吹いていいの」

「音が出るかな？」文太は両手の指をぺろぺろと舐め、制服のズボンで拭いてから、ケースの留金を外した。開かれた蓋の下には、滑らかな曲線に満ちた黄金色の楽器が鎮座していた。

47

「どうしてそんなに明るくしていられるんですか」とつい尋ね、失言したと思った。

まったく他意はなかった。笑顔を絶やさずお互いを気遣い合っている葵と鬼塚のさまが眩しく、不思議にさえ感じて、脳裡に泛んだ疑問をそのまま発してしまったのだ。侮蔑の弁と捉えられたらどうしようとどぎまぎしながら、芹香はアイス・カフェオレのグラスに視線を落とした。

「べつに明るいっていう意識もないんだけど、陰気な顔してても、俺も周りも得しないしなあ」

鬼塚のおっとりとした返答に、ほっとして顔を上げる。

「芹香ちゃんだって十二分に明るいじゃない」と葵。

「え、どこが」

「喜久井さんへのあれ、暗い人の行動とは思えないよ」と彼女はずいぶん嬉しそうだ。

芹香は呼吸を深くして、「もう云わないでください。なんであんなこと出来たんだか」

「結果的には、でも、良かったね」

「……はい」とまた小さくなった。

――葵からメールで、遠縁だというステンドグラス作家の個展に誘われた。〈芹香ちゃん、ぜったい好きだと思う〉という確信に満ちた文面に、却って心がそわついた。特別なことが起きようとしているとの強い予感があったが、吉凶いずれかは察しえなかった。

葵の親戚だというところに懸念をおぼえた。面白くなさそうな顔をしていたら、最悪、喧嘩別れのような事態に至ってしまうかもしれない。

ずるずると返事を出さずにいたところ、待合せの日時を指定したメールが届いた。〈絶対に好きだから〉と念押ししてあった。いぜん葵たちと会ったとき、ブリューゲルやボッスの対極の存在として、モンドリアンの話題に至った。抽象画には苦手意識のある芹香だが、さすがにモンドリアンは分かる。辛うじて話に付いていけた。あの頑張りから、ステンドグラスも好きだろうという類推が生じたのかもしれない――。

当日、帽子を深々と被ってたいそう早めに出掛けた。電車に乗る気がしなかったからだ。そして二駅ぶん歩いた。鬼塚の大きな背中は、駅前の広場で燦然《さんぜん》としていた。その向こうに葵の美しい顔が覗いた。

　ギャラリーは地元の者でも見逃しそうな路地の果ての、地下にあった。屋内は暗く、足許を照らしてくれるのは作品の内部に仕込まれた照明のみだった。芹香が想像していた、色硝子を組み合わせただけのステンドグラスとはずいぶん趣が異なっていた。色硝子の組合せには違いないのだが、個々の硝子にも陰影が精緻に描かれ、それによって人物の表情や、花鳥風月や、抽象形が表現されていた。

　青い衣を頭からすっぽりと被った、物憂げな女性像の前で、足が動かなくなった。聖母像……だろうか？　西洋の女性であることは間違いない。淡いオレンジ色の硝子に描きこまれた、ふっくらとした瞼、真っ直ぐな鼻梁《びりょう》、そして固く結ばれた唇。

「ね、ね、芹香ちゃんにそっくりだよね」と後ろにやって来た葵が云い、

「ああ、本当だ」と鬼塚も賛同した。

「絵葉書になってるの。それが送られてきたの。で、ぜったい見せなきゃと思って」

　第三者も似ていると感じるのか。誇らしいような、照れ臭いような、なんとも云えない気持ちを誤摩化す心算で、

「これ、アクリルとかで色を付けてるんでしょうか」と発すると、

「作者に質問するといいよ」と、葵は足早に入口へと戻っていった。

「気に入った？」と鬼塚が呟くように問う。チェロの低音のようなその響きは、いつも芹香の耳に心地好い。

「鬼塚さん、私……」

「ん？」

「やりたいことが見つかったかも」

長い白髪を後ろに流した、たいそう痩せた男性を伴って、葵が戻ってきた。会場に入ってくるとき彼女が挨拶を交わしていたので、作者かギャラリーのオウナーだろうと想像しながら、芹香は黙礼しただけの人物だった。

「あとでゆっくり紹介しようと思ってたんだけど、作者の喜久井さん。私にとっては、えと……なんに当たるの？」

「母親の再従弟《はとこ》だね」と男性は静かに答え、色の薄い眼で芹香の顔をじっと見つめながら、

「なにかご質問が」

「ど……どうやってこんなふうな絵付けをなさっているのかと」

「技法？　グリザイユという顔料で濃淡をつけたあと、高温で焼き付けてあるんです」

「じゃあ剝がれないんですね」

「はい。でも要するに硝子を汚してあるわけですから、外光の入らない場所には向きませんね。ただ黒ずんでいるだけに見えてしまいます。屋内だとこうして光源を仕込まないと」

「私、あの」創ってみたい、この技法を学びたい。云いたいことは分かっているのに、う

まく言葉にならなかった。緊張で思考が白んできた。

「ステンドグラスに興味が？」

　という喜久井の問いを呼び水に、芹香は自分でも思いがけなかった科白を発した。

「私を弟子にしてください」

　葵が唖然と、喜久井を振り返る。ふうむ、と鬼塚が低く唸《うな》る。

「たまにそう云ってこられる人がいらっしゃるんですが、弟子はとっていないんですよ」

　喜久井はそう、慰めるように云った。「自分のことだけで精一杯で、教えている暇なんてとても。教室を開いている工房は少なくありませんから、そういった所へ通われては？」

「見学も無理ですか」はや卒倒しそうな心地だったが、後へは退けないという強い想いもある。こんなにも前に進みたいと願ったのは、生まれて初めてかもしれない。

「正直なところ、見学も迷惑です。非常に緊張を強いられる作業なので」

「黙って遠くから見ているだけでも駄目ですか」

「困りますね」

「じゃあ私を――」芹香は自分が白眼をむきかけているのを意識した。「モデルにしてください。技法は勝手に盗みます」

　ふうむ、と鬼塚がまた唸る。

「横を向いて」と喜久井が命じてきた。「横顔を観察させてください」

その指示が頭に入らず、ただ立ち竦んでいた芹香の手を、葵が引いて身体の向きを変えさせた。

「眼鏡を取って」と喜久井。

「取るよ」と、葵が芹香の顔から眼鏡を外した。

芹香はひたすら立っていた。生まれてから現在に至るまでの長い長い時間を、その一瞬に経験しなおしたような気がした。これまでの夢想と恥辱が凄まじい速度で脳裡に去来し、涙が湧いてきた。

二十年ののち、

「いいですよ」と喜久井は云った。「いま構想中の作品に、貴方の横顔は使えそうです。繰り返しになりますが、私は弟子はとりません。あくまでモデルとして、工房に何度か来てください。食事くらいはご馳走できますが、モデル料は払えません。それでもいいですか？」

「お願いします」と芹香は鼻声で答えた――。

「ああいう、雲の上でも歩いているみたいな不思議な人で、優しいんだけど、私、子供の頃からちょっと怖かったの。今でも真っ直ぐに見て喋れない。でも芹香ちゃん、堂々と――凄いよね」

葵の好意的な評価に、顔が赤らむのを感じながら、

「作品にぼうっとなってて、自分で何を云ってるのかも分からなくて――」

「芹香ちゃんがモデルになってるステンドグラス、楽しみ」

「私は恥ずかしくって見られないかもしれないです。それにああ云ったのは、なんとか喜久井さんの制作風景を見たかったからで――」

「ああいうのを仕事にできたら、もし出来たら、とても向いていると思うよ、私の勝手な想像で。さっきの話だけど、私、高校まですっごく暗い子だったの」

「本当？」と鬼塚が問う。

「うん、信じられない？　あした死のうかっていうくらい暗い子だったの。そうして暮らしてて、親にも反抗してたら、家に遊びに来た喜久井さんが独り言みたいに、葵、暗さは愚かさだよって云ったのね。そのとき初めて、陰気なことを格好良い、賢く見えると思っていた自分に気付いた。たぶん逆なんだよね。賢い人は常に解決を見つけるから、周囲からは明るく邁進しているように見える。そしてそのあと猛勉強して、高望みかなと思うくらいの大学を受験して……そしたら鬼塚みたいな面白いのもいて、なんだか私の人生、セーフだったと思ったの」

「俺、面白い？」

「面白いよ、君は」葵はカンパリソーダを口に運んだ。「気付いてなかった？」

「面白い？」と鬼塚は芹香にも訊いた。

「というより素敵です」と芹香は思ってきたままを答えた。

「え」と鬼塚は驚いた。

きろっと葵が見返してきて、芹香はようやっとふたりの関係性を悟った。鈍感な鬼塚に、葵はずっと苛立っているのだ。慌てて、

「葵さんのナイトみたい」と云い足した。

ふたりは満更でもない表情を見せた。

ステンドグラス、グリザイユ……その晩、芹香は呪文のようにその二語を口遊みながら帰宅した。たった二つの言葉が、あたかも華々しいオーケストラの旋律のようだ。

ステンドグラス！

グリザイユ！

48

「もうその辺でいいよ」とパソコンが勝手に喋った——古いSF映画のロボットが発しそうな無機質な声で。「あとはこっちでやっておくから、アップロードの準備を」

むろんロックスミスに他ならない。聖司の作業ぶりを覗いていて、もどかしくなったのだろう。

彼が溜め息をつくや、映像編集ソフトは勝手に終了した。常時教師に見張られているような気分だが、かのロックスミスと共同作業しているのだと考えれば、これはこれで悪くない。「神出鬼没のロックスミス」が、あんがい情緒的でかつ公正な人間であることも、これまでの付合いから分かってきた。猜疑心《さいぎしん》の塊でどうしようもない皮肉屋だが、これまでに自分を痛めつけてきた人々に比すれば遥かに品がある。そして馬鹿馬鹿しいことを思い付いては彼もしくは彼女を引き寄せてきた竺原には、特殊な才覚がある。

パソコンの前を離れて冷蔵庫を開く。しかしこれといった飲み物が見当らなかった。ジーンズの尻ポケットに財布を突っ込み、手近な上着を羽織って外へ出る。

ロックスミスを苛立たせてしまったとはいえ、ユーファントの作業は愉快だった。タイムが創ったというのを竺原が送り付けてきたその啼き声に、聖司は腹を抱えて笑った。ふぁっ。人を無条件に愉快にさせる音声が、ある所にはあったものだ。

竺原が撮った猿飛峡の動画になんとなく象のように見えるシルエットを加え、サイズの比較対象として岩から岩へと跳び移っていく日本猿も数頭加えた——もう何年も目撃されていないらしいが、苦肉の策で。

初めは象も跳ばせたかったのだが、かりそめにも象、そのみっしりとした重量感が失われるのを懸念して、跳べず、悔し紛れにふぁっと発し、すごすごと後退っていったというふうに設定を変えてみた。我ながら上々たる判断だったと思う。そしてロックスミスにあっさりと変えられてしまうかもしれない。それは仕方がない。

母は連日病院に通い、聖司は二日に一度のペースで彼女の運転手を務めている。毎日そうしてもいい。しかし息子がなんらかに没頭しているのが彼女には分かるらしく、「お前は仕事をしていなさい」と云われる。

「べつに仕事じゃない」と笑っても、「いつか仕事になる」と云う。仕事？　UMAの捏造が？　そうしてグッズを売って稼ぐことが？　笠原は云う。「ユーファントに傷付く者は一人もいない、楽屋裏を覗かされて落胆する者はいてもね。騙し通せるかどうかは俺たち次第だ」

父はまだ喋れないが、「お父さん」と聖司が手を握ると濁った眼でこちらを凝視する。掌を通じてその思考が伝わってくるようで……でもやっぱり分からない。応援されているようにも叱咤されているようにも感じる。

歩く。底の薄れたスニーカーを履いて、聖司はコンビニへと向かう。

店の前の駐車場の中途半端な場所に、少年が佇んでこちらを見ていた。奇異に思いながら歩いていくと、

「いらっしゃいませ！」と頭をさげてきた。

キャスケット帽を被って髪を隠し、もっさりしたジーンズを穿いているものだから、少年に見えた。声を聞いてみれば、いつぞや聖司があげはに見紛いかけた「はくらん」さん

である。仕事が明けて私服で外に出てきたら聖司を見つけ、挨拶するつもりで立っていたらしい。憶えられていたことにも驚いたが、髪を隠した彼女がまったくあげはに似ていないことにも驚いた。まるきり似ていない。似ていたのは、どうやら髪型だったらしい。感じのいい女性は誰でもあげはに見える病に、自分は罹《かか》っていたらしい。

「どうも」と呟きながら頭をさげた。

「いいお天気ですね」と彼女は笑いかけてきた。

「はくうん……さん」

「わあ、憶えていてくれたんですか」

「珍しい苗字だから」

「珍しいんです。白い雲って書くんです」

「本当に珍しいね」

「お客さんはイラッカさんですよね？　そっちも珍しいですよね」

なぜ知っているのだとたじろいだ。そのさまに彼女は慌てた様子で、

「すみません。いぜんお友達とお話しになっていたのが耳に入って、印象に残ってて――」

バスケ部のあいつ！　そして苗字はまた忘れてしまった。

「どういう字なんですか」

「……薔薇の刺《とげ》の刺に、土偏の塚」

「こう？」と彼女は聖司の苗字を宙に書き、「珍しいですよね。あんまりいないですよね」

「ほかには見たことないね」

「これでイラッカ」彼女は何度も宙に書いた。「勉強になりました。私、このお店、今日で最後なんです。しばらくダンスの勉強に専念しようと思って」

「……そう。頑張って」あげはにには似ていない。ちっとも似ていない。

「じゃあ失礼します。ねえ刺塚さん、最近、なにかいいことあったでしょう？」

「いや……べつに。なんで？」

「まえより大きく見えるから」

云われたこともない、予想だにしたことのない自分への評価に、聖司は返答に窮《きゅう》した。

「仕事が……順調なくらいかな」

「凄い！　メールしてもいいですか？　困ったときとか。迷惑？」

「え……あの、え、俺にメール？」

彼の茫然自失ぶりを、彼女は励ますかのように、

「じゃあ次に会ったとき、また訊きます。家、そんなに遠くないからまた会えると思います。失礼します」

49

平たい家……というのが最初の印象だった。よく観察してみれば周囲の家々と同じく二階建てなのだが、一階も二階もそれらの倍の幅があるために妙に平たく感じられた。エレキベースのソフトケースを背負い、ぽかんと窓々を眺め上げている洋佑を、

「こっち。裏から入ろう。ガレージが近いから」と文太が手招く。「金持ちなんだよ。ガレージにドラムセットもアンプもある」

「後輩って吹奏楽部の？」

「うん、まだ一年。妙にスネア捌《さば》きが上手いなと思って、念のため声掛けてみたら、案の定、フルセット持ってた。小三からずっと教室に通ってて、兄さんはギターでライヴハウスにも出てんだってさ」

文太は勝手門の呼び鈴を押した。インターフォン越しの短いやり取りがあり、鉄門の内部でかちゃりと音がした。

彼はそれを押し開け、「中に入って待ってろって」

入念に丸っこく剪定《せんてい》された木々の間を抜け、ふたり、家屋とは独立した、やはり平べったい印象のガレージへと入っていく。牛丸造園とドアに書かれたトラックとトヨタの高級

車が並び、もう一台ぶんの空間にオレンジ色のドラムセットが鎮座していた。ギターアンプもあった。

「わ、AC30?」

文太は自分のギターケースをそれに立て掛け、我が物顔で、「兄貴のらしいけど使っていいってさ。これならギターとベース、両方突っ込めるだろ?」

「鳴らしてみた?」

「ああ、爆音がした。でもシャッターを閉じればそう近所には聞えない。シャッターさ、電動で開閉するんだよ」

スティックが入っていると思しいケースを手にした肥満児がガレージに入ってきて、慣れた手付きで壁の配電盤を操作した。天井光が灯り、三枚のシャッターが唸りをあげながら地上へと降りていく。

「こんにちは」と、見掛けによらぬ可愛らしい声で洋佑に挨拶してきた。

「こいつ、ベースの苫戸井洋佑。どっちで呼ぼう。トマトイ? ヨウスケ?」

「あ、じゃあ……タイムで」

「それが渾名?」

「はい、まあ」

「じゃあタイム。こいつは牛丸光太郎っていうんだけど、どうせ誰も牛丸としか呼ばないから牛丸でいいよ。な？」

「はい」と牛丸は温和しく頷いた。「タイムさん、よろしく」

「よ……よろしくお願いします」

「軽く合わせてみようぜ。曲があるんだ」文太はギターケースのファスナーを開いた。中から出てきたのは空色のテレキャスターだった。ストラップに頭をくぐらせ、じゃりん、じゃりん、と自慢げに絃を弾く。

牛丸もドラムセットの向こうに坐って、すととと……と音色を確かめはじめた。

洋佑もケースからヴァイオリン形のベースを取り出し、クリップ式のチューナーで音を合わせた。文太は足許にエフェクターを並べはじめているが、洋佑はケーブル以外、何も持っていない。

「こっちに」

という文太の指示に従いケーブルの先端をアンプのジャックに挿し、錆びかけた絃を撫でると、ぶわん、というガレージの空気すべてを震わせるほどの音が出た。

「いくらなんでもでけえよ」と文太が笑う。「歌のマイクが無いからさ、ちょっと控え目な音量で。牛丸もな」

「はい」

自分でそう命じておきながら、やがて文太が発したディストーション・サウンドは、洋佑の耳をつんざかんばかりだった。

「こんな歌なんだよ」とうたいはじめたその歌詞も、まったく聞き取れない。そのうえ牛丸が、そこにばしゃばしゃとドラムを重ねる。

洋佑は思い切って文太が使っているチャンネルのボリュームを絞った。え？　という顔付きで文太がこちらを見る。

彼を怒らせてしまったかと冷や冷やしながら、「詞をよく聞きたいんだけど」

「ああ、ごめんごめん。コード分かってくれた？」

「Gと……C^7？」

「セヴンスとかよく分かんないんだけど、なんか適当に〈タックスマン〉みたいにさ」

洋佑は青ざめた。「〈タックスマン〉？」

「出来るんだろ？」

「……頑張ってみるけど」

文太は再び歌いはじめ、洋佑は懸命にそれらしく伴奏した。牛丸も余計な音を減らして寄り添ってくれた。曲は、公正に云って酷い代物だった。

学校なんてクソ食らえ
教師の説教ぜんぶバカ

学校なんて退めてやる
卒業したら退めてやる

嬉々とした表情でそれを歌う文太のさまは痛快だったが、展開らしい展開がまったく無い。二つのコードに乗せた自棄《やけ》っぱちな詞の繰り返しなのだ。しかも思い付いたようにぺらぺらと単音のソロを弾きはじめてしまう。いきおいアンサンブルは薄くなる。最後のコードをじゃらんと弾き下ろし、どうだと云わんばかりの表情でこちらを見返してきた彼に対し、洋佑は遠慮がちに、「曲の構成、ちょっと考えたほうがいいかも」

文太は破顔し、「やっぱり？　そういう部分をさ、タイムに任せたいんだよ。それよりお前、ほんとに巧いんだな。やった！　このバンド、うまく行くぜ」

牛丸も嬉しそうにしている。洋佑は面映《おもは》ゆい気持ちで、

「間に別のメロディ、入れたらいいと思うよ。学校は厭だけど、ある女の子には会いたいとか」

「どんな子？」

「……髪を両側で結んでたり」

「そういうのがタイムのタイプか」

その文太の弁から、洋佑はうっかり自分が特定の女子を描写してしまったことに気付い

た。親切にしてくれていた学級委員長だ。

「じゃあそういう感じのところ、タイムが創ってくれよ。そんな合作も楽しいんじゃないか？　もう一度、演ってみる？」

酷い曲が再び始まった。洋佑の視界の隅にビリケン老人が現れ、踊りはじめた。驚いたが、厭な驚きではなかった。笑い転げるのを懸命に怺《こら》えながら、ベースの絃を弾き続けた。

50

机上の充電器に嵌ったスマートフォンが突然、大音量でフォスターの〈草競馬〉を奏ではじめ、芹香は立ち上がって部屋の隅まで後退った。電話が鳴る？　何箇月ぶりだろう？　しかもなぜ〈草競馬〉？

よく放置したままバッテリー切れへと追い込んでしまう。そのとき設定が初期化されてしまったのかもしれない。それにしてもデフォルトが〈草競馬〉？　どういうセンス？

気を取りなおして液晶画面を覗いてみれば、「砂ちゃん」と表示されている。メールのやり取りはしばしばだが、芹香の気質を知っている彼女が、電話をかけてくることはまずない。啞然としているうち〈草競馬〉は途絶えた。留守番録音がなされているようだ。

慌てて電話機を手にした。砂ちゃんの懐かしい声。相手が生身の芹香に切り替わったとは気付かず、淡々と喋り続けている。

「――から、アゲハにアクセスしちゃ駄目だよ。私みたいに病気になるから」

51

「完売したあ⁉」

笠原が発した大声に、花梨がたじろぐ。彼は電話機を握ったまま彼女にベンチに坐っているよう指示し、そこからすこし距離を置いた。

「あんな代物が？」

「失礼な」とお亀は怒ったように、「インターネット通販に出店したら、たちまちよ。あの洗練されたデザインじゃけえこそ完売したんじゃわいね」

「確かにある意味、究極の土産物デザインだが」

「丈吉はお洒落すぎるんよ。丈吉好みのお高くとまったようなTシャツなんかね、売れやせん。で、どうする？　もっとこさえる？」

「当たり前だ。もっともっと作れ。ほかのグッズも。時機を逃すな。資金は振り込む」

「何がええかね」

「ユーファント、ちゃんと商標登録したんだろうな？」

「出願はしてある。たぶん大丈夫だろうって、榊くんが紹介してくれた弁理士さんが。次は何がええ?」

「携帯ストラップでも縫いぐるみでもワッペンでも、もうなんでもいい。蝮の力でもなんでも借りて、街じゅうに置いてもらえ。あ、あと象の形のマグカップだ」

「なにそれ」

「なんだかこう、鼻の部分を把手にして……具体的なデザインはお亀に任せる」

「どこに頼もう」

「地元の窯元《かまもと》だ。絶対に地元。そしてそれを新しい地場産業として、インターネットで喧《けん》伝《でん》する。Tシャツの実績を示して、買い叩け」

「分かった。でもそういうんまで売れてしもうたら、お金は――」

「お亀が好きなだけ取れ。残りは……頼む」

「大金を自由になんかしたら罰《ばち》があたるわいね。うっちゃあね、丈吉、いま楽しい。猿飛の象なんか嘘なんでしょう?　ほんまは丈吉と榊くんの悪戯でしょう?」

「なんの話だ」

「そうやって惚けとけばええわいね。ほいでも丈吉、うっちゃあ、初めてほんまにやりたい事が見つかったような気がする。夢を売るって、楽しいね」

「売って売って売りまくれ。焼印入りの饅頭も作れ。みんなで金持ちになろう」

「漉《こ》しあん？　粒あん？」

「お亀のセンスに任せる」

「どら焼きのほうが売れると思うよ」

「任せる」

　通話を切って、花梨の隣に戻った。

「あのTシャツが売れた」

「みたいね。おめでとう」

「あんなん誰が着るんだ？」と笠原は自問し、くはははと独り笑いした。花梨の横顔に向かい、「ユーチューブの映像は見てくれた？」

「見ましたよ、ちっちゃな象が崖を跳べずに、後退るの」

「悔し紛れに、ふぁってね」

「可愛かったけど、あんなの信じる人がいるのかしら」

「我がヒッキーズの傑作だ。セージは個体数がどうのだとか細かい設定に拘《こだわ》っていたが、なに、本当は誰も信じてやしないんだよ。本当に存在してくれたらいいなって願っているだけなんだ。その願いを、お亀が形にする。そして俺たちは金持ちになる」

「だからお亀って誰？」

「田舎の彼女」

「ふうん」

「嘘。本当にただの同級生だよ。榊に惚れてた」

「ふうん」

「――ここは楽園だ」笠原は居眠りを始めるかのように肩をまるめ、芝生に足を投げ出した。「手入れの行き届いた墓地ってとこかな」

「お花がいっぱい咲いていますね。弟さんはこんな所に暮らしていらっしゃるのね」

「ん。でもあいつがこの庭を眺めることなんてないさ。だからべつに座敷牢でもよかったんだけど、ここしか受け容《い》れてくれる施設が見つからなかった。遠い所まで、わざわざありがとう」

「だってカウンセリングに来られないほど、体調が悪いって仰有るから、心配になっちゃって」

「急に吐き気に襲われるもんで、電車に乗る気がしなくてさ。タイムの体質が遺伝したかな」

「血縁関係も無いのに、ましてや年下から年上に、遺伝はしません」

「するよ。奴らから俺に、俺から奴らに、確実になにかが遺伝している。今の俺はロックスミスにだってなれそうだ」

「性別すら不詳の人ね。なんだか女性じゃないかって気がするんですけど」

「肉体が？　それとも心が？　ま、そんなことはどうでもいいんだよ。どうせ一生ヒキコモってるんだから」

雷鳴に似た唸りをあげながら、晴れ晴れとした冬空を、アメリカの軍用機が渡っていく。

「飛行機だ」

「飛行機ね」

「もうじき、凡《すべ》てが終わる」

「まだまだ終わりません」

「いつかはぜんぶ終わるんだよ。いちばん若いタイムだって、百年後には地上にいない」

笠原は空を見上げ、「俺は上を向いて死ぬのかな。それとも俯《うつぶ》せで死ぬのかな」

「笠原さんなら、上を向いてでしょうね」

「見下ろしてくれる？　その時」

花梨の手が笠原の膝に近付く。彼の手はコートのポケットの中にあった。その上に掌があてがわれた。「見下ろしますよ、この死神が」

「云うことなしだ」と笠原は彼女の顔を見ずに呟いた。「清潔なシーツの上がいいな。俺、むかしホテルマンだったんだよ」

「本当？」

「意外？」

「すこし」

「いつもにこにこしていた」

「作り笑いじゃなくて？」

「――じゃなかったね。天職だと思っていた」

「なぜ辞めたの」

笠原の電話が再び振動を始めた。

「またお亀かな。今度はどんなアイデアだ？」のっそりとベンチから立ち上がり、花梨と距離をとる。「――じゃなかった。お姫さまからだ」

通話ボタンを押して耳にあてる。

「笠原さん、ひどいじゃないですか！」という勢い込んだ叫びに迎えられた。

「元気？　よくひどい人間とは云われますけど、更になにか」

「病気！　病気を創るって話です。私はそんなお金儲けは絶対に厭だって、はっきりと云ったはずです」

「ネットを通じて感染する、あれね。うん、ユーファントがビジネスになりそうだから、もうどうでもいいかなと思いはじめてたところなんだけど」

「もう広まってるんですよ！　私の友達が罹ってしまった。慢性的な頭痛と吐き気に見舞われて、外に出られないって」

笠原は愕然と、「知らない。俺は関係ない」

「そんなはずない！　アゲハゲームをクリアすると、そのサイトに誘導されるの。エンドロールだと思って眺めていると病気になっちゃうの。笠原さんとローズマリーさんの仕業ですよね⁉」

「ええと……正直、いったんローズマリーに開発を頼みはしたが、アップロードのゴーサインは出してない。本当。本当だよ」

「早くワクチンを配って。無料で！」

「ちょっとだけ待ってて」笠原は指先で送話口を塞ぎ、ベンチの花梨を顧みた。「デートに出掛けなきゃ」

花梨は唇を尖らせ、「パセリさん？　私のカウンセリングには来なかったくせに」

笠原はまた電話機を耳にあて、「会って話し合おう。たぶんこれが最後のカウンセリングだ」

「どういうことですか」

「なんと云うか、つまりカウンセラーを廃業するんだよ」

「な」と彼女は絶句した。「なんて無責任な！　私たちをこんな所に連れてきておいて、とつぜん放り出すんですか⁉」

「放り出しはしないが、カウンセリングは終わる。パセちゃん、あらゆる事がいつかは終わるんだよ。それを教えるために俺は貴方の前に現れたんだ。ウォルラスの件は——ああ、そうローズマリーが名付けた——こちらでなんとか解決する。想像するに、たぶんジェリーフィッシュの仕業だ。ともかく、さっそくアゲハサイトを確認するよ」

「JJも見ちゃ駄目！」

「どうすりゃいいんだ？」

52

「俺たち、もしかして人類の間で話題になってる？」

「なってるっぽいぜ」

日本の片田舎にたった一頭だけ生き残ったナウマン象の末裔と、とつぜんインターネット空間に呼び出されてしまった魔術を会得している海象《セイウチ》が、成層圏の外で顔を見合わせている。

「あいつら、莫迦なのかな」

「現実と幻を区別したがるくらいだから、そうとう莫迦なんだろ。ま、俺たちはやるべき事をやるだけって話」

「病気の件？」

「奴らがそういうドタバタ喜劇を望んでんだから、仕方がないさ。やってやるだけのこと」

「アゲハ、もう見た？」

「もちろん見たよ、俺の前座だからな。けっこう可愛かった」

「あれ、俺のおふくろがモデルなんだよ」

「えっ⁉ じゃあお前のおふくろさん、『源氏物語』の末摘花かよ。普賢菩薩、乗せた？」

「そこまで婆さんじゃない。タイプとしては近いけど」

53

〈JJ、やっぱりあんた組んでるんだろ？　ジェリーフィッシュと〉とロックスミスはすぐさま反応してきた。

最近は、宛先のない、そのままではどこへも届かないメールを保持しているだけでも、反応してくるようになった。常時監視しているのだ。

〈組んではいない。信じてくれ〉

〈たしかに私は試していたよ。ヒプノディスクという渦巻き模様による催眠を応用し、擬

似的な閃輝暗点（せんきあんてん）を誘発すれば、大脳へのフィードバックが起きて偏頭痛や嘔吐が生じると仮説した〉

〈素晴しい〉

〈気に食わない連中へのクラッキングに使えるし、あんたからも金を毟（むし）り取れるからね。

しかし完成させていない〉

〈開発プロセスを、ジェリーフィッシュに盗まれたんだ〉

〈あんたが盗めと命じたんだろ？〉

〈命じていない〉

〈ウォルラスを私は、噂によって敵を無抵抗に陥らせる、念のための軍備のような存在と定義していた。つまり、どこに仕込まれているか分からない状況でのピンポイント攻撃じゃないと意味がない。差別主義者はただ仲間と連絡を取り合っているつもりだったのに、いつしかウォルラスに誘導されているといった具合に〉

〈こっちが戒（いまし）めかだった〉

〈そして必ずワクチンと一対であるべきだ。ワクチン無しに一般にばら撒く意味など、どこにもない〉

〈解決法を提示する〉

常に覆いかぶさるような勢いで返答してくるロックスミスが、片時、沈黙した。タブレットを嵌め込んだキイボードを、竺原は懸命に叩く。

〈俺はジェリーフィッシュになにも命じていないが、ジェリーフィッシュを知っている。だから奴の性向は分かる〉

〈やっぱりグルか〉

〈グルじゃない。いつか本当のところを語ろうと思っていた。ジェリーフィッシュは誰にも止められない。ただし歩みを遅くすることはできる〉

〈まったく説得力がないんだけど〉

〈天才だが完璧じゃない。これ以上の会話は危険〉

〈このやり取りも盗み読まれてるわけだね？〉

〈その可能性が高い。痕跡はすぐに消去してほしい。電話で話せないか〉

しばらくののち、

〈いいよ〉と返事があった。

竺原は自分の電話番号を打ち込み、隣席の花梨に、「次の駅でいったん降りるよ」

「死神も？」と彼女は訊いた。

54

「この死神！」と幾度、患者の家族から罵られてきたことだろう。

他者に迫り来る死を宣告するのが死神ならば、花梨は間違いなく死神として生きてきた。笠原と同じく脳腫瘍だった父親にも、死期を宣告した。泣き叫ぶ母親。「お前はそんな死神のような――」と茶碗をぶつけられた。

そのあと父は短い旅に出た。故郷で恩師や旧友たちに、病気を隠したまま挨拶をしてまわったと聞く。東京に帰ってきた直後に死んだ。

どうあれ人は死ぬ。エリートだろうがヒキコモリだろうが、皇族であろうが泥棒であろうが医者であろうがホームレスであろうが、全員が死ぬときにはあっさりと死ぬのだ。ベッドの上で、自動車の座席で、花園で、自動販売機の前で。

プラットフォームの自動販売機に小銭を投入し、死神用の缶珈琲を買う。ごとり、と重たい音がした。

55

タブレットでアゲハにアクセスし、〈ただいま〉と打ち込む。アゲハがはっとこちらを向き……一足飛びに近づいてきて、

「お帰りなさい」と唇を動かす。もっとも今は音声を絞っているから、プラットフォーム

の喧騒のなかでは、タイムが苦心して創ったその声は聞き取れない。

アップになったアゲハは、はにかんだようにこちらから視線を逸らしては、また続きを云いたげに直視してくる。視線の動きと瞬き、開きかけては閉じる唇のさまがリアルで、笠原でさえ生身の女性と錯覚しそうで、その顔から目が離せない。

無言のアイ・コンタクトが続いたのち、不意にアゲハがこちらに後ろ頭を向けて遠ざかると、いつしか彼女の行く先にドアが生じている。アゲハが開く。

彼女の向こうには真っ白な空間が広がるのみ。その情景が揺らぎながら画面いっぱいにまで広がって——すなわちプレイヤーがその空間へと踏み出して——短いエンドロール。スタッフはParsleyにSageにRosemaryにThyme。それぞれの役割は記されず、「Oh, Let me know that at least you will try, Or you'll never be a true love of mine.」というスカボロー・フェアの一節が続き、更に「Special thanx for JJ & Jellyfish」と出る。むろんロックスミスによる皮肉である。最後に榊の会社名が表示されていたのだが、これは麗玲の事件以来、Ageha Production Committeeという架空の団体名に差し替えられている——はずだった。

ところが現状、スカボロー・フェアの詞のあたりで別の映像がフェイドインしてくるのを、笠原は確認した。URLが見知らぬものに変わっている。いつしか別サイトへと誘導されていたようだ。

高精度のスピログラフ定規で描いて、線と線との隙間をいちいち白黒に塗り分けたような、複雑怪奇な渦巻き模様がゆっくりと回転している。錯視による立体感を伴っており、自分がその中心へと引き込まれていくような気がしてくる。やがて模様がぐにゃりと変形して分裂し、また分裂し……いったい自分がどの方向へと進んでいるのか分からなくなった時点で、笠原はタブレットを閉じた。「これは感染る」

プラットフォームの風景へと意識を戻したが、あらゆる事物が本来の立体感を失い、柔らかな生き物と化して呼吸運動を繰り返しているように見えた。ほんの僅かな時間しか眺めていないというのに、これだ。

「お見事」と笠原は微笑した。「さて、これを利用するべきか、せざるべきか」

「本当に完成していたの？　インターネットを通じて広まる病気」花梨がベンチに近付いてきて問う。見返せば、その顔も大きくなったり小さくなったりと、あたかも不思議の国のアリス症候群である。

笠原は頷き、「体質によってはそうとう参るだろうね。慢性的な吐き気と偏頭痛に見舞われるらしい。完成度は高い」

「そんなの見てしまって大丈夫なの？　ご気分は」

「ちょっとした悪酔い程度かな。視野が欠けているから効きにくいのかもしれないし、吐き気に吐き気が重なったところで、しょせん吐き気に過ぎないという気も」

「なぜそんな物を創ろうと？　見れば治るワクチンでも売り捌いて、稼ごうとしたんですか」

「鋭い」と笠原は肩を竦めた。「正直なところ最初の発想はそうだったが、パセちゃんは厭がるし、ワクチンで本当に治ってしまうとマッチポンプだとばれてしまうのにも気付いてね。でも仁《じん》はそんなことには無頓着だから」

「モラルがどうのって云いたくはありませんけど、それ以前に笠原さん、詰めが甘いわ。病気を支配するのはしょせん病院です。その病気が真の病気であるほど、笠原さんが見込んでいた利潤はそちらに流れていくの」

「ん……その通りだな、云われてみれば」

携帯電話が震えはじめた。非通知設定からの発信だ。

「はい、笠原です」

「私だけど」という、複数人が同時に喋っているかのような、耳障りな音声。男の声にも女の声にも、子供の声にも老人の声にも聞える。機械的にそうエフェクトしているらしい。

「初めまして、笠原です。いま駅のプラットフォームなんで、電車の音やアナウンスがうるさいと思いますが——さっきの続きを」

「どうぞ」

「アゲハのエンドロールを確認しました。取り急ぎ、ウォルラスへの誘導を止められますか」

「もう試した。すぐには無理。プログラムへのアクセスを入念にブロックされている」

「考えられる善後策は？」

「プロバイダに手を回しても、どうせ余所にばら撒かれる。ワクチンの開発を急ぐほかない——妨害されるだろうが」

「ロックスミス、俺はジェリーフィッシュと組んではいませんが、奴を知っています」

「もう聞いた」

「だから奴の気を引く方法も知っている。もう貴方のコンピュータ・システムは、概ねハッキングされていることでしょう。そこに餌を撒いてほしい。そちらに奴を集中させておいて逆にハッキングすれば、すでに開発されているワクチンのプログラムを盗めるかもしれない。たぶんそっちのほうが早い」

「ジェリーフィッシュを知っているなら、そいつの家ごと燃やせ」

「そうしたらワクチンも燃える。もう病人が出ています」

「ふん」という拗ねたようなその一声が、かろうじてロックスミスの人間味を感じさせた。

「どうやって気を引く」

「ロボットアニメ」

「はあ？」

「セージが適任でしょう。巨大ロボットが出てくるアニメーションの企画案をでっち上げる。詳細なほどいい。ジェリーフィッシュは絶対、そちらに夢中になる。システムに隙が生じる。貴方だったらそのあいだに相手のシステムをハッキングできるかもしれない。ジェリーフィッシュは必ずワクチンも創っています。その後、ジェリーフィッシュがウォルラスを増殖させただけ、ワクチンも増殖させる——たぶんそれしか対抗策はない」

「なぜワクチンがあると断言できる」

「ジェリーフィッシュの完全主義を知っているから。でも本当に組んではいない。俺の命令に従うような人間じゃない。中身は餓鬼なんです。見たい、知りたい、創りたい、そして褒められたい。ジェリーフィッシュの動機は基本的に一つ。褒められたいんです、特に貴方のような人間にはね」

「ふん」とロックスミスは再び発した。やがて、「やってやろうじゃない。ただしそれなりの報酬は貰う」

「用意しましょう。俺の全財産をつぎ込んでもいい。どうせ——」

急行列車が轟音とともに駅に飛び込み、飛び去っていった。通話は切られていた。電話をポケットに戻し、花梨のほうを振り返る。彼女は立ったまま、珈琲の缶を握ったままで、通話の終了を待っていた。短時間でウォルラスから離れたお蔭か、それとも体質のせいか、もう顔のサイズが変わったりはしない。

「終わりました？」

「最低の人生だ」と笠原は自嘲した。「また大金を失い、ヒッキーズからも嫌われる」

「こんなに待たせてばっかりだと、そのうえ死神にまで見放されるかも」

「だったら長生きしちゃうな」

「どっちがいい？」

「難しいね」

笠原はタブレットをショルダーバッグに仕舞い、立ち上がった。コートの外にぶらりと垂れ下がったその手を花梨は握りかけ……ただ指先でつついてきた。「貴方は最低な人」

「最低から二番目だよ」と笠原は応じた。「だってロイ・オービソンのCDをプレゼントした」

「そうでした」

56

アジア象のはな子は、相変わらずダンスめいた一進一退を繰り返している。彼女と人類とを隔てる堀の手前に、ロングコートを着込み鍔広の帽子を被り、フィルター付きの眼鏡を掛けた芹香が仁王立ちしている。

「お揃いだね」

「よう」と笠原が手を上げた。それから自分の眼鏡をつついて、「こんな所に呼び出して、どういうつもりですか」芹香は憤然と云い放ち、笠原の背後の女性に顔を向けて、「そして誰？」

「マルメロと申します」

「ハンドルがね。ただのヒキコモリだよ。パセちゃんのお仲間だ」と、彼は彼女を振り返り、「ちょっと離れててもらえないか」

「はい。じゃあモルモットの辺りにいますね」

「なぜこんな場所？」離れていく女を尻目に、芹香は詰問を重ねた。

「卒業遠足だよ。ステンドグラスを始めるんだって？」

「……なぜ知ってるの」

「ローズマリー・レポート」

「やっぱりメール読んでる！」

「あの人物なりの友愛の表現なんだよ。あとで詳しく説明するが、ウォルラスについての解決策はもう相談してある。ローズマリーとセージがスクラムを組めば、なんとかなるかもしれない」

「かもしれない？」

と吐息する芹香に、笠原は肩を竦めて、

「嘘をつくまいとしたら、『かもしれない』としか云えない。しかし希望は大いにある」

「ねえ、ジェリーフィッシュって何者なの。知ってるんでしょう？　ＪＪ、正直に答えて」

「ちょっと賭けをしないか」笠原はポケットからトランプの箱を取り出し、中身を扇形に広げた。「俺のぶん、パセちゃんのぶん、二枚引いて。俺よりパセちゃんのぶんが大きな数字だったら、ぜんぶ正直に話す」

「なんでそんなことしなきゃいけないんですか」

問掛けを笠原は無視して、はな子を見つめつつ、「初めて東京に出てきてここに来たとき、まだ生きてたのかとびっくりしたもんだ」

芹香も思わず振り返り、「何歳なんでしょう」

「俺？　はな子？」

「笠原さんの年齢になんて興味ありません」

「はな子だったら、たぶん七十近いんじゃないかな。引く？　引かない？」

芹香に笠原を上目遣いに睨《ね》めつけながら、真ん中に位置するカードと右端のカードを引いた。

「まだ伏せといて。どっちがパセちゃん？」

あとから引いたカードを笠原に返した。笠原がカードを束ねるさまを見て、「いますり替えた」

「そんなことはしない。カード見て。俺も見る」

「こんなの馬鹿馬鹿しい」

「人生は馬鹿馬鹿しい。これが君への最後の教訓だ」

芹香はカードを表にした。

「何が出た？」

「ハートの９」

「凄いのを引いたね。意味するところは希望だ」

「ＪＪは？」

芹香はカードを返した。「何が出たの」

「負けた」

「負け犬に追い討ちをかけるなよ。正直なところを話す。ジェリーフィッシュは俺の弟だ」

芹香は驚きのあまり、僅かながらも後退った。

「天才だが精神年齢は幼児。ゆいいつ心を許している小母《おば》さんヘルパーとしかコミュニケーションできない。俺も、もう十年も顔を見ていない。俺の姿を見るとパニックを起こす。だから命令なんかできない。俺にできるのは、パソコンやタブレットを、インターネットを通じて『覗かせる』ことだけなんだ」

「それは」芹香の声は震えた。「本当の話なの」

「百パーセント真実だよ。なんなら施設に確認してもらってもいい。竺原なんてそうそう居ないだろ。施設は横浜だ」

「お母さんやお父さんともコミュニケーションできないんですか」

「どちらもこの世にはいない。身内らしい身内は俺一人だけ」竺原のサングラス越しの視線は、いつしかまた、象のはな子を凝視している。「なんでこんな場所に？　俺がまた彼女を見たかったんだよ、パセちゃんと一緒に。付き合わせて悪かったね。ユーファントは上々の成果をあげそうな気配がある。色々とやってみて失敗もしてきたが……楽しかった」

「本当に、これが最後のカウンセリングなんですか」

「そうだよ。だって君に俺はもう必要ない」

「ほかのクライアントに関しても？」

「問題を抱えたままのクライアントばっかりだが、みんな自力でなんとか生き延びるさ。パセリ、セージ、ローズマリーとタイムのヒッキーズとも、そろそろお別れだ。パセちゃんと直接顔を合わせるのは、きっとこれが最後」

芹香の視線も、泳いだ挙句、けっきょくまたはな子へ。「JJ、私ね、いまステンドグラスのモデルをやってるの」

「創るほうじゃなくてモデル？　そうだったのか」

「弟子をとらない作家だから、仕方なくモデルに志願したんです。技術は盗もうと思って」

笠原は破顔し、「それはいい。盗める物はぜんぶ盗めばいい、技術だろうが金だろうが人の心だろうが。それが人生だ」

「作品が完成して展覧会に出されたら、観に行ってくれますか」

「いいよ。約束する」

「まだスケッチだけど、つんとした横顔なの、本物よりも」

「期待が高まるね」

「もう会わないとしたら、だんだん小母さんになって、それからお婆さんになっていく私じゃなくて、そのステンドグラスで私のこと憶えていてくれますか」

「それも約束する」

「だったら……これからは独りで前に進みます」

と一考ののち絞り出した芹香だったが、その決意に対しては笠原は小首を傾げ、

「そうなるかな」

「どういう意味？」

「べつに」

芹香はまた吐息して、「ＪＪの本音がどこにあるのか、けっきょく私には分からなかった」

「パセちゃんのことを気に入ってるんだよ。きっとそれだけなんだよ」

「ありがと」と唇の先だけで呟き、「と云っておきます。そして最後の最後にもう一つ、お願いがあります」

「なに」

「タイムに会わせて」

笠原はぽかんとした調子で、「パセちゃん最後のお願いとあらば、やぶさかではないが、ちなみにタイムってのはさ——」

「子供なんでしょう？　気付いています。でももうＪＪが間を取り持ってくれないんだったら、彼には会ってお別れを云っておきたいと思うんです、ヒッキーズのなかでいちばん信頼できた人だし、それから玉虫のお礼を」


無理と云われたならばこう答えましょう。

パセリ、セージ、ローズマリーと、タイム。

ねえ、せめてやってみるとは伝えておくれ。

そうですらない貴方をどうしても愛せないから。

57

巨大ロボット？　巨大ロボット!?

ロックスミスからの電話という事態にも腰を抜かすほど驚いたが、その注文してきた内容にも唖然呆然となった。ピッチを変えて子供のようにした声、それでいて大人の口調でこう云われた——巨大ロボットが出てくるアニメーションの企画案を提出してくれ。

「残念ながら私には、その手の代物のどこが面白いのかさっぱり分からない」

「あの……本当にロックスミス？」と思わず尋ねてしまった聖司である。

「ローズマリーにしてロックスミス。疑う余地がどこかに？」

「だって、まさか電話だなんて」

「本音の連絡は、今後電話でおこなう。インターネット回線に繋がっている情報は、すべてジェリーフィッシュに筒抜けだ」

「ええと、その……今度はアニメ制作が、ＪＪから俺たちへのミッションなんですか」

「ダミー企画だが、本気であるほど望ましい。ジェリーフィッシュの気をそちらへと逸らす。最近アゲハのエンドロールを確認した？」

「いえ、最近はさすがに」

「十秒以上は見るな。私が収集してきた情報に照らして、君はかなりの確率で感染する」

「え……え⁉　まさか、まえＪＪが冗談で云ってたあれですか」

「私は冗談とは捉えなかった」

「完成してたんですか」

「残念ながら完成させたのはジェリーフィッシュ。電話は身体に悪いから手短に説明する」

ロックスミスの弁舌は途端、録音テープを早回しにしているかのような凄まじい速度へと変わった。自分がつい好奇心から人体に影響を与える映像「ウォルラス」を創りはじめてしまったこと、途中までの成果をジェリーフィッシュに盗まれ完成させられてしまったこと、「アゲハ」からウォルラスへの誘導がなされていること、すでに被害者が出ていること、ＪＪはジェリーフィッシュの正体を知っていること、ハッキングし返すための囮《おとり》が必要であること、ＪＪを詰問し巨大ロボットの活躍するアニメーションが囮として最適と示唆されたこと――。

聴き取りに必死だった聖司だが、さすがの情報量に思わず、「ちょ、ちょっとストップ。それらは全部、鵜呑みにしてもいい話……なんですよね？」

「私を信用しないなら、アゲハのエンドロールを十秒以上」そのあと不意に速度が緩んで、

「ジェリーフィッシュは恐らく子供だ。タイムかもしれない」

聖司は息を呑んで、「なぜ、そう？」

「まずＪＪとの親密ぶり。猿飛峡に一緒に出掛けていることが、現地駅長のブログから知れる。またあの幼児性と裏腹の天才性は、ウィザードによく観察される属性だ。私に覗かせている貧相なシステムは、ダミーだった可能性が高い」

「そんな」ずっと仲間だと信じてきたのに、という、それこそ子供向けアニメーションにでも出てくるような科白はさすがに胸にしまって、「ちなみにパセリは、信頼できるんですか」

「彼女からＪＪへの私信によればウォルラスには反対していたが、今は懐柔されているかもしれない」

「やっぱりというか……メール、読んでるんですね」

「情報を検出できる環境は構築してある。必要に応じて検出する。たまに不要なものも読んでしまうが」

「ロボット・アニメがジェリーフィッシュの餌になるってのは、ＪＪからの情報なんですよね。なぜ部分的には彼を信じられると？」

「信じていない。しかし敢えてトラップに掛かれば、敵とのホットラインが生じる。ＪＪのシナリオに従っているジェリーフィッシュは、こちらのシステムに潜入せざるをえない。

その瞬間を私は決して逃さない」

「システムが堅固であるほど、ウィザードがどうしても入り込みたくなる小さな穴が生じる。それがこちらのトラップだ。入り込んでくれれば奴の足跡を辿り返すことができる。つまりＪＪからは資金を引き出し、ジェリーフィッシュからはウォルラスをワクチンごと盗み返して」そこでロックスミス、なぜ俺のことは信頼してくれるんですか」

「延々、システム全体を監視し続けるんですか」

「あの……ロックスミス、なぜ俺のことは信頼してくれるんですか」


返答無きまま、通話は切られた。

茫然とスマートフォンを見つめるうち、たったいまロックスミスと会話したことそのものが、白昼夢であるような気がしてきた。巨大ロボット……ジェリーフィッシュ（タイム？）を夢中にさせるための筋書きとガジェット……例えば、乗り物同士が合体してその姿となるようなイメージが望ましいのだろうか――類するものは、子供の頃からさんざんテレビで眺めてきたが。

「ジェリーフィッシュは子供？　しかもタイム？」と独り言ちながら室内をうろつく。

確かにそう云われてみれば、どこか魯鈍《ろどん》めいたタイムだけは、ヒッキーズに引き込まれた理由がよく分からないのである。パセリが苦渋を滲ませつつ輝かしい画才を発揮した一方で、彼の表立っての仕事と云えばアゲハの「お帰りなさい」とユーファントの「ふぁっ」、たった二つの音声だけだ。ピンポイントを突いてはくるが、脂汗を垂らしている気配が感じられない。

爪を隠してきた？　実は一切がウォルラスのためのシナリオであり、本来の笠原の目的は、ロックスミスを引っ張り出して持ち上げてウォルラスの雛形を創らせ、そこに気紛れな天才児のスキルを投入して……といった物語が、あながち的外れな想像ではなく思われてきた。自分たちは病気の創造に利用されたのだろうか。笠原の正体はサイコパス？

相変わらず歩きまわりながら、ぶつぶつと、「べつに利用され……てていいんだよな？俺は、ＪＪに。べつに構わない……だって俺の恩人だ」

いつしか祈るように目を閉じていたものだから、そのうち向こう脛《ずね》を炬燵の天板に勢いよくぶつけてしまった。

「あぐ。おわ。うふん」と腰を屈める。自業自得ながら理不尽な気がする激痛のなか、閃《せん》光《こう》のように古い記憶が甦った。

痛みを怺えつつクローゼットに向かい、手近な上着を引っ張り出す。スニーカーの踵を潰したまま玄関を出る。

母屋の玄関には鍵が掛かっていた。しかし居間のテレビの音声が漏れ聞こえてくる。鍵を取りに戻るのももどかしく、呼び鈴を連打した。間もなく玄関の内に物音がし、ドアが開いて母が顔を覗かせた。

「車？」自動車を使うからキイを貸せというのか、という意味である。

「違う。俺のノート」と玄関に入って靴を脱ぐ。「俺の子供の頃のノート、どこにあるっけ」

「お父さんが……自分の部屋に整理してたと思うけど」

聖司は階段を上がりながら、「部屋のどの辺？」

父が書斎と称して、使いもしない机や椅子や繙《ひもと》きもしない百科事典や、ゴルフクラブやマッサージ椅子やよく価値の知れない西洋絵画を溜め込んできた部屋の、ドアを開ける。

母が追い着いてきて扉付きの棚を指差し、「たぶん、あのどこかだったと思うけど」

宝箱はすぐに見つかった。ポリプロピレンの抽斗式ケースにいかにも父らしい四角四面の文字で「聖司　小学生」と記されたラベルが貼られ、「大学生」「高校生」「中学生」の下に敷かれていた。年数が長いから当然のことながら、小学校時代のケースがいちばん大きい。

引き出して中身を確かめているうち、なんとも云えない気分が胸中に満ちてきた。

子供の頃から、学習ノートは使い終わっても捨てるなと云われてきたから、どこかにしまい込まれているのは分かっていた。しかしそれどころか、落書き帳、鉛筆書きの作文、賞状、通知表、母の日の造花、下手糞な書初め、写生画、年賀状の版木、授業で書かされた父母への手紙、修学旅行で買ってきたちゃちな土産物……とっくに捨てられたと思っていた品々を、父が大切に保管してきたことを聖司は知った。劣化を防ぐための乾燥剤や防虫剤まで入っている。

　心配そうに後ろに立っている母に、すっかり水気が抜けてかさかさになった紙のカーネーションを手渡すと、

「あら、こんな処にあった」と口許を綻《ほころ》ばせた。「お父さん、聖司の作った物や書いた物は何もかも、自分が保管するからって持ってっちゃうんだよね。でも、またそこにしまっといて」

「分かった」と受け取って抽斗に戻した。

　ノートはきれいに学年順に整理されていた。六年生時から遡って中身を検《あらた》めていく。最後まで使い切られているノートが少ないなか、得意だった算数と理科は一年あたり二、三冊使っている。五年生時の国語のノートに、探していたロボットの絵はあった。

　最初の一葉は、前後の板書からいって、間違いなく授業中に描いている。それをたぶん家に帰ってから、執拗に描き直している。稚拙な文字で設定も書きこまれている。曰く「しいたげられた人々のねがいが彼を生み、けん力に立ちむかう」「国は国きょうをふうさした」「すぐれた人びとはいつもかんしされている」「プレジデントに反対するものは殺される」「合体のしくみ」「てきのロボットはもっと大きい」等々。

　巨大ロボットの名はだんだん変化している。初めは「グレート・ブル」、そのうち辞書

でも引いて、それでは雄牛になってしまうことに気付いたらしく「グレート・ブルドッグ」と変わる。

ブルドッグを立ち上がらせて鎧《よろい》を着せたような造形は、聖司が幼いころ最も恐ろしかった生き物が、近所の庭先のそれだったことに由来する。ところがある時期からぱたりと、通りかかる聖司に対して吠えなくなった。「遂に心が通じ合った！」と感じた――そのうち小屋ごと姿を消してしまったから、今にして考えてみれば単なる老衰なのだが。

あの僅かな日々に於いては、かつて凶悪そのものに見えていた彼の相好が、哲学者めいた達観を湛えているように感じられた。全体に茶と黒の斑模様で、顔の左半分と前肢の先、そして胸だけが白いブルドッグだった。柄はロボットの造形にも反映されている。

のちに決定したロボットの名称に――理由はまったく思い出せないが――小学五年生の聖司は余程の自信をいだいてしまったのだろう、消しゴムの痕跡が苦心を示す丁寧なレタリングが、最後の一葉の上に、窮屈な感じに描き足されていた。

キング☆ブルドッグ！

そのノートだけ手許に残して抽斗を収め、階段を下り、靴を履く。

「ご飯、ちゃんと食べてんの？　今日はなに食べた」と後ろから母が問う。

「ああ……たぶんなんか食べた」

「三京公英《さんきょうきみひで》くんが優勝したのよ」

振り返って、「誰、それ」

「スケート選手」

「うちの親戚？」

「無関係だけど、すごい努力家なんですって」

テレビの話か。「ウェブでチェックしとく」

玄関を出て自分の鳥小屋に戻る。母の言葉が呼び水となり、なんとなく空腹を感じてきたけれど、だからといって具体的に何を食べたいわけでもない。冷蔵庫のドアを開く。母が買ってきた紙パック入りの珈琲飲料と、冷蔵ピザが目に付いた。取り出してみるとピザは賞味期限をだいぶ越していたが、腐っているということはあるまい。袋を開け、中の半分を皿に移してオーヴンレンジに入れる。

紙パックに付属のストローを挿して中の甘ったるい液体を啜り、レンジの輝きを見つめながら、頭のなかを整理する。二つの物語が、いまヒッキーズの間を同時進行している。

一つは、裏表のないＪＪの提言に従い、ヒッキーズがジェリーフィッシュからワクチンを盗む、という物語。こちらに於ける敵は、ジェリーフィッシュ一人だ。成功すればこちらの結束は強まる。

もう一つはロックスミスによる物語。ＪＪやタイムに裏の顔があったとしたら、ヒッキーズは解散ということになろうけれど、ワクチンを盗み出すというロックスミスのミッションも、そのアシスタントたる自分の立場も、表向きの物語とは変わらない。

どちらにせよ、ロックスミスの罠が上手くいけば患者は救われる。もはや迷う必要はないのだ。巨大ロボットを創出するのみだ。

「行くぜ、キング☆ブルドッグ」と呟いてみる。

その無骨でユーモラスなイメージは、少なくともタイムを――彼がジェリーフィッシュであろうがなかろうが――わくわくさせるという予感があった。下手糞な小学生の落書きに過ぎないが、小賢しい知恵がなかったぶん、作為性も薄い。正義感に満ちた勇気への、率直な憧れが詰まっている。今の自分が一から企画を考えたなら、無意識に流行りを取り入れる一方、剽窃《ひょうせつ》と看做《みな》されるのを避けようとしてやたらと捻りを加え、けっきょくなにを主張したいのか分からない代物になってしまうだろう。

愛と正義と、それを守りきる心の大切さを、小学生の聖司は確信していた。勇気凛々《りんりん》たる少年だった。

パセリの力は、たぶん借りられる。ロックスミスはいちおう警戒しているようだが、彼女の潔癖性ぶりはチャットからひしと伝わってきた。ＪＪも――たとえ彼がサイコパスであろうと表向きは――彼女の問題解決への尽力は止められない。

行くぜ、キング☆ブルドッグ！

ヒキコモリ同士の連携という奇妙な作業形態が生む、予想外のメリットを聖司は感じた。

一つの場で顔を合わせているより、遥かに個々の自由度が高い。川面から辛うじて顔を覗かせている岩々のようなもので、激流濁流には温和しく没してしまえばいいし、互いに擦り寄ったり離れたりする必要もない。

そもそも皆、独りで人生を凌いできたのだ。

レンジが能天気な短いメロディを奏でて、ピザの焼き上がりを知らせてきた。熱い皿を布巾越しに摑んでキッチンカウンターに置き、タバスコを大量に、表面のチーズをすべて埋め尽くすがごとく、振りかける。

ふと「なぜそんなにかけんの」と、大学の学食であげはに驚かれたことを思い出した。スパゲッティに対してだった。たしか、こう答えた。「味覚が狂ってんじゃないかな」

あげはは自分のフォークを突き出してきて、「味見してもええ？」

聖司は胸の高鳴りを意識しながら、「構わないけど」

彼女は赤く染まった麵をひと掬《すく》い、自分の皿に移して、口に運び、やがて苦しげに咳きこんだ。紙コップのジュースを薬のように飲み干したあと、「刺塚くん、狂うてるわ」

あの頃にはもう狂っていたのだとしたら、ずいぶん気が楽になるなと思いながら、真っ赤なピザに齧りつく。辛いとは感じるものの、べつに咳きこみはしないし不味いとも思わない。

たしか大学受験の勉強が追込みに入った頃からだ、このくらいじゃないと食べた気がしなくなった。コンビニ弁当も付属のウスターソースや醤油では足りないので、家にストックしてある物を足す。ラーメン屋は胡椒も辣油もふんだんに使えるから助かるが、自分は麺や焼豚《チャーシュー》ではなくて、スパイスを食いにきているんではないかと感じることも、ままある。

元スポーツマンだけに、作戦の方向性が定まると闘志が湧き、胸の底にしんとした落着きが生じる。水道水を飲み、パソコンの前に戻って、アゲハにアクセスする。早々にクリアしてエンドロールを待つ。

やがてディスプレイに生じた幾何学模様のうねりに、ほう……と心の内で感嘆した。これほど徹底した理数系思考による視覚トリックには、滅多に出会えるものではない。自分のように分析的に眺められる者でなければ、すぐさま酔ってしまうだろう。これがウォルラス——。

生じてきた異様な錯視を意識しながら、聖司は画面に見入っていた。ロックスミスの警告はもちろん頭にあったが、視界の一部に星の輝きのような物が生じ、それが次第に大きくなっていくのが分かると、もはや先のイヴェントを確認せずにはいられなかった。

そのうち後ろ頭に錘《おもり》をぶら下げられたような感覚が生じ、追って、それが体験したことのないタイプの偏頭痛であることにも気付いた。不意に強い嘔吐感が込み上げ、ぶうううん……とバグが異常事態に抗しはじめた時点で、聖司はようやっと自分がウォルラスに感染してしまったことを知った。トイレにもキッチンにも間に合わなかった。

58

笠原は引き留めたそうな顔付きでいたが、

「私はお邪魔なようだから。今日はもういいの。モルモットにも触れたし」と、マルメロと名乗った女はきっぱり、反対方向の電車に乗り込んでいった。

「いいんですか。彼女なんでしょう?」という芹香の問い掛けに、

「俺の彼女はパセちゃん一人だよ」と彼は強がり、窓の向こうのマルメロに軽く手を振りながら、こう呟いた。「なんだか長い一日だ」

共に反対側のプラットフォームへと向かい、電車の到着を待っているさなか、

「おっと」と、ふと笠原がポケットから古臭い携帯電話機を取り出した。ディスプレイを確かめて、「セージだ」

「よく電話されてるんですか」

「彼とがいちばん多いね、クライアント全体を見渡しても」

自分から離れることもなく通話を始めた笠原を横目に、彼らは案外、ディスプレイ上の文言どおりの人々なのかもしれないと芹香は思った。

漆黒だったり、ぴかぴかのステンレスだったり、凝った木彫りだったりの額に飾られた、平面画のように薄っぺらな内面の持ち主たちが、懸命に壁にしがみ付いているようなイメージを覚え、しかし自分だって早く硝子に焼き付けられたいと願っていることを思い出す。

通話している笠原の眉間に縦皺が刻まれ、それが次第に濃くなっていくのを見て取った。横から声をかけてみようかと思ったけれど、そのときプラットフォームに音楽が鳴り響いて、線路の先に迫ってくる電車の顔が見えてきた。笠原は通話を切った。

ドアが開き、ふたりして中に乗り込む。中途半端な時間帯の下り電車は、がらがらに空いていた。手近な座席に並んで坐った。

「悪い報せだったんですか」

「吉報、凶報、両方だね」と笠原は芹香を見ずに答えた。「どっちを先に聞きたい？」

「選べるんだったら、同時に」

彼は咳払いののち、「巨大ロボットのアイデアを思い付いたセージが、ウォルラスにやられた。これで同時？」

「なんで」と芹香は憤った。「警告は行き渡ってなかったんですか」

「俺も本当に今日事態を知って、まずはパセちゃんと会うことを選んだんだよ。榊にはメールしておいたが」

「それは誰」

「アゲハの関係者で俺の同級生。セージはウォルラスについてローズマリーに警告されていたが、理系頭の自分なら大丈夫という思い込みから、けっこうな時間、凝視してしまったらしい。とりあえず病院に行ってくるんで、パセちゃんに託しておきたい作業があると」

芹香は警戒心を露わに、「どんな?」

笠原は鞄からタブレットを取り出し、蓋を開けた。

「スキャンして送ると云っていたが……ああ、もう来てる」その直後に彼は息を噴き、

「最高だ。これ、どう?」

胸先に突き出された端末上の図像に、芹香の視覚が対応するまで、いささかの時間を要した。「……セージさんの子供の絵?」

「あいつは独身だよ。本人の絵だ」

「セージさんも子供なの!?」

「彼が子供の頃の、ね。このスケッチを基にしたヴィジュアルを、超特急でパセちゃんに仕上げてもらえないかと云っている。アゲハのときみたいに」

「アニメ絵のロボットなんて簡単に描けるわけないじゃないですか。これまでやってきたこととは技術の質がまったく違います」

「でも彼は、君になら出来ると信じている」

「警告されてたのにウォルラスを覗いて、勝手に病気になって……身勝手過ぎませんか」

「そこはパセちゃんに一理あるな。で、どうする。引き受ける？　断る？」

笠原からタブレットを受け取り、唇の先を尖らせた顔で、ディスプレイ上のキャラクター
ーや周囲の文字を眺めまわす。

「あの、云っていいですか」

「はい、どうぞ」

「キングとブルドッグの間の星印が気になるんですが、ただの黒丸になりませんか」

「そう？　その突き抜けた感じがいいと思ったんだが」

「じゃあ伺いますけど、もし自分の名前が笠原☆《ほし》丈吉と表記されたらどう感じますか」

「じつに突き抜けてるね。未来の俺がそこに見える。今度からそう署名しようかな。乗雲寺☆芹香だったらどう？」

即答できなかった。一瞬、可愛いかもと思ってしまったのだ。「じゃあ……そこは譲歩します。ジェリーフィッシュの兄として、彼はこんな企画に飛びついてくると真剣に思われますか」

笠原は存外に力強く、「思う。あいつは飛びついてくるよ」

「根拠は？」

「俺たちが子供の頃、隣の家にブルドッグが飼われてたから。吠えられても吠えられても、

あいつはそれに近付きたがってたから」

「……不思議な偶然ですね」

「世の中に偶然なんて存在しないんじゃないかと、よく感じるな、最近、特に」

「ぜんぶ必然？　私たちがＪＪに踊らされたのも？」

「べつに俺が現れなくても、君らはなんらかの形で繋がっていたと思うよ。で、なにか一緒にやったんじゃないかな、お互いに顔を合わせないまま」

「それは」と芹香は、鉛筆書きのキング☆ブルドッグを見つめながら、「ＪＪがいなくっても、私たちはこれからも……という意味ですか」

「君たち次第だね」

　名前こそ知っているものの、下車したことも通過したこともない駅で、笠原から降りるように促された。デパートやショッピングモールに連結しているでもアーケイドが口を開けているでもない、がらんとした駅前を芹香は見渡し、こういう土地に暮らしている人々は、どこで何を買って生活しているのだろうかと不思議に感じた。

　ロータリーを囲む建物が低く密集もしていないので、視界の内で空の占める面積が大きい。いつも空を見ながら暮らしていると、物欲も食欲もあまり湧かないのだろうか。

「なんとなく故郷を彷彿させて、ここは好きなんだ」と笠原が独り言のように、「うちのほうが圧倒的に田舎だけど」

片側に長屋のごとくパン屋や電気屋や理髪店が並んだ、自動車のすれ違いも難しそうな路のすぐ先に、約束の神社はあった。掻き集められた枯葉の山が境内のそこここに見えるが、掃除が間に合わず道路にまで溢れ、自動車と人に踏みまれてきた場所だけが細長くアスファルトを覗かせている。

「社の裏手で、と約束したんだが」笠原はざこざこと音を鳴らして、枯葉の園へと踏み込んでいった。「おおい」

その声を聞きつけたか、赤い柱の向こうからひょっこりと小柄な影が姿を現し、途端、芹香の足は緊張によって竦んでしまった。安っぽいナイロンのヤッケを着込んだその人物が、タイムであるのは間違いなかった。なぜなら笠原の帽子を被っていたからだ。彼の帽子が変わったと思っていたら、あちらにプレゼントされていたようだ。

タイムのほうも芹香に近付こうとすることなく、ただ笠原となにか云い交わしている。距離があるので内容は聴き取れない。

そのうち笠原が、また枯葉を踏み鳴らして戻ってきて、「以前は電話をありがとう、やっぱりアゲハは自画像だったんですね、とさ。最初のやつ」

芹香は頷き、「……そうです、玉虫をありがとう、と」

「俺はずっと行き来してなきゃいけないのか。一緒に来れば？　逃げやしないよ。学校じゃなきゃ大丈夫なんだ」

「とにかく、伝えて」

笠原は再びタイムの許へ。今度はより長らく、芹香がどこかに坐る場所を探してしまったほどのあいだ、ふたりの会話は続いた。

また笠原が戻ってきた。「すこし話をしませんかと云ってる。彼はエンディングまでウォルラスを見たが、なにも起きなかったそうだ。どうも年齢や体質や、ウォルラスを見たシチュエーションに大きく関係している——と、これはローズマリーにも伝える」

「でもワクチンはローズマリーが一から創るんじゃなくて、ジェリーフィッシュから盗むんでしょう?」

「ジェリーフィッシュは、たぶん自分自身を使って実験している。ほかに被検体がいないからだ。あとは、せいぜいヘルパーさん一人。つまり自分が罹りやすいパターンをウォルラスとし、治りやすいパターンをワクチンとしている。まったく罹らない人間もいれば、罹りやすくて現状のワクチンでは治りにくい人もいるだろう。ウェブで収集したデータをどこかに蓄積して、わざとジェリーフィッシュに覗かせるといいだろう。つまり奴にもワクチンの改良を進めさせる」

「やるかしら」

「奴はやる。ジェリーフィッシュの最大の弱点を、今のうちに教えておくよ。自分が劣った人間だと思われることが、あいつにとって一番の恐怖なんだ。もともと情緒面や社会性に於いては劣っているから、優位性をひけらかすのに必死でいる——とりわけ俺に対して。ジェリーフィッシュとはすなわち、ただそれだけの存在なんだ。悪魔ではないし天使でもない」

芹香ははっと目を瞠《みは》った。「もしかして、ＪＪが臨床心理士の資格を取得したのって——」

その問いに笠原は答えず、「盗み出したワクチンを適切に配布するのは、こちらの仕事ということになるね」

「こちらのって、ＪＪは無責任に消えてしまうくせに」

「直接のカウンセリングが終わるだけだよ。俺は」と、そこで笠原は次の言葉に迷った。明らかに迷っている表情でいた。そのうち不意に奇妙な笑みを泛べて、「俺はいつでもパセちゃんの傍にいる」

「気持ち悪いんですけど」

「それは失敬。で、どうする。タイムと話す？　それともこのまま帰る？」

辛抱強く佇んでいるタイムを見つめ、眼鏡のフィルターを撥ね上げて、また見つめる。チャットでの印象は小学生くらいだったが、もうすこし歳が行っているようだ。顔を余所に向けたままじっとこちらを観察しているような、でも風でも吹けばふわふわと流されていってしまうような、そんな立ち姿だった。土着の精霊のような子だと思った。

「話してみる？」

芹香は唇を結んだまま頷いた。みたびタイムのほうへと向かう笠原に追従して、枯葉を踏む。

だいぶ近付いてみても、帽子を目深に被ったタイムの相貌を、すぐさま「こんな風」と把握するのは難しかった。しかし彼がぺこりと頭をさげて「初めまして」と発した瞬間、芹香は我にもあらず、ぷふっと息を吹いてしまった。

だって砂ちゃんの声にそっくりだったのだ。

59

マンションの玄関で、榊が誰にともなく「ただいま」と口にすると、やがて信じられないことが起きた。

いち早く径子の部屋のドアが開き、その向こうから顔を出した彼女が、こう発したのだ。

「お帰りなさい」

そんな当たり前の出来事に榊はすっかり動揺し、靴を脱ぐのも忘れて娘の顔を見つめていた。やがて、必ずしも喜んではいられない事態であることに思い当たって、それとなく、

「ただいま……お出迎えだなんて珍しいな」

径子ははにかみながら、「学校で流行ってるから、ちょっと流行に乗ってみただけ」

榊はようやっと靴を脱ぎながら、「『お帰り』が？」

「教室を出ていく人に『行ってらっしゃい』とか、自分が戻ったとき『ただいまー』とか。逆に先生たちのほうが影響されてる感じ」

「それは……うん、いい習慣だと思うが、なんで急に流行りはじめたんだろう」

「たぶんアゲハ——そういうゲームみたいな感じの。ただ綺麗な女の子が立って、きょろきょろしているだけなんだけど」

背筋がひやりとした。「径子もやったのか」

娘は肩を竦めて、「だって無料だし、クラスの男子で、その子は私を妖怪扱いしないいんだけど、その子がエンディングの見方を教えてくれたし。人間が映ってるようにしか見えないのに、人間が演ってるんじゃなくて、ぜんぶＣＧなんだって」

「どんなエンディングだった」

「お父さんもやってみれば」

「なかなか時間がね——」と、興味のない素振りでリビングへのドアを開ける。径子が付いて来てくれたので、振り返って、「どんなエンディングだった？」

「『ただいま』って打ち込むと、アゲハがやっとこっちに気付いて、『お帰りなさい』って云ってくれるんだ。その男子、自力で気付いたから、感動して泣いちゃったって」

どういう「自力」なのかは怪しいところだ。今時の中高生は、ウィキペディアの丸写しだって自力での調査だと感じている。竺原から緊急事態発生の連絡を受けるや、すぐさま専門業者と連絡をとり、ウェブ上に仕込んだ『アゲハ』をクリアするためのティプスを虱《しらみ》潰《つぶ》しにし、コピーされた文言については片っ端から営業妨害の名目で消去依頼するよう命じたが、しょせん自己増殖するネットの噂との鼬《いたち》ごっこが始まるに過ぎない。

「『お帰りなさい』の後はなにが起きるんだろう、そのアゲハとかいうゲームの」

「ちょっと変わったボーナス映像が続くだけだけど、それは途中で飽きちゃった」と、径子は平然としている。

ふう、と安堵の息をついた。榊自身も責任上、三十秒ばかりウォルラスを観察してみたが、これといった変調は感じていない。父娘して感染しにくい体質らしい。どうして極端な個体差が生じるのか、その解明は……ロックスミスとジェリーフィッシュの競合いに期待をかけるしかあるまい。

俺たちをとんだ処まで連れてきやがったな、おい丈吉。

60

というわけでですね、ソルトキャンディ47のニューアルバムから〈舐めてんのか〉をお送りしたんですけど、途中の、あれなんて云うの？　あ、ブリッジか、はいブリッジですね、そのブリッジの部分でリードをとってる麗玲ちゃんは、もうソルトにいないんですけど、私は比較的っていうかけっこう麗玲ちゃんと仲が良かったっていうか可愛がってたから、聴いてるとちょっと淋しい気持ちに陥りますね。聴きながら思い出したんだけど、私の十九歳の誕生日にウクレレを贈ってくれたんですよ。なんでウクレレ？　弾けねえってる。窓辺に飾ってます。

そう、私、今年は二十歳になるってことで、成人式の画像がだいぶウェブに流れちゃってますけど、事務所に自動車一台ぶんくらいの値段の着物を着せていただいてですね、もちろん買ってません、買えないっつの、借り物ですけど着付けをしていただいて、成人式に臨んだわけですよ。

苦しい苦しい。和服ってなんであんなに苦しいの？　そういうフインキに成人式を迎えて、そのうえ番組に「カオリーナは卒業が近いと思うので、これを区切りに、次回からはもっと若いメンバーに投票します」ってメールが来たりして、ああ、私も歳をとったなあって思うんですけど、そういうメール、私は嫌いです。それってファン？　とか。

さようなら、十代。

仕方がないか。もう私、ソルトでも上半分の年齢になっちゃって、失礼な子も、あ、これはNG？　言っちゃえ、楽屋で「ねえ、そこのおばさん」って呼ばれたことなんかもあって、あはは、刺そうかと思ったけど、逆に、もう二十歳になるんだからブンベツをつけなきゃいけないなとも思って耐えてますけどね、でもぎりぎりまだ十九歳におばさんって非道くないですか？　ファンのみんなもそう思ってるのかなーとか想像すると、もう眠れない、お肌ぼろぼろ。そういう夜もあったりするわけです。

ふぁっ。

次の曲、行く？　あ、もうちょっとだそうです。ええと、最近凝ってるのはお料理ですね、ああ、お料理といっても大したもんじゃなくて、ビーフストガロノフとか？　あと焼肉とワンタンが好きです。ビーフンとかは、ちゃんと自分で作りますよ。ケンミンの。オレンジ色のフライパンで。

フライパンって円《まる》くていいよね。私、フライパンを見るたびに円いなーって思うんです。なんであんなに円いんだろう？　しかもテフロンですよ。テフロンって響き、可愛いと思いませんか？　トトロの仲間みたい。

そのテフロンに放り込んだ中身をですね、なんていうの？　混ぜっ返すやつ。私はマゼッカエシって呼んでるんですけど、それで混ぜっ返してるときって、素敵な奥さんになったみたいな気分で、もう誰か誠実な人と結婚したいなーとか芸能界はもういいかなーとか思うんです。偉い人のお相手とか、もう厭。

もちろん今のは嘘、ジョークジョーク。ジョークって何語？　ともかくですね、私の恋人は、ずっとずっと、こうしてラジオを聴いてくれる皆さんです。それから握手会に並んでくれる人たちや、歌に合わせて一緒に踊ってくれるみんなも。本当に本当に、恋人だと思っています。

ふぁっ。

え、あと一分？　ふぁってなんだって、いまボードが出ました。ボード出た！

ひょはは、知らないの？　ユーファントって検索してみろって話だよね。日本にも本当に象が居るのかなー居たら素敵だなーって、移動中の時間とか、真剣に考えているカオリーナです。

ねえねえ、象ってなんで鼻が長いの？　で、あとグレイッシュじゃない？　グレイッシュなファッションは私には似合わないかなーとか思うんだけど、あ、でも持ってた。ニットのワンピがありました。もうちょっと飽きちゃってるけど、もし私がユーファントを見つけたら……乗りたい。どっちかっていうと夏に乗りたい。

ファンの人が贈ってくれたユーファント・マグカップがお気に入りで、あれ可愛いの。鼻の所が把手になってて、完全には引っ付いてないんだけど、ちょうど指が入るんですよね。そういうんだけど指が入るって凄くない？　あとその上のほうがぎざぎざになってて、滑り止めになってるの。朝はそれでカップスープを飲んでます！

もういい？　そんでもってちょっと薬……だからアスピリンか、なんかあるでしょう、こないだ新大塚で買ったのとか。

頭、痛《いて》えんだっての。首相だって謎の頭痛と吐き気で国会を欠席してるってのに、カオリーナは我慢して番組保たせろってひどくない？　聞えてないの？

けつ出して掘ってくださいって謝るの？　それとも死ぬの？

あ、た、ま、痛えんだよ！

61

「金ちゃん、ちょっと」と大学から戻ってきたままと思しい恰好でテレビを眺めている弟に、階段の半ばから呼びかける。「見てもらいたい物が」

弟は警戒心を露わに、「何」

そのつもりはなく話しはじめても、お互いの口ぶりが気に食わず、口論へと至ってしまうことが多い。よって「必要最小限にしか口をきかない」が、いつしか姉弟間の不文律となった。

夏目漱石の本名にちなんで金之助と名付けられた弟だが、文学には一向に興味を示さず、AO入試で私大に入ってからはもっぱらラクロスに明け暮れている。

もともと運動神経にも体格にも恵まれ、テニスを得意としていたが、あえてラクロス部を選んだのは、就職率の高さからだという。ちなみに入試論文のテーマは、自分がファンクラブに入っているアイドルユニットの売出しの仕掛け。もっとも「乗雲寺金之助という時代がかった名前だけでも合格には自信があった」と嘯いている。姉を反面教師としたかのような効率のいい人生だ。

芹香はいったん居間へと下り、手にしていたプリントアウトをテーブルに置き、また階段まで戻って、「ご意見を」

彼女がポーズを整えてベジェ曲線で滑らかに描き直し、カラーリングしグラデーションを付けて印刷したキング☆ブルドッグの図を、弟は一瞥しただけでテレビへと視線を戻してしまった。彼が間もなくテーブルの上を見直したとき、芹香は手応えを感じたが、続いた言葉は、

「こういうのがあんの？」と素っ気なかった。なにかを模写したと思われたらしい。

「これから創る」

「オリジナルなのか。へえ」とさすがに感心した顔付きで、「同人サイトとかで？」

「ちゃんとプロもいるから、同人とかじゃない」と、やや見栄を張った。少なくともローズマリーはいろんなプロジェクトに関わってきた仕事師なんだから、ヒッキーズは趣味の集まりなんかじゃない。

これは、仕事だ。

「子供向けだよね。ていうか、なんでブルドッグ？」

「そういう指定だから」

「ふうん。これってでかいのかな。それとも本物のブルドッグと同じサイズ？」

「合体って書いてあるから、大きいんだと思うけど」

「それにしちゃ、ちょっと重量感が……どんなのが何体で合体すんの」

「まだ決まってない」

「戦闘機とか？」

「なにも決まってない」

「じゃあ特殊車両がいいよ。ブルドーザーやショベルカーや、クレーン車。子供ってそういうのが好きだから」

「工事現場の人たちが合体するの？　ひどく男臭いアニメになりそう」

「最近はそういうのを運転する女性も増えてるから、むしろかっこいいんじゃね？」

「特殊車両って、いま思い付いた？」

「いや、子供のころそんなのを想像してたから。こいつが使う武器は？」金之助はいつしかプリントアウトを手にし、顔を近付けている。

「さあ」

「なんだ、それも決まってないのか。なんか手に持たせたほうがいいよ、剣とか棍棒とか」

「チャンバラするの？　なんのためにハイテク合体するんだか」

「そういう小理屈はいいんだよ。とびきり凄い剣とか、凄い棍棒なんだから。クレーンの部分がそう変形するとかさ。あと謎なのがマントなんだけど、これこそ戦闘に関係なくね？」

　セージのデザインには無かったアイテムを、芹香のラフデザインは纏っている。黒光りするマントを羽織っているのだ。これはタイムの助言による。自分たちの目下のミッションを知らされた彼は、おずおずとこう提案してきた。「ジェリーフィッシュが自己投影できる、謎の存在があるといいと思うんです。どこからともなく現れて、キング☆ブルドッグの窮地を救うような」

　そこで芹香は考えた。特殊な素材によるステルス機のような物体が飛来し、変形してキング☆ブルドッグを被い、敵の攻撃から彼を防護する。そしてその後のキング☆ブルドッグは百人力となり――といったふうに。

「それは一応、ピンチのときに謎の味方が飛んできて、変形して……」と、芹香は弟への説明に難儀したが、

「ああ、シールドか」と彼はあっさり理解した。「じゃあ必要だな。敵は誰？」

「さあ」

「そこもか。そういう設定が重要なんだけど」

「悪政に苦しんでいる人たちが主人公みたいだから、国の軍隊じゃないかしら」

「じゃあ、それで成立じゃん」と金之助は珍しくも、姉に対して笑顔を向けた。「敵は、軍用車両が合体することにすればいいよ。そういうのが先にあってさ、その恐怖に怯えている人たちのなかに天才がいて、手持ちの車両でこいつを創るんだ。気は優しくて力持ち、ださいけど頼りになる救世主、その名はキング☆ブルドッグ！」

弟が坐っているソファの背後ではカーテンが厭な感じに半開きになっていて、硝子の向こうには父の自動車の後ろ姿があった。そのボディの曲面を見つめながら、芹香は自分はこれから何を描けばいいのかを考えはじめた。

「ありがとう」と金之助に云った。

階段を上がろうとしていると、

「芹香」と呼び止められた。そう、名前で呼び捨てにするのだ、幼児の頃から。「芹香の絵なんかでプロになれるわけないじゃんってずっと思ってたけどさ、凄いな、芹香」

62

笠原は、いままた故郷の地に立っている。無人駅である河渡のプラットフォームの端で煙草を燻らせながら、お亀こと亀井静子の到着を待っている。

　いぜんタイムこと苫戸井洋佑と共に訪れたときとは一変、个部からこの駅までの道のりは、原宿にでも繋がっているかのような人通りだった。駅前に達すると幾つかの露店が広がっていて、とても買う気にはなれない、趣味の悪いユーファント・グッズがあれやこれや売られていた。

　ロゴ入りのTシャツにパーカ、鼻や牙や耳の縫いぐるみがくっ付いたユーファント帽、エコバッグ、携帯ストラップ、ステッカー、ボールペン、マグカップ、どら焼きに饅頭、季節限定ユーファント・チョコ……。

　来れば実際にユーファントが見られると信じるほど、お目出度《めでた》い観光客が集っているとは夢にも思えない。かの映像など合成に過ぎないという冷静な風評は絶えず、テレビでも批判的に報道された。案の定、これまで象牙の一本も発見されてこなかったことが主な論拠となっている。

　しかし完全なる存在否定は「悪魔の証明」となってしまうのが、UMAの滋味だ、と笠原は感じる。島に一匹の猫を見つければ「この島には猫が住んでいる」と立証することができる。しかし見つかっていないからといって「この島に猫は居ない」とはできない。「今のところ発見されていない」すなわち「居るかもしれない」の先に進むことはできないのだ。

「製作者に悪戯の意図はなく、太古の日本では見られたかもしれない風景を具現してみたに過ぎないのではないか」と、我らがヒッキーズの作品を好意的に評した漫画評論家がいた。辛口で知られる人物だけに恐らく恨む者は多く、発言の一部分が文脈を無視して扇情的にウェブに流され、デマゴーグへの加担者として大いに批判を浴びた。

彼が抗弁すればまたその言葉が切り貼りされて、今ではすっかり「ユーファントの実在を信じる著名人」として、良くも悪くも祭り上げられている。本人も意地になり「悪魔の証明をやってみろ」と公言している――「信じるか信じないかでいえば、信じてみるしかないじゃないか。それが論理的思考というものだ」と。ユーファントは今、少なくとも彼の頭のなかには安息していることになる。

ふぁっ。

ともかくもテレビ局による取材VTRには、また別の絶滅危惧種が映っていたのである。たった一両でかたかたと峡谷へ向かう、猿飛線の車両だ。無人駅と幻の象の聖地とを、一時間に一往復するだけのこの健気な電車は、たちまち全国的に有名になった。猿飛線は今、ただの路線とその上の車両ではない。良くも悪くもユーファントとセットで語られる曰く付きの存在、日本有数の特別な鉄道なのだ。

有名だからという理由で――なんのことはないそれだけで――人は集まる。撮影したい、一度は乗ってみたい、切符を温存したい、いち早く訪れたことを自慢したい、などが最初の一群の心理だろう。打ち捨てられていた観光地に人が集まっていると報道されて、猿飛線とその行き先はいっそう有名になった。休業していた二つの猿飛の旅館が、今は営業を再開したとお亀から聞いた。それどころか地元の名士——笠原たちが蝮と呼ぶ元校長——の提言によって、ホテルを建てる計画さえ生じているという。

笠原に云わせれば現在の猿飛峡に昔の面影は残ってはいないが、次の電車の折返しまでの小一時間の散策が、まんまとユーファントの幻に惹かれ集まってきた人々に、徒労を感じさせるほどひどい景観ではないとも思う。今頃は葉を落とした木々や咲き残っている紅葉が、逆さまに、水面を彩っていることだろう。

俺やタイムやお亀は、世間を騙したのか？

うん、騙した。俺たちは詐欺師だ——ただし、世界有数の。

「誰か不幸になったか？」と笠原は自問しながら、観光客たちのはしゃいでいるさまを眺めていた。やがて微笑混じりに、「ふぁっ」

ようやっとお亀が、雑踏を掻き分けるようにして近付いてきた。釦を留めていないコートの開きから、誇らしげにユーファント・パーカを覗かせている。一丈吉、どうしたん？急に」

「命日なんだよ」

「ああ……」と、彼女は眉を八の字に寄せた。

「墓参りのついでに今の猿飛も見とこうと思って。で、いちおうお亀も誘ってみたんだが、仕事は大丈夫なのか」

「仕事は辞めたんよ。ユーファント・グッズで忙しゅうなってしもうて」と彼女は恥ずかしそうに、「正直、こっちのんが儲かるし」

「儲けろ。えらいことになってるな」

「蝮が張り切って、けっこう融資してくれてね、ほいで丈吉が云うたとおり、出来るかぎりのことをしてみとるんよ」

「まさか、蝮はユーファントを信じてるのか」

「ほんなわけあるかいね」周囲に聞こえぬよう、彼女は声をひそめた。「あの爺《じじい》が興味があるんは、お金だけよ。今度はこの河渡か个部に、ユーファント像を建てるいうて」

「阿呆か。いや、賛同する」

「発案者は笠原丈吉いうて、後ろに刻んでもらおうか」

「断る」と笠原は煙を吐いたあと、「もし可能だったらPSR&Tと」

「なに？」

「PSR&T」

「憶えられん」

「じゃあ、べつにいい」

線路の彼方に車両の姿が見えた。その写真目当てに集まってきた人々が、一斉にカメラを取り出す……。

なにせたった一両だから、プラットフォームの人々を吸い込んでしまうと、都心を走る列車なみの満員である。笠原もお亀も座席には坐れなかった。

なにとはなしに、「俺の家の隣にブルドッグがいたの、憶えてるか」

お亀は頷いて、「うち、死ぬところ見たよ」

「ほんとか」

「うん。真夏に通りかかったら横倒しになって苦しげにはあはあ云いよって、大丈夫かな思うてじっと見よったら、そのうち動かんようになった。ほいじゃけえ、あのうちのチャイムをきんこんきんこん鳴らして、逃げた」

「なぜ逃げる」

「うちが殺した思われるじゃない」

「むしろ逃げたほうが、犯人だと誤解されるような気もするが……なんで死んだんだろう」

「寿命でしょ。丈吉、死なん犬はおらんのよ。死なん人もおらん。タイムくんは元気？」

「元気にやってるようだよ。バンドを始めたと聞いた」

「あの子、丈吉の子供ん頃にそっくりね」

「そうか？」

「うん。一見おどおどしとって、じつは自信家で皮肉屋。人気者なのに自分だけがそれに気付いとらん」

「俺が人気者？　いつ」

「今でもよ。うちら集まったら、丈吉とタイムくんの話ばっかり」

「俺のことはともかく、タイムの行く末はぜひ見守ってもらいたいね。あいつには特別なところがある」

「云わせてもらうけど丈吉、人間はみんな特別なんよ。うちも特別なんじゃけえ」

「それは大いに認める。お亀は特別だ」

猿飛駅の構内では明石が忙しそうに駆け回っていた。ふたりに気付いて帽子をとったが、笠原は「後で」と手を振るにとどめた。こちらの駅前にもグッズを売るテントが並んでいる。ただし河渡ほど混沌とはしていない。売り子たちが一斉に、お亀に対して頭をさげる。

一緒に品々を眺めながら、「売れ筋は？」

「一番はエコバッグ」

「なんでまた」

「ほかのお土産を入れて帰るため」

「なるほど」

かつては誰もいなかった吊橋の上を大勢が往来し、あるいは欄干にもたれて猿飛岩へとカメラを向けている。笠原とお亀も同じくもたれた。

「水面の高さがなあ……昔とはぜんぜん違うんだよ」

「うん」

「でも、まあまあな景色だな」

「うん。恥ずかしい観光地じゃないよ」

「猿は戻ってくるかな」

子供の頃の遠足の日よろしく、ふたりは猿飛岩を眺め続けた。

「おい、お亀」

「なに」

「今、岩の上にユーファントが」

「見えんよ」

「隠れたんだ。でも今、俺は見た。ほんとに居たんだよ」

「またあ」

と笑いながら振り向いた彼女の視線の先で、笠原は後ざまにひっくり返った。

63

「駄目だ。解散！　もうこのバンドは解散！」と文太がアンプからケーブルを引き抜き、ギターを片付けはじめた。

洋佑も牛丸もぽかんとしている。今の演奏のいったいどこが、これまでと違ったのかが分からない。下手？　目下、ジュエル・ビートルズの演奏はことごとく下手である。曲も中途半端な代物ばかりだ。

バンド名は洋佑の発案により、玉虫の英訳となった。文太も牛丸も気に入っているようだ。

それにしても文太の激昂ぶりが理解できない。開けっ広げな一方での彼の気の短さは、しばしば感じてきた。よく演奏を止めては、牛丸！　タイム！　と怒鳴りつけてくる。不用意なフィル・インや音色のまずさに対する突発的な反応だから、洋佑もなるほどと思い、「ごめんね」と以後は演奏を修正するのみだ。牛丸もそういう事態に慣れているらしく、顔色ひとつ変えずに「はい」で終わり。

しかし楽器を片付けられたのは、さすがに初めてだ。洋佑が牛丸と顔を見合わせているうち、文太はエフェクターをしまい込み、本当にガレージから出て行ってしまった。解散という言葉に衝撃を受ける以前に、いったい何が起きたのかを理解できていない洋佑である。

「なにがそんなに駄目だったのかな」と牛丸に問う。

「たぶん、文太さん自身の失敗だと思います」と牛丸。「吹奏楽部でも、自分で失敗したときよくこうなりますから。わりあい神経質なんですよ」

「そういうとき、みんなどうするの？」

「何人かで追いかけてって、文太さんの才能はクラブに必要だって説得します」

「それで解決？」

「はい、解決します」

「じゃあ行かなきゃあ」

と慌ててベースのストラップを外そうとする洋佑に対して、牛丸はおっとりと、

「お祖父《じい》さんに車を出してもらいますよ。そのほうが帰りが楽でしょう？　僕らも、文太さんも」彼は椅子から立ち上がり、祖父を呼ぶべくガレージの外に向かいつつ、またのんびりと振り返って、「あとハーゲンダッツのアイスクリームで、すっかり機嫌が直ります。タイムさんも食べます？」

洋佑の視界の隅ではビリケン老人がにこやかに、うんうんと頷いている。

64

開口一番、「ジェリーフィッシュが釣れた」

ロックスミスとは思えない、興奮を露わにした口調だった。例によって奇妙な音声加工が施されているが、聖司の耳にははっきりとそれが伝わってきた。

「キング☆ブルドッグに？」

「ああ。入り込んできて、ダミー情報に粛々と手を加えている。これほどのスキルの持ち主はジェリーフィッシュとしか考えられない。不正コピーされるとコピー元にルートを報告する、撒菱《まきびし》プログラムを何種類か仕込んである。いまそれらを解析しているが、どうも首相官邸のサーバを経由して来ているようだ」

「……なんのために？」

「超法規的に使えて便利だからだろう。私がさきにハッキングしておくべきだった。これからしばらく、君もモニターできるようアクセス権を開放する。向こうが首相官邸なら、こちらは某国の大使館を経由して対抗する」

「どの国ですか」

「訊かないほうがいい。想像がつきすぎて、却って意外な国だよ。もし私がジェリーフィッシュにスクランブルされて身動きがとれなくなったら、そのさきを頼む」

「頼むと云われたって」

「じゃあ誰に頼めばいい？　やり方は伝える」

「……頑張ってみます。ジェリーフィッシュの懐に入り込んでウォルラスのワクチンを盗む、がミッションなんですよね」

「その通り。まだ通話は切るな。モニターを注視すること」

「はい」

やがてモニター画面が勝手に切り替わり、凄まじい勢いでプログラム言語が流れ落ちてきた。五分の……いや十分の一くらいは瞬時に視認できたが、頭が、とてもじゃないが追いつかない。これがウィザードの所業か。

ウォルラス病から立ち直っていないこともあって、強烈な眩暈《めまい》に見舞われてきた。恒常的な吐き気に未だ苦しんで、常に洗面器を傍らに置いている。それでも聖司は懸命にモニターを眺め続けた。ウィザードとウィザードの真剣勝負に立ち会えた幸運に、いま感謝している。

滲んできた涙をシャツの袖で拭う。好悪を別にすれば、公正に云って竺原は詐欺師だし、ユーファントもキング☆ブルドッグも詐欺だ。ロックスミスだって本質は詐欺師だ。ジェリーフィッシュに至っては犯罪者と称してもいい。

全員が間違っている。

竺原に手を貸してしまったパセリやタイムも含めて、全員が罪人だ。もちろん自分も。

なのに、なんなんだろう……涙が止まらない。バスケットボールの試合での自分への声援を、かたとき聖司は幻聴した。任せろ。必ずシュートを決めて見せる。

俺は罪人かもしれないが、役立たずではない。アゲハもユーファントもキング☆ブルドッグも、全霊を込めて創ってきた。世間からかりそめの拍手も受けた。

アンディ・ウォーホルの言葉を借りるならば「十五分だけ」の有名人——そういえば王麗玲との電話が、その程度の時間だった。映画でウォーホルを演じたデイヴィッド・ボウイの歌詞から引用するならば、「一日かぎり」のヒーローだ。

恥ずかしいことなどどこにも無い。次に白雲さんと出逢えたなら、堂々と自己紹介しよう……僕はヒッキーズの一員ですと。気持ち悪いと嫌われたって構わない、でも存在は無視しないでほしい。そう正直に頼もう。

「洟を啜る音がうるさい」とロックスミスから注意された。

「すみません」と聖司はまた涙を拭い、モニター画面へと意識を集中させた。

錯覚かもしれないが、「勝てる」と感じた文字列があった。慌ててスクリーンショットした。

読み解いてやる！

65

「貴方はモデルには向いていないですね」と、工房近くのレストランで喜久井から云われ、ぎょっとした芹香だったが、続いた言葉は、「創るほうに向いていますよ、たぶん」

予定からはだいぶ軌道を外れ、もう何十枚も顔ばかりをスケッチされている。制作はたぶん、出だしで躓いている。しかしタイミングが合えば他作の工程を垣間見られるので、「呼ばれれば出掛ける」を心掛けてきた。

やや救われた心地で、「私は……自分の容姿が嫌いなんです」

「感じてきました。ゆえに考えていただきたいんですが、貴方はなぜ、自分の嫌いなものを私に描かせようとなさったんでしょう。みずからモデルに志願なさいました」

「それは……本来の希望は弟子入りで、無理ならせめてモデルというのは、先生の技をなんとか間近で――」と弁明しかけたものの、だんだん空々しさを覚えてしまい。やがて素直に、「先生なら、私なんかの外面でも魅力的に描いてくださるだろうという、期待はありました」

「誰にとって？　自分にとって？　でしたらそれは越権も甚《はなは》だしい。率直なところ貴方と差し向かいでいると、そうは描くな、そちらも駄目、と禁止事項ばかり並べられているような気がします。私は狭量ですから、では自分で描きなさい、と叱りつけたくなってしまう」

芹香はスプーンでミネストローネを掻き混ぜながら、「私はもう……お力になれませんか」

「そこはご安心なさい、まだ一度も役立っていませんから。これでも長年、ステンドグラスで食べてきた人間です。いったん立てた構想を簡単に放り出したりはしません。しかし完成した作品に、果たして貴方の面影はどれほど残存していることか」

竺原に見栄を張ってしまったことを、芹香は悔やみはじめた。ただ喜久井の前でじっとしているだけで魔法をかけてもらえ、特別な自分に転じられるだなんて、思えば甘いことを考えた。

「絵描きとモデルの関係性は複雑です。作品を創りあげるための同志であると同時に、描く者、描かれる者という対極の存在でもあります。絵描きはモデルの姿形を、モデルは絵描きの筆を通じて、自分の内面をさらけ出します。共に強靭な精神力を要する行為です。ついい都合のいい自分に逃げ込んで不都合は押し隠す癖のある貴方が、芸術家を導くのは難しいでしょうね。花は自分の虫喰いを隠しませんよ」

すっかり見抜かれている。耳が痛い。「でも、創るほうに向いていているというのは――」

「弟子入りを望まれたくらいですから、審美眼と手先には自信をお持ちなんでしょう。その心根をもってモデルとして絵描きを操るだなんて、最悪の遠回りは如何かと思いまして。絵描きはしょせん自画像しか描きえません。人間を通じて、花鳥風月を通じて、抽象形を通じて、描けるのは自分だけです。どうでしょう、そろそろ本気でご自分と向き合われては。そのご容姿だと、いろんな意味でご苦労なさるでしょうが。同程度の物を創っても、なぜか不器量な人の作が本物、器量のいい人の作は偽物とされてしまうのが、私たちの生きているこの世界です」

「美術の世界ということですか」

「こ、この世界です。私ごときでも――この程度でも、若い時分は苦労を強いられました」

「私は、人よりも苦労するんですね」

「はい」喜久井はあっさりと頷いた。「何倍も」

「苦労を厭《いと》う気は……ありません。これは本当なんです。私は世の中に何かを遺したいんです」

「ご立派な心構えです」と喜久井は僅かに口角を上げた。その美しい微笑は、彼のステンドグラスがモチーフを問わず、すべて自画像であるという確固たる証左だった。

自分を直視しなくては、と芹香は痛感した。ほかの人生は無いのだ。

ほかの人生は無いのだ！

66

「よう、死神」自分を見下ろしている顔に、笠原は呼びかけた。「今は地獄の何丁目くらいかな」

「残念ながら、まだ三途の川すら渡っていません」と花梨が答える。「そのずっと手前の病室です。私と一緒に現実に戻りましょうね」

「猿飛の橋の上で倒れたような記憶が……そんな夢をみた」

「それも現実です」

「じゃあ、なんで死神が俺を見下ろしてるんだ？」

「亀井さんが榊さんに事態を連絡し、榊さんが私に連絡してこられたので、東京から飛んで来ました」

笠原は枕の上の頭を動かし、窓外の景色に目を細め、「ここは个部病院？」

「はい」

「まずいな」

「なにがですか」

「藪《やぶ》なんだよ。子供のころ誤診でひどい目に遭った。日本脳炎をただの風邪と診断されて、下手をしたら死ぬところだった」

「その頃とは別のお医者と思われます。なぜなら私よりも若そうだったから」

「あの藪の息子じゃないか？」

「さあ。そこまでは」

「早々に退院させてもらおう。でももう、東京に戻る気にはなれないな。やっぱり俺は、こっちの人間なんだよ。田舎者なんだ」

「さっき明石さんとおっしゃる方がお見舞に来られて、私を笠原さんの妻と勘違いなさって——すみません、うまく訂正できませんでした——病気が長引くようなら、空き家になっている自分の家で療養なさったら、と」

「タイムとの基地だ」と笠原は笑んだ。「トイレが古いんだけど、気にならない？」

「私の好みをお尋ねですか？　私が付き添ってもいいんですか」

笠原は頷いた。

「ウォシュレットの付いたトイレが好みです」

「設置しよう。ほかに注文は？」

「お風呂は古くても構いませんが、ドライヤーは使いたいです。電子レンジは要りません、蒸したほうが美味しいから」

「了解」

「笠原さん、まだまだ時間はありますよ」

「死神がそう云うんだったら、信じるほかないな」

「私の母は癌で死にましたが、実験の枠でお薬を投与されていたので死後に解剖され、なぜこの状態で十年も生きていたのか不思議だと驚かれました。やるべき事のある人間は、意志の力で死にません。私の母はピアニストでした。笠原さんのやるべき事は――」

「もちろん詐欺」

「じゃあ私や世間を騙し続けてください。必ず騙し通してください」

「了解。猿飛でユーファントを見たよ」

花梨は眉をひそめも笑いもせず、ただ目を瞠って、「象を？」

「見た」

「居たんですね」

「居た。居たんだよ」

「こちらで暮らしていたら、私も見られるかしら」

「運次第だね。ちなみに、俺ほどの強運の持ち主は滅多にいない」

「賛同します。だって死神が絶対の味方なんだから」

67

バスケットボールが五つ六つ、立て続けに天井から降ってきた。しかしいずれも跳ねることなく、薄い硝子細工のように砕け散り、細かな破片となって床に散らばった。

唖然としている聖司を嘲笑うかのように、今度は天体望遠鏡が降ってきた。これもまた砕け散った。内容が古くなって処分した百科事典が次々に落ちてきて、そのうちの一冊は聖司の頭に命中したがこれといった痛みをもたらすことなく、またしても砕け散った。中学時代に練習したが飽きてしまって友達に売り払ったエレキギターとアンプが降ってきて、これらもまた、缶入りのキャンディのようなきらきらした破片と化した。

大学時代に苦心して入手したものの、サイズが合わなくて穿かずじまいだったヴィンテージのジーンズが降ってきて、砕けた。幼児のころ大切にしていた犬の縫いぐるみが降ってきて、砕けた。ナイキやアディダスのスニーカーが次々に降ってきて、砕けた。

ウォルラスが見せる幻想だと分かってはいるものの、頭を振っても頬を叩いても、次から次へと降ってくる。

聖司が小学生のころ庭で飼われていた柴犬が降ってきて、砕け散った。同じころ母が可愛がっていた野良の三毛猫が降ってきて、砕け散った。この調子でいくとまさかと思いつつ天井を見上げれば、案の定、ぬるりとあげはの頭部と両手が生じて、聖司に微笑み、抱きつこうとするかのように落下してきた。

全裸だった。聖司は初めてあげはという存在に恐怖した。さすがに椅子から立ち上がり、色とりどりの記憶の破片を踏みつけて壁へと身を寄せた。上半身は椅子に当たって砕け散り、下半身は砕けきらずに傍へと落ちた。しどけなく開かれた股間には、陰毛も性器も見当たらない。これが、俺のあげは……？

「セージ、通話を途切らせるな。いま何が起きている？」ハンズフリーの状態で机に置かれている電話機が叫ぶ。

「いろんな物が落ちてくるんです。いろんな……記憶が」

「気にするな。こっちもそうだ。部屋の床がすっかり埋まってしまったよ」

「これが……ウォルラスの威力なんですか」

「そのヴァージョン2ってとこだろう。野郎、いつか解析されるのを予期してプログラムのほうにもウィルスを仕込んでたんだよ。お互い、まんまと引っ掛かったね。でも何が落ちてこようが気にするな。ただの幻だ。私がワクチンを盗んでみせる。わ」

「もしもし、大丈夫？」

「死んだ両親が落ちてきた。見事に砕け散ってくれたよ。我々がこうしてアナログで情報共有していることが、ジェリーフィッシュの盲点だ。なにが起きても喋り続けろ」

返事をせんとするや、咽に苦い物が込み上げてきた。「頭ではいちおう幻だと分かってるんですが……吐きそうです」

「とっとと吐け」

洗面器はどこだ？　「キッチンで吐いてきます」

「電話機を傍に」

「了解しました」

記憶の破片を踏みつけながら流し台へと向かう。無抵抗に粉々になる破片も、果敢に突き刺さってくる破片もある。片足を上げて靴下を見れば、もはや血塗れである。その色彩を眺めるだに嘔吐感は増して、口中が苦い液体に満ちた。流し台に間に合わず、床を覆った幻の破片の上に嘔吐物をぶちまける。

「……畜生」

「誰に云った？」

「床に吐いてしまった自分にです」

「なら、いい。掃除はあとで」

「あの、気付いたことがあるんですが、もしかしたらハッキングのヒントになるかも」

「なんでもいい。教えてくれ」

「裸の女性が落ちてきたんです――僕がむかし惚れていた女です。でも股間に何もない、まるでマネキンみたいに。ジェリーフィッシュは、女性を知らないんじゃないでしょうか。だから俺のポートフォリオとリンクは出来ても、決定的なトラウマを与えるほどのトラップは仕掛けられなかった。あげはが――あ、その女性の名前です」

「だからアゲハと提案したのか。公私混同甚だしい」

「今はどうでもいいじゃないですか。ジェリーフィッシュには、あげはの股間が想像できないんです」

「女の股間にまつわる情報なんか、インターネットに反吐が出るほど溢れている」

「でも個体差の、いわば法則性が分からないんです。僕だってそんなに知りませんけど、一人との体験があれば、たとえば自分の陰毛との比較で……でもジェリーフィッシュには、その種の確信がいっさい持てない」

そう話しているあいだにも、古いパソコンが次々に、更には高校卒業の祝いに買ってもらった原付までもが落ちてきた。砕け散った。

「なんの話をしてるんだ。自分は股間の法則性が確信できるほど経験豊富だとでも？」

「そりゃあ……だってもう三十ですよ。一人や二人とはありますって」

「一般女性と？　それともプロフェッショナルと？」

「それこそどうでもいい話では。俺がいま話したいのはこういう推測です。俺たちがまだ解析を続けていることに気付いているであろうジェリーフィッシュは、すなわちヴァージョン2の弱点に気付いている――こちらのトラウマを突きされていないことに。一つには、さっき貴方が云ったとおりです。まさか俺たちがアナログで対話し続けているだなんて想像がつかないんですよ、つまり友情に」

「よく聞えなかった」

聖司は声を張った。「友情に！　ジェリーフィッシュは俺たちがアナログでリンクして励まし合っていることに気付かず、複数の存在から同時にハッキングされていると感じて、ウォルラス強化のための情報収集に躍起のはず。いちばん欠いてきた知識は？　女性です。『キング☆ブルドッグ』にヒカリというヒロインが設定されていますよね、パセリがおまけとして描いてくれた。ジェリーフィッシュは今、彼女の周りをうろついてると思うんです」

「どっちの？」

「ジェリーフィッシュにとってはパセリもヒカリも同じです。今は彼女がハッキングの最大目標だと想像します。彼女のシステムは緩いだろうからジェリーフィッシュも油断している。パセリのシステムに入り込んでみてください。貴方なら、きっと逆ハッキングできる」

「面白い仮説だね。迅速に試してみよう。気分はどうだ？」

「最低です。でもすこし楽しい」

「私もだ」

「ウィザードの底力を見せてください」

「君なんぞに云われるまでもない。私は挫折したことがない。人生最期の一日まで、私は挫折しない。私の前にロックスミスはいないし、私に続くロックスミスも現れないだろう。セージ、記憶の破片の海でもがいている君に、プレゼントしたい言葉がある」

「拝聴します」

「自分を騙し続けろ」

「まるでJJの言い草ですね」

「あいつのことは大嫌いだ」

「貴方たちは――」そっくりですと云いかけたが、はたとなって言葉を選んだ。「ふたりとも天才です」

「あんな野郎と一緒にされたくない」

「でも同じくらい……これ、云っちゃっていいのかな」

「人物評？　どうぞご遠慮なく」

「同じくらい狂っています」

はははははは、とロックスミスが笑った――ロックスミスが。「賛辞として受け止めておこう」

68

目下のところ个部町にこれといった地場産業は存在せず、誇るべき公共施設や学校も同様にして、ビジネスアワーに周辺から人が集まることは、まずない。朝に町を出ていき、夕方に帰ってくる人ばかりである。

田畑はふんだんにあるが、産業としてのそれではない。農家の成れの果てが土地を手放せず、惰性で自宅や近隣住民のための耕作を続けているに過ぎない。つまり个部は、南下したところにある都市のベッドタウンとして機能しつつ、緩やかに過疎化してきたその付属品である。何度か試されただけで使われなくなった、掃除機の予備吸い口のような町だ。

「退屈な町だよ」と笠原は花梨に云った。「滞在してみて、がっかりしただろう。本当にここに移ってくるの」

「綺麗な土地ですね」

「どの辺が？」

「雑草だとか、夕焼けだとか、お肉屋さんのケースだとか」

「そんなもんが嬉しいの」

「素敵なお寺もありますね」

「大文字《おおもじ》のことかな。あそこはまあ、悪くない。高校時代、あそこの石段でよく昼寝したよ」

「石段で？　背中が痛いでしょうに」

「痛みなんか感じなかったな、昔は」

「今日は物凄い快晴ですよ」

「物凄い？」

「可笑《おか》しい？　咽が渇きませんか」

「俺はべつに。君がなにか飲みたいんだろう。冷蔵庫になにか無かったか」

「私はお水でいいんです。なにか飲みたくはないですか」

「そんなに天気がいいんだったら、ちょっと外に出ようか。ヒッキーズの連中や榊から、なにか連絡はあった？」

「特に、なにも」

「平和だ」

「平和ですよ、世の中は」

　ふたりは靴を履き、明石から借りている家を出た。玄関前の川を渡るとき、竺原はよろけて転びそうになった。花梨が支えようとしたが、彼は自力で体勢を立て直した。

69

　お亀こと亀井静子からのメールに榊は息を呑み、それから長々と吐息した。いつかそうなると覚悟していた事態ではあったが……蛸こと明石勇作の実家から、竺原と花梨が消えたという。

　屋内は、じつに綺麗に片付けられていたそうだ。

ほんの僅かな日々……と、はじめ感じた。やがて、ふたりの同居がはや十箇月以上に及んでいたことに思い当たった。巷にはもう金木犀《きんもくせい》の香りが漂っている。

榊の仕事は意外なところに金脈が見つかったお蔭で、多忙をきわめている。ストレスが食い気に繋がる性質ゆえ五キロも太ってしまったが、会社が親会社から追い出される可能性は遠ざかった。径子は乗雲寺英会話スクールに入り、来たるべき留学に備えて英会話を特訓している。

猿飛峡にユーファントは……無論のこと発見されていないが、おそらく観光客の食べ残し目当てでだろう、なんと猿が戻ってきたと聞く。カズオこと舟木修の店には、彼らの写真がでかでかと飾られているという。

ホテル建設については、猿飛峡にするべきという意見と、いたずらに景観を変えぬよう河渡か个部にするべきという意見とが、拮抗しているらしい。明石の希望は後者だ。これ以上猿飛峡が混み合えば、ホテルに付属する飲食等の施設も必要となり、猿飛はただの田舎町と化し、また猿たちが逃げてしまうから、と。

峡谷の水量を増すための植林はすでに始まっており、これはお亀が、ユーファント・グッズで稼いだ私財を投じて仕切っている。

ウォルラス被害のニュースは、めっきり見掛けなくなった。ジェリーフィッシュの興味がどうやらすっかり『キング☆ブルドッグ』に移ってしまったうえ、増殖し続けていたウォルラス・コピーは、ロックスミスに敬服している世界中のウィザードたちが蚕潰しにしていると、こちらはセージこと刺塚聖司からの報告で知った。

台湾に帰った王麗玲は、いま幼馴染みの青年と交際している。彼女自身が、ふたり揃ってピースサインを出している画像と共に、ちょっと変な日本語で社へとメールしてきた。署名は「アゲハ」だった。

なにやら巨大な文化祭に巻き込まれたような気がしている。たくさんの失敗と後悔と、裏腹の充実感。高校時代の感覚となんら変わらない。個々の役割も変わっていない。

四十を越えた頃からだろうか、急激に時間が経つのが速くなった。数年前が昨日のようで、高校時代は一昨日のようだ。あの行きつけの店で笠原にベースを抱えさせ、無理をしてでもドラムを叩かなかったことが、なんだかいちばん悔やまれる。

「丈吉」と呟く。「良かったたな、綺麗な死神で」

笠原から「これは旨いぜ」と勧められ買い置きしてあったモルト・ウィスキーの封を開け、ショットグラスで一杯。それから自室に戻り、〈俺が消えたなら開け。それまでは絶対に駄目だ〉として添付されていた、彼からのテキスト・ファイルを探し出して、遂に開いた。

「……なんだこれ」と自分の額を拳で叩く。やがて噴きだした。「正気か？　おい」

70

約束の時刻の寸前、窓の下の自動車が、短く二回、クラクションを鳴らした。洋佑はすでに赤いヤッケを羽織って出掛ける準備をしていた。帽子を被り部屋を出て、「迎えが来た。行ってきます」とダイニングの母に告げた。

「気をつけてね」と小声で云われた。

「えっ、竺原さんの親友だよ。絶対に悪い人じゃない」

母は破顔して、「そういうことじゃなくて、怪我とかに」

洋佑も笑って、頷いた。「気をつけるよ」

「私もご挨拶しといたほうがいい？」

「僕だけで大丈夫。行ってきます」

階段を下りていく。榊――そうと思しき恰幅のいい人物――は、ダークスーツに身を包み、黒い帽子を被って、緑色のRV車の前に立っていた。

「タイムくんだね」と問われた。「初めまして。竺原の友人の榊才蔵です。ウェブ上では榊P」

「初めまして」

「君たちヒッキーズに、竺原からの伝言をつたえに来ました」

「あの、笠原さんは……いまどこに？」

榊は肩を竦めて、「きっとリオ・デ・ジャネイロの海岸で、美女を傍らにカクテルでも飲んでいますよ」

「なら……良かった」と嫌な予感を振り払うべく、なるべく明るい声で応じる。「榊Pさんがプロデュースなさった『キング☆ブルドッグ』、オンエアが決まったんだそうですね。パセリさんからのメールで知りました。凄いですね」

「ここは現実世界なんだから、ただの榊でいいですよ。それに私の力じゃない。そうだね、ドライヴに出るまえに、その立役者たちを紹介しておきましょう」と榊は洋佑に背中を向け、車のスライド・ドアを開いた。「ちょっと出てきて。タイムくんです」

やがて、長身の、はっとするような美女が地上に降りてきた。

「お久し振り」と微笑みかけられるまで、知っている人だと気付かなかった。「ずいぶん背が伸びたのね」

「……パセリさん」帽子をとって頭をさげた。「お久し振りです」

続いて、カジュアルだがこざっぱりした恰好をした、短髪の青年が助手席から降りてきて、洋佑に握手を求めながら、「初めまして。僕がセージです」

握手に応じつつ、「じゃあ、ローズマリーさんも中に？」

「ちょっと待ってて」とセージは自動車の中に戻っていき、ピラミッド型の、幾つも穴の空いた金属箱を抱えて洋佑の前に立ち、誇らしげな面持ちで、「ここに」

「こんにちは、タイム」と、とつぜんその箱が喋った——古いSF映画のロボットが発するような声で。「ローズマリーだよ」

洋佑は後ずさりながら、「ローズマリーさんって機械だったんですか!?」

「いやいや」と、セージは笑っているような困っているような顔で、「これは通信機。声は自動的に加工されるけど、ロックスミス……じゃなかったローズマリーはこの向こう側にいるんだ。君の顔も見えてるよ、向こうの顔は見えないけれどね。データのやり取りもできる。しかもインターネット回線には依存していない。共同開発したんだ。なにか話しかけてみて」

何を話せばいいのか分からないので、「ローズマリーさん、これまで色々と、あの、たくさんの——」

すると箱はその弁を遮るように、「君の音楽はバグ・フィクスしておいた。音質も向上している。ただの趣味だから感謝の言葉など要らない。気に入ったならば活用してくれ」

「どんなバグが?」

「自分で確認しろ。無駄には喋りたくない。ただし君を疑ってしまったことについては、心から謝罪する」

「え……僕、なにか疑われてたんですか?」

洋佑の疑問に箱は答えず、そのまま黙りこんでしまった。

「さあ、出掛けよう。少々長いドライヴになるよ」と榊が洋佑を手招き、パセリは後部座席に、セージは箱を抱えたまま助手席へと乗り込んでいった。

洋佑はパセリの隣に座った。その横顔は、ポスターなどでよく見掛けるアール・ヌーヴォー絵画の女性にそっくりだった。

自動車が走りはじめる。

「あの、アール・ヌーヴォーの、とても綺麗な――」と、隣席のパセリに問いかけてみる。

彼女はすこし顔を向けて、「ミュシャ？」

「あ……たぶんそれでした」

「好きなの？」

しばし迷ったあと、「好きです」

――自動車旅行は、パーキング・エリアでの休憩を挟んで、二時間以上に及んだ。途中からは未舗装の、がたがたの山道だった。振動に、洋佑とパセリは幾度となく肩をぶつけては、お互いに謝り合った。

「JJは俺たちにどんな伝言を？　こんな旅行って必要なんですか」とセージが榊に問いかけている。

「必要なんだよ」

「地点から、なんとなく想像がついてきた」と不意に箱が喋る。

「鍵屋さん、僕の声も聞えてますか」と榊。

「聞えているし見えてもいる。すこし減量したほうがいい」

「すみません。鍵屋さんはもうご存じかもしれませんが、改めてＪＪこと竺原丈吉の来歴を、ヒッキーズの皆さんにお話しします。これは僕が彼から頼まれていたことの一つです。まず、一見ヒッキーズの活動を攪乱、妨害しているようであったジェリーフィッシュは、竺原の弟です」

「えっ」と、洋佑とセージは声を合わせた。

「彼に悪気はありません。生来の天才児でしたが、不幸な事故に遭って年齢相応の情緒を欠いてしまったんです。はっきり云って、幼児に退行してしまった。兄の丈吉とも、通常のコミュニケーションはとれなくなってしまいました。その状態をなんとかしようと、彼は臨床心理士に転身しました。竺原の前職は、ホテルの接客係です。お客さんからの評判が良く、将来を嘱望されていたと聞きます。せっせと貯めたお金で、田舎の家族を自分が勤める自慢のホテルに招きました。ところが……よりによってその晩、ホテルに火災が発生しました。初めは小火《ぼや》でしたが、建築法上、定められている数のスプリンクラーが、そのホテルには設置されていなかったんです。手抜き工事です。竺原はそれを知らなかった……」榊の声は次第に鼻声になっていった。「ホテルは全焼しました。果敢に家族が泊まっている部屋へと向かい、火災による毒性ガスによって意識朦朧《もうろう》となっている家族のなかから笠原が運び出せたのは、弟だけでした。そして再び同じフロアに上がることはできなかった。すでにホテル全体、炎に包まれていたからです。笠原がヒキコモリのカウンセリングを専業としたのは、ひょっとして皆さんのなかにだったら、どんな形であれ弟とコミュニケーションできる人材があるのではないか、それを見出せるのではないかという、エゴイスティックな期待があったからです。でもそれって、間違った願望なんでしょうかね」

榊が口を閉じると、車内は長らく沈黙に包まれた。

それを破ったのはピラミッド型の箱である。「私は奴が嫌いだが、間違っていると云った覚えはない」

「同意します。ユーファント事業と『キング☆ブルドッグ』にまつわる、笠原の順当な取り分は、ジェリーフィッシュが暮らしている、横浜の施設への支払いに充てられます。この点についてだけは、私は奴の親友として、一歩も譲れません。ジェリーフィッシュには、もう――」と、榊は切れぎれに云った。「目的地、もうじきですけど、なにか音楽でもかけますか」

「タイムの作った音源だったら、すぐさまこっちから流せる」

「ええっ」と驚く洋佑。

「聴いてみたい！」とパセリ。しかし榊の語りに共感してしまったからか、やはり鼻声である。

間髪を容れずセージが抱えている箱から、洋佑がパソコンに溜め込んできたなかの一曲が流れはじめた。たまたまなのだろうが、それはかつて彼が笠原に聴かせた曲だった。タイトルは無い。ナンバリングのみだ。〈#9〉。

顔から火が出そうだったが、そのうち、

「いい曲」とパセリが云ってくれて、胸を撫で下ろした。

三曲ばかりが再生されたところで、

「この辺でいいでしょう」と榊は、なにやら中途半端な場所で車を停めた。「降りてみましょう。短時間なら大丈夫。でも、とりわけタイムくんは、なるべく早く車内に戻ったほうがいい」

細道を囲む山林は見事な紅葉を呈していた。人手が入っていない土地らしく倒木が目立つ。

「綺麗ですね」と呟いた洋佑の視界の端に、複数の褐色の影が現れ、ざざっという足音を残して木々の狭間へと消えた。そちらを指差し思わず大声で、「猪？　今の猪!?」

「タイム、早く車内へと戻れ。そこはレッド・フォレストだ」とセージの抱えている箱が、これまでにない早口で発した。

「……なんですか？」

反対の手でスマートフォンを操作していたセージが、「俺も気付いた。この一帯に生えているのは常緑樹。紅葉する木々じゃない。つまりここは、原発事故で飛散した放射性物質が、気流に乗って運ばれてきて生じた、その吹き溜まりだよ」

「危険なんですか」

「人体への影響は未知数だけれど、チェルノブイリ原発近郊の例で云えば、無数に生息しているはずのバクテリアがまるで機能しないんだ。倒木や枯葉が土に還《かえ》らない。一方で異常繁殖する生物もいる。自然のサイクルが壊れてるんだよ」

「念のため鍵屋さんに従おう。みんな、もう車の中へ」

榊の弁に従い、三人と一つの箱は、車内へと戻った。

運転席に着き、ドアを閉じた榊が云う。「この一帯の山林は、君たちの資産です」

「どういうことっすか？」とセージ。

「笠原から君たちヒッキーズへのギャランティですよ。奴はユーファント事業で儲けた金で、二束三文になっていたこの一帯を買いました」

「でも、だって、そんな……こんな無意味な土地」

「君たちにならば、なんとか出来る。それが奴から君たちへの、次なるミッションです」

「あの詐欺師め」と金属の箱。

「無理ですよ。俺たちに何が出来るっていうんですか」

「君たちは人間を創り、未知の動物を創り、病気まで創った。この山林を甦らせれば、君たちの資産は十倍、いや百倍にもなります。しかもその技術は、これから世界中に生じ続けるであろうレッド・フォレストへの対処に応用できる。君たちにだったら出来る、ジェリーフィッシュだってほかのウィザードたちだって協力してくれる――彼らを面白がらせ続けることができたならね。それが、奴から私に託された伝言です」

洋佑は、しきりにパセリと顔を見合わせている。セージの背中は丸まり、彼の膝の上の箱は沈黙を保っている。

しかしその洋佑の視界の端では、ビリケン老人が背凭《せもた》れの上にちょこんと座って、にこやかに彼を見返しているのだった。

やがて榊は声高らかに、「詐欺師から君たちへのメッセージの、最後の一行をお伝えして、我々はいったん日常に引き返します――こぢんまりとして居心地のいい部屋へと」

〈続けろ！〉

あとがき

本書は、二〇一三年の夏から二年間にわたって幻冬舎「PONTOON」誌に八割がたを連載したのち、結末までを書き下ろして単行本として刊行した長篇小説『ヒッキーヒッキーシェイク』を、文庫版に落とし込んだものです。

序盤の執筆は、ザ・ビートルズのアルバム『REVOLVER』のジャケット画を代表作に持つ画家としても、また同バンド解散後、ジョン・レノン氏やジョージ・ハリスン氏の活動を支えたエレクトリック・ベース奏者としても名高い、クラウス・フォアマン氏による装画「Hikky Hikky Shake」の制作と同時進行でした。

クラウスさんの作業が、こちらからお伝えした世界観やモチーフを踏まえたものであったのは当然として、逆に氏が美的必然から、あるいは物語に対する提案として新たに付与なさったイメージを、こちらが物語に取り込んでいった側面もあり、その意味に於いて本作は、日独を股にかけた合作であるとも申せます。

クラウスさんとの御縁は、氏の親友である元伊勢丹の高井幹雄氏が、僕を我が子のように可愛がってくださった洋画家、金子國義氏ともまた懇意であったことに端を発します。恐る恐るの打診に対するクラウスさんの返信は、「津原さんのプロジェクト、気に入ったので参加させてほしい。ヒキコモリはドイツでも大きな社会問題となっている」でした。僕は感涙にむせぶ一方、ヒキコモリの概念が完璧に通じていることへの驚きもまた禁じえませんでした。

「hikikomori」が既に、オックスフォード英語辞典にも載っている万国共通語と化していることを知ったのは、だいぶのちのことです。古いヒット曲〈ヒッピーヒッピーシェイク〉をもじった本作タイトルの、「ヒッキー」が意味するところを、クラウスさんは最初からご理解になっていたようです。

一方、この文庫版の装画では丹地陽子氏が、作品に通底する「賑やかな孤立」とでも称すべき情感をみごとに視覚化してくださいました。これは世界中の現代人が共有している、普遍的な感覚であると僕は思います。

丹地さん、編集者各位、高井さん、クラウスさん、そしてみずからのヒキコモリ時代を僕に語り、あるいは書き送ってくださいました、元ヒッキーズ、現ヒッキーズ諸氏に、最大級の敬意と感謝を捧げます。

本書は、二〇一六年五月に幻冬舎より刊行された作品
を文庫化したものです。

バレエ・メカニック

津原泰水

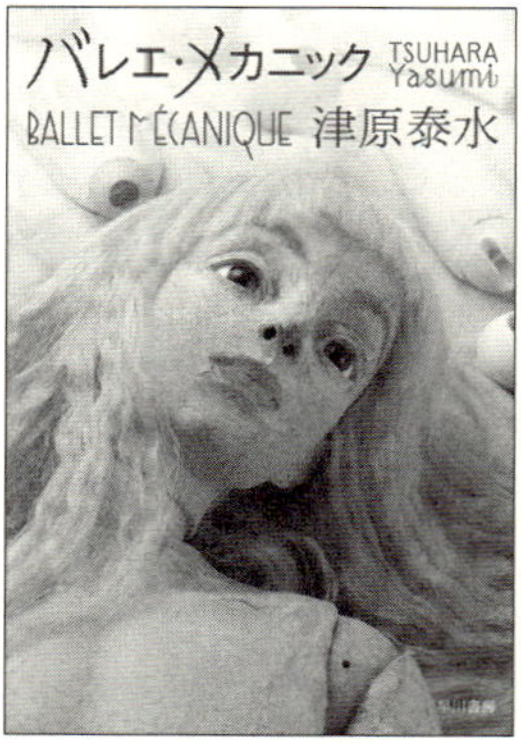

造形家・木根原の娘・理沙は、九年前に海辺で溺れて以来、昏睡状態にあった。都心での商談後、奇妙な幻聴を耳にした木根原は、奥多摩の自宅へ帰る途中、渋滞の高速道路で津波に襲われる。理沙の夢想が異常事態を引き起こしているらしいのだが……希代の幻視者による機械じかけの幻想、全三章。解説／柳下毅一郎

revisions 時間SFアンソロジー

大森望編

突如、渋谷の街とともに三百年以上先の時代へと転送されてしまった高校生たちの運命を描く話題のSFアニメ「revisions リヴィジョンズ」。同様に、奔放なアイデアと冷徹な論理で驚愕のヴィジョンを体感させる時間SF短篇の数々——C・L・ムーア「ヴィンテージ・シーズン」から、津原泰水「五色の舟」まで全6篇収録。

リライト

法条　遥

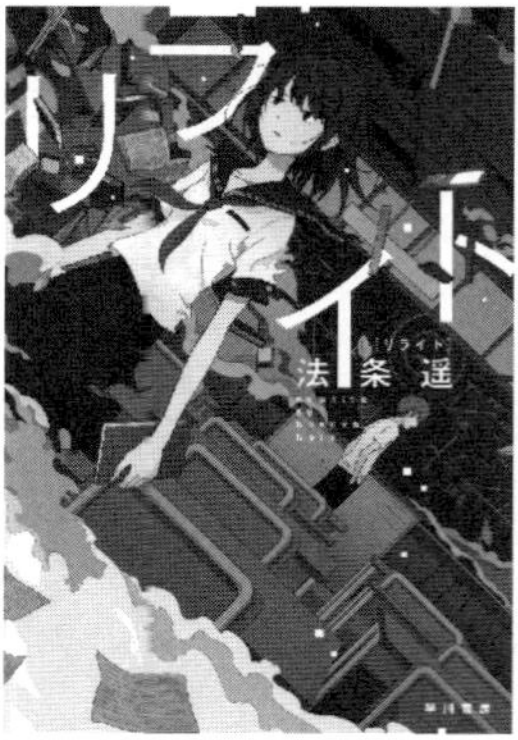

一九九二年夏、未来から来た少年・保彦と出会った中学二年の美雪は、旧校舎崩壊事故から彼を救うため十年後へ跳んだ。二〇〇二年夏、作家となった美雪はその経験を元に小説を上梓する。夏祭り、時を超える薬、突然の別れ……しかしタイムリープ当日になっても十年前の自分に現れない。不審に思い調べる中で、美雪は恐るべき真実に気づく。ＳＦ史上最悪のパラドックスを描くシリーズ第一作

know

野﨑まど

超情報化対策として、人造の脳葉〈電子葉〉の移植が義務化された二〇八一年の日本・京都。情報庁で働く官僚の御野・連レルは、あるコードの中に恩師であり稀代の研究者、道終・常イチが残した暗号を発見する。その啓示に誘われた先で待っていたのは、一人の少女だった。道終の真意もわからぬまま、御野はすべてを知るため彼女と行動をともにする。それは世界が変わる四日間の始まりだった。

第1回アガサ・クリスティー賞受賞作

黒猫の遊歩あるいは美学講義

森 晶麿

でたらめな地図に隠された想い、しゃべる壁に隔てられた青年、川に振りかけられた香水の意味、現れた住職と失踪した研究者、頭蓋骨を探す映画監督、楽器なしで奏でられる音楽……日常に潜む、幻想と現実が交差する瞬間。美学・芸術学を専門とする若き大学教授、通称「黒猫」と、彼の「付き人」をつとめる大学院生は、美学とエドガー・アラン・ポオの講義を通してその謎を解き明かしてゆく。

黒猫の刹那
あるいは卒論指導

森　晶麿

大学の美学科に在籍する「私」は卒論と進路に悩む日々。そんなとき、ゼミで一人の男子学生と出会う。黒いスーツ姿の彼は、本を読み耽るばかりでいつも無愛想。しかし、ある事件をきっかけに彼から美学とポオに関する〝卒論指導〟を受けて以降、その猫のような論理の歩みと鋭い観察眼に気づき始め……。『黒猫の遊歩あるいは美学講義』の三年前、黒猫と付き人の出会いを描くシリーズ学生篇

ハヤカワ文庫

著者略歴　1964年広島県生，青山学院大学卒，作家　著書『バレエ・メカニック』（早川書房刊）『妖都』『蘆屋家の崩壊』『ペニス』『少年トレチア』『ルピナス探偵団の当惑』『綺譚集』『赤い竪琴』『ブラバン』『たまさか人形堂物語』『11』他多数

HM=Hayakawa Mystery
SF=Science Fiction
JA=Japanese Author
NV=Novel
NF=Nonfiction
FT=Fantasy

ヒッキーヒッキーシェイク

〈JA1379〉

二〇一九年六月十五日　発行
二〇一九年六月十六日　二刷

（定価はカバーに表示してあります）

著者　津《つ》原《はら》泰《やす》水《み》
発行者　早川　浩
印刷者　入澤誠一郎
発行所　株式会社　早川書房
郵便番号　一〇一-〇〇四六
東京都千代田区神田多町二ノ二
電話　〇三-三二五二-三一一一（大代表）
振替　〇〇一六〇-三-四七七九九
http://www.hayakawa-online.co.jp

乱丁・落丁本は小社制作部宛お送り下さい。
送料小社負担にてお取りかえいたします。

印刷・星野精版印刷株式会社　製本・株式会社フォーネット社

ISBN978-4-15-031379-1 C0193

本書は活字が大きく読みやすい〈トールサイズ〉です。